d

Andrzej Szczypiorski

Nacht, Tag und Nacht

Roman

Aus dem Polnischen von Klaus Staemmler

Diogenes

Titel der polnischen Originalausgabe:
›Noc, dzień i noc‹,
SAWW-Verlag, Poznań 1991

Umschlagillustration:
Isaac Levitan, ›Dämmerung‹, 1899 (Ausschnitt)

*Anmerkungen des Übersetzers
am Schluß des Buches*

500/91/42/1
ISBN 3 257 01905 X

I

Zu Beginn unseres Gesprächs haben wir festgelegt, daß wir es nicht auf Band nehmen. Ihre Erklärung, es gebe keine Bandaufnahme, und alles, was in der schweizerischen Presse gedruckt wurde, sei Ihr eigener, auf Grund kurzer Notizen entstandener Text, halte ich nicht für überzeugend. Wäre ich zwanzig Jahre jünger und wären Sie – auch das muß ich hinzufügen – keine so bezaubernde Frau, würde ich ein derartiges Vorgehen weniger großmütig behandeln.

Was nun diesen Text betrifft, so ist er zwar hübsch geschrieben, enthält aber gewisse Ungenauigkeiten.

Ich habe geglaubt, Sie machten sich Notizen im Hinblick auf eine zum Teil wissenschaftliche Arbeit, hatten Sie sich doch auf Professor Bichl berufen. Vom wissenschaftlichen Standpunkt aus gesehen, wäre der Nutzen allerdings gering. Sie schreiben zum Beispiel, ich hätte meine erste Frau »im Feuer des Krieges« kennengelernt. So haben Sie geschrieben: »Im Feuer des Krieges«.

Das ist äußerst aufschlußreich.

Nie und nimmer wäre mir eine solche Metapher eingefallen. Sie klingt recht pathetisch, recht erhaben und soll wohl den Menschen adeln, er sei nämlich durchs Feuer gegangen, doch wenn ich schon unbedingt ein Bild für jene Zeit finden müßte, so würde ich lieber sagen: Nebel des Krieges, denn für mich war das ein Nebel, vielleicht eine Wolke, vielleicht die Dämmerung, aber nie das Feuer. Nehmen Sie sich übrigens diese Bemerkungen nicht zu Herzen, wir haben ja vereinbart, daß Ihr Artikel eine Ausnahme bleibt.

Eine andere Ungenauigkeit besteht darin, daß ich nach Ihren Worten meine Frau während des Rückzugs der Aufständischen aus der Altstadt in die Stadtmitte kennengelernt habe, das heißt während des Warschauer Aufstands, als wir gemeinsam auf der Barrikade kämpften. Stimmt, wir kämpften! Doch Justyna habe ich sehr viel früher kennengelernt, schon vor dem Kriege; sie war fast noch ein Kind, und ich dachte überhaupt nicht an Frauen, sondern eher an Indianer oder an Hochsee-Expeditionen. Natürlich, ich verstehe Ihre Idee. Es geht Ihnen um die Darstellung einer romantischen Liebe in diesem Feuer des Krieges, um eine Synthese des Polentums, möchte ich sagen. Vielleicht ist das so sinnlos nicht, vielleicht war es damals wirklich so, vielleicht habe ich es damals tatsächlich so empfunden. Wer weiß das schon? Heute holen wir die Wahrheit nicht mehr ein ...

Alles wirkt anders aus der Perspektive meines Alters. Die Barrikade zum Beispiel. Als Sie vor zwei Jahren mit Ihrer komischen japanischen Kamera, die alles von selbst fotografiert, man muß nur auf ein Knöpfchen drücken, in Warschau waren, wollten Sie sehr gern sehen, wo ich auf der Barrikade gekämpft habe. Erinnern Sie sich – die Mostowa-Straße? Dort haben Sie viel geknipst. Ich zweifelte damals, ob mein Gedächtnis in Ordnung sei. Wir gingen bergauf, von der Weichsel in Richtung Freta-Straße. Für mich war das sehr anstrengend, eine richtige Kletterei. Wenn ich seitdem an den Aufstand denke, sehr selten übrigens, nur ausnahmsweise, wie zum Beispiel jetzt, weil Sie mich dazu zwingen, dann erinnere ich mich an furchtbare Erschöpfung, an eine Überbelastung des Organismus, an Atemlosigkeit. 1944 kann es nicht so gewesen sein, damals war ich ein junger Mann, vermutlich lief ich ohne jede Anstrengung bergan, vielleicht sogar fröhlich. Aber heute weiß ich das nicht mehr mit Sicherheit, weil Sie mit Ihrer japanischen Kamera die Wochen des Aufstands geprägt haben.

Ich bitte Sie, die Häuser standen in Flammen. Nicht das Feuer des Krieges, sondern die Häuser im Feuer. Eine realistischere Bezeichnung, möchte ich sagen. Es war heiß. Ich habe keine Ahnung, weshalb ich um die Schultern eine Lammfelljacke trug oder eine warme Winterjoppe. Unerträgliche Hitze, ringsum stehen Häuser in Flammen, Bäume brennen wie Fackeln, das werde ich nie vergessen, die Bäume im Feuer, ihre Kronen in Flammen, so sieht wohl die Hölle aus, denn es gibt keine Teufel in der Hölle, dessen bin ich sicher, auch keine Menschen, es gibt nur eine Flamme, die reine, rot-gelb-grüne Flamme des Bösen. Furchtbare Hitze, die Luft glasig, von Beben erfüllt, brennende Blätter wirbeln herum, die brennenden Stämme prasseln, dazu ein seltsames Rauschen, mehr das eines Baches als eines Feuers, vollkommene Leere, ich allein auf der Straße, das klingt heute unglaubwürdig, so kann es nicht gewesen sein, ich versichere Ihnen, daß damals jemand bei mir war in diesen Flammen, doch in meiner Erinnerung bin ich ganz allein, es war mein erstes großes Sterben, so möchte ich das bezeichnen, aber notieren Sie das bitte nicht, es klingt zu pathetisch, und beim Sterben gibt es keinerlei Pathos, nur Einsamkeit.

Nein, damals war meine Frau nicht dabei, sie hatte sich schon mit einer anderen Gruppe zurückgezogen, wir verloren für längere Zeit jeden Kontakt, erst nach dem Aufstand traf ich sie wieder, in einer kleinen Provinzstadt, als die Front sich näherte. Winter, Januar 1945.

Sehr schade, keine japanische Kamera hat das festgehalten. Nein, nein, Sie müssen es nicht bedauern, denn was es heute dort zu sehen gibt, wirkt völlig banal.

Also, ein Haus im Garten am Stadtrand. Die Stadt nicht groß, polnische Provinz zu jener Zeit, ein paar Mietshäuser an der Hauptstraße, auf dem Marktplatz das Rathaus, aber nicht so, wie Sie es kennen, wir in Polen hatten nie Eure Städte, die Städte in der Schweiz sehen aus wie alte, lebendig gewordene Kupferstiche.

Der Rest, das waren Häuschen in kleinen Gärten, verschneite Obstbäume, manche gegen den Frost mit Stroh umwickelt, doch die Leute hatten andere Sorgen als ihre Gärten, seit einigen Jahren stürzte die Welt ein, davon habe ich Ihnen bereits etwas erzählt. Ich fand bei einem Eisenbahner Unterschlupf, einem guten Menschen, der mehrere Gestrandete aus Warschau bei sich aufgenommen hatte. Wir hungerten ein bißchen, erinnere ich mich. Eines Tages hörten wir ganz plötzlich gegen Abend Motorradgeräusche. Zunächst wollten wir uns verstecken oder fliehen. Doch gelang das nicht mehr, zudem waren die Menschen damals voller Resignation, sie fühlten sich sehr erschöpft, was geschehen sollte, mußte offenbar geschehen, sie nahmen Schicksalsschläge entgegen ohne die Auflehnung von früher, ohne sich zu sträuben. Das war eine Folge der Warschauer Niederlage, die uns zu Boden gedrückt hatte. Das Motorrad fuhr vor, es erschreckte uns, doch nichts Besonderes passierte. Wie sich zeigte, wollten drei deutsche Offiziere ein Zimmer als Nachtquartier requirieren.

Wir mußten uns in Küche und Kohlenkammer zusammendrängen, andere Räume gab es nicht bei dem Eisenbahner. Die Offiziere verhielten sich ziemlich zurückhaltend, immerhin wußten sie, daß der Krieg verloren war, sie befanden sich auf dem Rückzug, keiner von ihnen hegte die Hoffnung, sie könnten die Russen wieder nach Osten zurückwerfen.

Diese Deutschen hatten erschöpfte Gesichter. Zwei legten sich sofort schlafen, der dritte wachte. Er saß am Fenster und blickte hinaus in Nacht und Dunkelheit. Nach einer bestimmten Zeit lösten sie sich am Fenster ab. Ich war jung, ich brauchte nicht zu schlafen wie sie, blieb in der dunklen Küche wach bis zum Morgengrauen und schaute durch die halboffene Tür in das Zimmer. Ich hörte ihre Atemzüge, sah ihre Schatten an der Wand, ins Riesenhafte vergrößert und flackernd, weil die Flamme der Petroleumlampe zitterte und blakte. Der Wache haltende Offizier ging manchmal im Zimmer hin und her, dann ächzte der Fußboden unter seinem Gewicht, und meine Warschauer Kameraden im Unglück blickten sich, vom Lärm aufgestört, unsicher um, jemand murmelte einen Fluch, jemand stöhnte im Schlaf. Im Küchenherd glühte noch die heiße Asche.

Eine sehr seltsame, geheimnisvolle Nacht, solche Nächte gehen später in Märchen ein oder in Legenden. Stellen Sie sich bitte die Szenerie vor. Das einsame, kleine Haus im Garten, dunkle Nacht rundum, durch die bereiften Scheiben sieht man schneebedeckte Bäume, im Herd glüht der Rest des Feuers, im Zimmer nebenan flackert die Flamme der Petroleumlampe, man hört die Atemzüge von mehreren Menschen, Deutschen und Polen, getrennt durch die Schwelle der Stube, die Tür steht halb offen, die Feinde schlafen unter demselben Dach, so hat mein Gedächtnis das Kriegsende festgehalten oder vielmehr den Anfang vom Ende, wir nähern uns erst dem nächsten Morgen, erst am Morgen ging der Krieg zu Ende.

Vermutlich gegen sieben Uhr, vor dem Fenster begann

es grau zu werden, vernahmen wir das erste Bellen der Maschinengewehre. Dann wuchs das Getöse von Minute zu Minute. Die deutschen Offiziere fuhren aus dem Schlaf, wir ebenfalls. Alle lauschen. Es gibt keinen Unterschied mehr zwischen denen in der Küche und denen im Zimmer, alle stehen wir an den Fenstern und blicken in die graue Dämmerung. Doch sieht man nichts, deshalb gehen wir vor das Haus, dort liegt der Schnee kniehoch, scharfer Frost. Jeder von uns schaut angestrengt in Richtung der nahen Wälder.

Vielleicht war ich der erste, vielleicht nicht, ich schrie plötzlich oder hörte einen Schrei. Sie kommen! Sie nähern sich! Ich erblickte sie. Noch sehr weit entfernt, ich bildete mir eher ein, sie zu sehen, so weit weg waren sie. Kleine Punkte vor dem Hintergrund der schwarzen Linie des Waldes.

Jemand neben mir hustete. Ich schaute hin. Es war einer der deutschen Offiziere. Er hustete und kehrte zurück in die Stube. Die beiden anderen hielten noch eine Weile Ausschau und gingen dann auch hinein.

Vollkommene Stille, nur das Knattern der Maschinengewehre in der Ferne. Sie kamen vom Wald her. Über die riesige, weiße Fläche der schneebedeckten Felder kamen sie in breiter Front, unzählige Ameisen, schwarze bewegliche kleine Punkte, doch bald keine Punkte mehr, sondern eine Linie, eine Linie nach der anderen, und dann keine Linie mehr, sondern Wellen, dunkle endlose Wellen strömten aus den schwarzen Wäldern und fluteten auf das Städtchen zu, unzählige Ameisen, die das Weiß der Felder fraßen, denn hinter ihnen, wo sie gewesen waren, wurde die Erde schwarz, als hätte der ferne Wald sie verschlungen, als wäre der Wald herbeigekommen, der Birnam-Wald näherte sich den drei einsamen Deutschen; die aber, das war unglaublich, unbegreiflich, ich wandte den Kopf, es war schon heller, der Himmel verlor seine bleigraue Farbe, man konnte bereits die drei Deutschen in der Stube sehen, die aber – unglaublich! – hatten die Gesichter eingeseift, der eine schabte sich mit dem Rasiermesser, der zweite fuhr sich noch mit dem Pinsel über die Backen, der dritte wartete geduldig und sah aus dem Fenster, er betrachtete die schreckliche heranflutende Welle, er lauschte dem Rattern der Maschinengewehre, gleichsam die Zeit messend, die ihm noch zu leben übrigblieb.

Wieder schaute ich hinüber zu den Feldern, sie kamen in breiter Front, ich sah bereits das Grün ihrer Uniformen, sah ihre Helme, Maschinenpistolen, Umhänge. Eine unbeschreibliche Menschenmenge, Hunderte, vielleicht Tausende von Soldaten, aber sie wirkten nicht wie Soldaten, es war Naturgewalt, ein Stück Natur hatte sich abgespalten und rollte auf uns zu, eine Lawine der Natur, dunkel, mächtig und unheilverkündend. Neben mir stand unser Gastgeber, der Eisenbahner mit dem guten Herzen, der die Gestrandeten aus Warschau aufgenommen hatte. Ein schon betagter Mann, Rentner vielleicht, weil über siebzig Jahre alt. Ich betrachtete sein hageres, verhärmtes Gesicht. Viel Schlimmes mußte ihm im Leben widerfahren sein, auch die Deutschen mußten ihm weidlich zugesetzt haben, so war schließlich das Schicksal der Menschen seiner Generation gewesen. Er stand da und betrachtete diese schwarze Flutwelle, sein Gesicht unbewegt wie eine Totenmaske. Dann wandte er den Blick der Tür zu und musterte die Deutschen. Sie hatten ihre Wangen rasiert, die Uniformen glattgestrichen, die Haare gekämmt, langsam und sorgfältig zogen sie ihre weiten Ledermäntel an, die Handschuhe, dann Mützen und Brillen. Zum Schluß traten sie über die Schwelle. Einer von ihnen, vermutlich der Ranghöchste, wandte sich an den Eisenbahner oder vielleicht an uns alle, er sagte ein paar Worte, vielleicht gute Wünsche oder Abschiedsgrüße. Langsam gingen sie zu ihrem Motorrad, es war eine große Beiwagenmaschine, eine Zündapp, der ranghöchste Offizier stieg in den Beiwagen, die beiden anderen auf das Motorrad, der Motor sprang an, es knallte in der spröden Frostluft wie die Explosion einer Granate, eine kleine schwarze Rauchwolke quoll aus dem Auspuffrohr, die Räder drehten durch im harten Schnee, die anderen kamen in breiter Front näher und näher, schon erkannte ich die Gesichter, dunkel und breit wie alte Pfannen, eine unzählbare Menge von Gesichtern, Flecken unter den Helmen, ein riesiger Wald näherte sich, die Deutschen fuhren ruhig davon nach Westen, auf dem Weg zur Stadt, nur der Rauchstreifen legte sich tief auf den Schnee zwischen den Bäumen, und da sagte mein Eisenbahner, immer noch mit unbewegtem Gesicht, den schwarzen russischen Wald betrachtend, etwas über unsere Zukunft. Ich kann seine Worte nicht wiederholen. Er sprach über Gott. Oder vielleicht auch über die Rasierseife.

Es war etwas Wichtiges und betraf unsere gesamte Zukunft.

Eine Viertelstunde später erreichten die Russen das Städtchen.

2

Er rannte die Treppe hinunter und nahm jeweils drei Stufen. Im Treppenhaus herrschte sanftes Halbdunkel, es war kurz vor sieben Uhr, ein Spätherbsttag, draußen vor dem Fenster flackerte die Leuchtreklame des nahen Kinos.

Plötzlich bemerkte er auf dem Treppenabsatz den Schatten einer Person. Bremsen konnte er nicht mehr und prallte mit voller Wucht gegen sie. Das Mädchen schrie auf, doch war es weder der Schreck noch ein Schmerz, sondern diese seltsame Art von Pein, wie sie immer anwesend ist im Herzen einer Dreizehnjährigen, die etwas wünscht, etwas befürchtet, auf etwas wartet.

Der Bursche war kaum siebzehn, aber bereits erwachsen, er schaute hübschen Frauen nach; jetzt eilte er in den Film mit Joan Crawford, das Mädchen, das sich im Treppenhaus an die Wand drückte, kümmerte ihn kaum, sie war für ihn ein Hindernis, ein Zeitverlust, nicht einmal ein Wort der Entschuldigung war sie ihm wert, aber schließlich hatte man ihn gut erzogen, und so sagte er, wenn auch ungeduldig: »Entschuldigen Sie, ich hoffe, es ist nichts passiert...«

Erst jetzt erkannte er sie. Es war die Nachbarin aus dem Parterre, Justynka, die Tochter der schönen Stefania, von der Antoni nachts träumte. Welch eine Bosheit des Schicksals! Ein derartiger Zusammenstoß mit Frau Stefania war sein geheimer Wunsch. Für einen derartigen Zusammenstoß mit ihr im Halbdunkel des Treppenhauses an einem

Herbstabend hätte er viel gegeben, vor allem ein Stück seines Körpers. Doch das Schicksal hatte ihm das Kind präsentiert, ein mageres Mädchen mit langen Zöpfen, blassem Gesicht und blauen Unschuldsaugen.

»Mir ist nichts passiert«, sagte das Mädchen.

»Gott sei Dank!« rief er und war auch schon fort. So verlief das erste Gespräch ihres Lebens, im Herbst 1938.

Justynas Mutter wurde Frau Stefa genannt, doch kaum jemand wußte, wie ihr Vorname wirklich lautete. Sie führte ein ziemlich bewegtes Leben, die Männer an ihrer Seite wechselten oft, es waren immer wohlhabende Leute. Justynas Vater existierte nicht.

Stefanias Wohnung umfaßte das gesamte Parterre des Hauses, sieben schöne, geräumige Zimmer, luxuriös, aber geschmackvoll eingerichtet nach der Mode des späten Jugendstils, weil Frau Stefania, wie recht allgemein und boshaft geredet wurde, das Haus »im besten Zustand« von ihrer Mutter geerbt hatte und diese wiederum von ihrer Mutter, einer auf besagtem Gebiet in Wien und Baden hochverdienten Frau, die indessen, von patriotischen Gefühlen getrieben, seinerzeit nach Warschau gezogen war, um in dieser, nach der Niederlage des Jahres 1863 in Trauer gehüllten Stadt, den verwundeten Vaterlandsverteidigern etwas Gutes zu tun.

Es hieß, Frau Stefanias Haus werde auf hohem Niveau geführt, die Leute versuchten herauszubekommen, woher eine einsame, dazu mit einem Kind belastete Frau die Mittel zu einem beinahe prunkvollen Leben nahm, am leichtesten fiel es zu behaupten, Stefania würde von mehreren Herren gleichzeitig ausgehalten. Vielleicht war das nicht gar so unsinnig, schließlich verdienen schöne Frauen mehr als andere ein gutes Schicksal. Das Haus war kultiviert, Mozart und Brahms regierten dort, Chopin hörte man seltener, denn ihn schützte das nationale Gefühl, vermutlich meinte Stefania, es sei nicht richtig, das Vaterland in ihre intimen Angelegenheiten hineinzuziehen.

Während der Okkupation führte Frau Stefania ihr im materiellen Sinn ziemlich ordentliches Leben weiter, und das hieß nur soviel, daß die früheren Verehrer in ihren Herzen ein Sentiment für sie bewahrten und allen Stürmen der Geschichte zum Trotz auf ihrem Posten, das heißt an der Schwelle ihres Schlafzimmers, verharrten.

Im Hause wurde viel musiziert, Klavier spielte meist Frau Stefanias Tochter, die von der Mutter kurz gehalten wurde, wahrscheinlich in der Hoffnung, diese wankende Welt werde das Los ihrer Tochter verändern, werde Justyna gestatten, auf den Trümmern des zerfallenen Europa einer anderen Beschäftigung nachzugehen.

Doch das Leben erwies sich als grausam, denn im Frühjahr 1943 verschwand Justyna, und sehr bald wurde bekannt, daß sie sich in einen hochgewachsenen jungen Mann verliebt hatte, der sich von morgens bis abends mit allergefährlichster Konspiration beschäftigte.

Der junge Mann entführte Justyna nach Zakopane.

Frau Stefania verfiel in schreckliche Verzweiflung, es ist nämlich eine Sache, von vielen eleganten Männern ausgehalten zu werden, und eine andere, das eigene Kind zu verlieren, ein schönes und vollendet erzogenes Mädchen, das nichts Besseres zu tun hat, als sich in einen Verschwörer höchst verdächtiger Herkunft zu verlieben. Frau Stefania litt nicht so sehr wegen des Schicksals ihrer vom Patriotismus angesteckten Tochter, als vielmehr wegen des moralischen Verfalls des so unerfahrenen und der erotischen Leidenschaft zum Raub ausgelieferten Mädchens.

Bei einem Gespräch über diese Angelegenheit mit Tante Amelia, Antonis gutem Geist und seiner Betreuerin, verbarg Frau Stefania ihre Befürchtungen nicht.

»Meine Teure«, sagte Tante Amelia, während sie im Salon des ersten Stocks saß und die schöne Frau Stefania mit verdünntem Kirschsaft empfing, was zu jener Zeit ein Zeichen von Luxus und hohem Lebensniveau war, »meine Teure, die Liebe macht keine Unterschiede, und das Herz wählt nicht nach dem Familienwappen.«

Tante Amelia war eine Person von leidenschaftlicher Weltanschauung, sie hatte früher selbst Liebschaften gehabt, von denen sie sagte, sie seien finster und feurig gewesen wie die Hölle; aus jenen Zeiten bewahrte sie vergilbte Fotografien auf von Männern in den Uniformen verschiedener europäischer Armeen oder in Jagdkleidung, mit federgeschmückten Hüten und geschulterten Flinten; sie blickten mit runden mißtrauischen Augen in das fotografische Objektiv, als erwarteten sie, aus dem Apparat könne ihre verratene Ehefrau springen oder, schlimmer noch, der Erzherzog Franz Ferdinand.

Trotz ihrer eigenen stürmischen Vergangenheit war Tante Amelia jedoch nicht scharfsichtig genug, Frau Stefania eine noch stürmischere Vergangenheit zuzutrauen.

»Meine Teure«, sagte also Tante Amelia zu der schönen Frau Stefania, »so etwas geht vorüber. Fräulein Justyna ist inzwischen erwachsen. Wie alt ist denn das Kind?«

»Achtzehn«, antwortete Stefania.

»Dann ist sie eine Frau«, sprach Tante Amelia. »Jede Frau hat das Recht auf Liebe.«

Frau Stefania indessen war anderer Meinung.

»Lernen soll sie«, rief sie, »und nicht mit einem Verrückten poussieren, der eine Pistole in der Tasche trägt. Mein

Gott, ich bin wohl blind gewesen! Er hat sie doch gelegentlich besucht, sie spielten zusammen Klavier. Diese Blicke, diese verschlungenen Hände ...«

Tante Amelia seufzte.

»Sie sagen, er ist ein einfacher Kerl? Vom Lande vielleicht?«

»Wie soll ich das wissen?«

»Die Liebe«, sprach Tante Amelia leise. »Nun ja, aber alles hängt von den Umständen ab. Sie sagen, er konspiriert! Das heißt, er ist Soldat. Da gibt es natürlich Unterschiede: Ein Feldwebel in der Scheune oder ein Oberst im Salon ...«

Frau Stefania blickte Tante Amelia in die Augen.

»Sie haben das ganze Leiden meiner Seele erfaßt.«

Zu dieser Zeit, es war nämlich sieben Uhr, und die Sonne neigte sich langsam dem Untergang zu – wie Tante Amelia in Momenten der Versonnenheit zu sagen pflegte –, genau zu dieser Zeit wälzte sich Justyna in Sünde auf dem Bett einer Pension in Zakopane.

Das dauerte jedoch nicht lange. Der junge Simpel war zwar nett und zartfühlend, in der Liebe aber nicht sonderlich erfindungsreich, und Justyna hatte von ihrem ersten Liebesabenteuer zuviel erwartet. Darüber braucht man sich nicht zu wundern. Sie war in erotischer Atmosphäre herangewachsen und hatte Nächte voll wilder Träume hinter sich. Sie war keineswegs romantisch, sondern eher begierig auf starke Erlebnisse, wie das bei Mädchen in diesem Alter der Fall zu sein pflegt. Der schöne Verschwörer hatte ihr ein ungewöhnliches Liebesabenteuer versprochen, weil er dumm und phantasielos war wie fast alle jungen Leute in diesem Alter. Beide erlitten sie schmerzliche Enttäuschungen.

Nach einer Woche kehrte Justyna heim, der Liebhaber

verschwand spurlos aus ihrem Leben. Sie vergaß ihn bald. Er aber wurde später umgebracht.

Frau Stefania hatte keinen Grund mehr zum Kummer. Das Kind widmete sich in geheimen Schulkursen eifrig dem Lernen, spielte hübsch Klavier, war einsichtig und gut zu seiner Mutter. Justyna behielt aus dieser Zeit ein spöttisches Lächeln im Winkel ihres Herzens, eine Kühle der Welt gegenüber, die ihre Erwartungen nicht erfüllt hatte.

Im übrigen änderten sich die Zeiten. Der Aufstand brach aus, und Frau Stefania kam fast sofort ums Leben, denn sie wurde schon am 3. August vom Feuerstoß einer Maschinenpistole getroffen, als sie an einer gefährlichen Stelle über die Fahrbahn der Świętokrzyska-Straße lief. Ihre Leiche blieb drei Tage und drei Nächte unbeerdigt liegen, niemand war kühn genug, seinen Kopf nur deshalb aus einem Hauseingang zu strecken, um der Unbekannten den letzten Dienst zu erweisen.

Tante Amelia hatte mehr Glück. Sie starb im Schlaf, verschüttet von den Trümmern ihres zusammenbrechenden Hauses.

Antoni und Justyna kämpften auf derselben Barrikade. Das Mädchen sehr tapfer. Endlich hatte eine Zeit starker Erlebnisse und großer Leidenschaften begonnen. Justyna war schön, mutig und opferbereit. Das ergab sich aus Mangel an Vorstellungskraft. Sie spürte keine Todesangst. Vielleicht überlebte sie deshalb.

In den ersten Aufstandstagen wünschte Antoni sehr, daß sie seine Geliebte würde. Doch nach zwei Wochen Kampf auf der Barrikade dachte er nicht mehr an Brüste und Bauch des Mädchens. In der vordersten Frontlinie existiert das Geschlecht nicht. Zu diesem Zweck muß man sich mindestens dreihundert Meter nach hinten begeben.

Sie wurden kein Liebespaar in der Stunde der Feuersbrunst, der Tapferkeit und der silbernen Träume.

Nach dem Krieg trafen sie sich in einer völlig neuen Welt. Damals sah es um ein Haar so aus, als würden sie sich sehr nahe kommen.

Aber sie schafften es nicht.

Sie schafften es dagegen, die große Liebe zu erleben, von der die Dichter schreiben.

Ihre Liebe jedoch wurde nicht so sehr auf lyrische Weise, dafür in vielen Einzelheiten beschrieben. Denn, nicht die Zeiten der Dichter brachen an, sondern die der Polizisten.

3

Es war wohl kurz nach sechs Uhr, denn die Sonne am wolkenlosen Maihimmel wärmte schon kräftig. Er konnte die genaue Zeit nicht feststellen, weil er tags zuvor seine Uhr irgendwo in den Ruinen verloren hatte. Jetzt glaubte er, es sei nach sechs. Von der unverhofften Stille beunruhigt, blickte er zum Himmel.

Neben ihm lag Hoppe, groß, kräftig und reglos. Während des heftigen Artilleriebeschusses am Abend zuvor hatte ein Granatsplitter Hoppes Kehle getroffen, er blutete fürchterlich und sprach mit großer Mühe, gegen Ende seines Lebens flüsterte er nur noch, und flüsternd bat er Arens, ihn zu beerdigen. Hoppe fürchtete sich vor Ratten und streunenden Hunden, denn in der Stadt gab es Ratten, die sich verstohlen, aber recht aufdringlich in der Nähe der Menschen herumtrieben, es gab immer mehr Ratten und immer weniger Menschen. Hoppe hatte darum Grund zur Unruhe, er flüsterte unablässig diese eine Bitte, und Arens versprach ihm selbstverständlich, er würde seine Leiche nicht den Ratten zum Fraß überlassen, er glaubte ehrlich daran und wollte Hoppe im Morgengrauen in einem nahen Bombentrichter begraben. Nachts kam das nicht in Frage, Arens durfte seinen Kopf nicht hinter der Kirchenmauer hervorstrecken, die Kirche war solide gebaut, fünfhundert Jahre zählten diese Mauern. Arens lag in ihrem Schutz die ganze Nacht über, der Mond schien hell vom wolkenlosen Himmel, der Mondschein ergoß sich in Hoppes offenen

Mund, er floß ins Innere seines reglosen Körpers und füllte die zerrissene Kehle, die Brust und den Bauch, der ganze Hoppe war mit diesem Mond gefüllt wie ein silbriges, äußerst feines Omelett oder ein russischer Blin mit Kaviar, solche Bliny hatten er und Hoppe gemeinsam bei Minsk oder vielleicht auch bei Smolensk gegessen, die Nacht dröhnte über ihren Köpfen, Arens erwartete genauso reglos wie Hoppe das Morgengrauen, in der trügerischen Hoffnung, beim Morgengrauen werde der Beschuß aufhören. Und tatsächlich sank gegen sechs Uhr völlige Stille herab, Arens erhob sich langsam, schob den Kopf vor und erblickte sofort einen Iwan in langem Mantel, die Maschinenpistole in der Hand. Er hätte diesen Iwan mühelos umlegen können, doch sah er, daß hinter diesem Iwan ein zweiter Iwan lag und hinter dem zweiten eine ganze Armee von Iwans, während er, Arens, hier ganz allein war, nur mit Hoppe, dem vom Mondschein bewußtlosen Hoppe an seiner Seite.

Er stand auf, streckte sich und blickte dem Iwan in die Augen. Der Iwan grinste. Er sagte etwas, und Arens hob die Arme über den Kopf. Der Iwan wies auf Hoppe, da rief Arens sehr laut und deutlich: »Kaputt, kaputt!«, doch der Iwan feuerte sicherheitshalber eine kurze Serie auf Hoppe ab. Da sprang Hoppe auf, als wäre er am Abend zuvor nicht gestorben. Arens dachte, jetzt bin ich an der Reihe, doch der Iwan gab ihm ein Zeichen, sie gingen beide auf die nahen sowjetischen Stellungen zu.

Arens war ein großer, schlanker, durchtrainierter Mann mit hellen weichen Haaren, die ihm in seiner Jugend viel Sorgen bereitet hatten. Die Mutter pflegte dem Jungen den Kopf mit Petroleum einzureiben. Sie war eine schlichte Frau und glaubte allerlei seltsame Geschichten, die die

Nachbarinnen erzählten. Petroleum sollte angeblich hilfreiche Eigenschaften haben, das Haar kräftigen, so daß es glänzend wurde und sich vortrefflich legte. Der junge Arens glaubte seiner Mutter.

Doch das Petroleum war nicht das einzige Ding in der Welt, das ihn enttäuschte. Auch der Krieg enttäuschte ihn, von Adolf Hitler gar nicht zu reden. Während Arens immer noch in Breslau, unweit der Elisabethkirche kämpfte, hatte Hitler sich feige das Leben genommen und das Reich den siegreichen Feinden zum Raub überlassen. Arens hielt sich für einen Soldaten und dachte soldatisch. Im Krieg tat er seine Pflicht, entsprechend den Vorschriften und den Überzeugungen, die er in sich trug. Vielleicht waren nicht alle Überzeugungen vernünftig, und nicht alle führten zum Ziel. Arens gelangte zu diesem Schluß nicht erst nach dem Krieg, das wäre kleinmütig gewesen. Bereits in Warschau, wo er sich bis zum Sommer 1942 aufhielt, und auch später, im Hinterland der russischen Front, erachtete er nicht alles, was er tat, für gleich richtig und zutreffend. Er nährte in sich ein tiefes Pflichtgefühl, aber er war auch ein sensibler Mensch. Er gehörte zu jenen Offizieren des Dritten Reiches, die die Kriegsopfer bedauerten. Selbstverständlich darf man nicht übertreiben und glauben, er hätte alle ohne Ausnahme bedauert, Juden, Polen oder Russen. Hätte er so empfunden, wäre er ein Stümper gewesen – dabei gehörte er zum Kreis der verantwortlichen ss-Offiziere.

Es unterlag jedoch keinem Zweifel, daß die Leiden wehrloser und entsetzter Menschen ihn mit Bitterkeit und Widerwillen erfüllten. Im Gebiet von Smolensk ließ er einmal eine jüdische Frau mit zwei kleinen Kindern beiseite nehmen und gab ihnen die Freiheit wieder. Das war früh am Morgen. Schon abends warf er sich diese Tat vor. Er saß in der Vorlaube des zerschossenen dörflichen Gebäudes, wo er einquartiert war, und dachte an seine sentimentalen Illusionen. Wohin war die Frau gegangen? Wie hatte sie sich retten können vor ihrem Schicksal? Überall operierten die Sonderkommandos, kein Gedanke daran, daß die Freigelassenen diesen Ring durchbrechen konnten. Arens hatte ihr Leben um einige Stunden verlängert und sie zur Qual von Hoffnung und Angst verurteilt. Auf diese Weise wurde nichts erledigt, vielleicht geschah sogar mehr Böses, nur weil Arens den Schein bewahren wollte, an den er doch selbst nicht glaubte.

Er war ein idealistischer Mensch und rechnete es sich als Ehre an, daß ihn auch in diesem Krieg tiefe Überzeugungen leiteten. Er führte den Krieg nicht für sich, sondern für andere. Er war bereit, schwere geistige und physische Opfer zu bringen – und brachte sie viele Jahre lang. Niemand konnte behaupten, Arens habe, getrieben von Selbstsucht, um des Ruhmes oder der persönlichen Bequemlichkeit willen Grausamkeiten und schreckliche Barbareien begangen. Er war nicht dumm und wußte den ganzen Krieg über, daß er eine teuflische Arbeit leistete. Man kann sagen, er war sich der eigenen Taten voll bewußt. Er suchte keine Rechtfertigungen und errichtete in seiner Seele keine mysteriöse Konstruktion aus falschen moralischen Geboten, um auf diese Weise ruhiger an die Zukunft denken zu können.

Arens verfügte über einen praktischen Sinn. Die Juden mußten vernichtet werden, und irgendwer mußte das tun. Er wollte nicht grausam sein, wußte aber, daß er ganz einfach böse und niederträchtig war – und wahrscheinlich deshalb kam ihm manchmal der Gedanke: Der Teufel sitzt in mir. Er war davon nicht begeistert, weil er früher an Gott geglaubt, dann aber den Glauben verloren und zu der Überzeugung gelangt war, die Welt sei schlecht eingerichtet, damit müsse man sich abfinden. Schließlich mußte der Teufel irgendwo sitzen, und wenn es so sein sollte, daß er ausgerechnet an ihm Gefallen gefunden hatte, mußte er das akzeptieren. Kann man sein Leben nicht ändern, muß man es nehmen, wie es ist.

Die Idee des Nationalsozialismus besaß für Arens einen bestimmten Wert, er meinte, sie würde einst, in ferner Zukunft, aus der Erde einen anständigeren Ort machen. Ein paar Jahre lang war die Welt, die Arens umgab, schmutzig, voller Blut und Leiden. Es konnte unmöglich immer so bleiben. Aus dieser Vernichtung mußte später eine Welt voll gemäßigter Sanftmut, aber auch Reinheit und Ordnung entstehen. Der Gedanke bewirkte, daß Arens keinen Schmerz empfand und die Anwesenheit des Teufels in seinem Herzen mitunter als etwas Nützliches ansah.

Im Mai 1945, nach der Eroberung Breslaus durch die Russen, geriet er in Kriegsgefangenschaft. Er durchlebte einige sehr unangenehme Tage, weil er ängstlich an die Zukunft zu denken begann, und die Angst nahm ihm das Gefühl der Selbstachtung und den Stolz, der zu sein, der er war. Daraus nämlich schöpfte er sein Selbstbewußtsein. Als er in Gefangenschaft geriet, stand er vor einem Dilemma. Die Leugnung der eigenen Identität gab ihm eine, wenn auch geringe Chance zu überleben, nahm aber seinen vorangegangenen Taten und Grundsätzen ihren Sinn. Die Offenlegung seiner Vergangenheit mußte den unwiderruflichen Abschied vom Leben bedeuten.

Arens sagte die Wahrheit, fand aber keine Linderung. Ihn plagte nämlich der unangenehme Gedanke, er habe sein Bekenntnis nicht aus Treue zu seiner geistigen Unabhängigkeit abgelegt. Er vermutete ganz einfach, jene Leute wüßten von ihm ohnehin genug, um ihn unverzüglich an den Galgen zu bringen.

Übrigens beeilten sie sich damit keineswegs. Es herrschte nicht mehr Krieg in Europa, die Maschinerie der juristischen Verfahren arbeitete. Die Polen führten eine ungewöhnlich sorgfältige Ermittlung, die Stöße von Papieren wuchsen, die Monate vergingen träge, der Gang der Korrespondenz war erschwert durch das schlechte Funktionieren der Post, des Verkehrs und der Staatsbehörden. Der Staatsanwalt suchte nach Zeugen, die über große Bereiche des Kontinents verstreut waren.

Arens hatte Gründe zu dem Verdacht, er selbst habe das alles irgendwie vorausgesehen und auf diese Weise sein Leben in der Untersuchungshaft verlängert. Darum auch hatte er weniger Achtung vor sich selbst als in den Kriegsjahren. Das Leben im Gefängnis begünstigte auch nicht die Bewahrung seiner inneren Würde. Schon nach wenigen Wochen gelangte Arens zu der Überzeugung, diese Leute würden ihn nicht foltern. Das Essen schmeckte ihm nicht, doch litt er keinen Hunger. Man behandelte ihn mit einer gewissen Strenge, vielleicht sogar Abneigung, doch fühlte er sich nicht schikaniert.

Eines Tages sagte der Wärter zu Arens: »Wenn ich dir vor einem Jahr in die Hände gefallen wäre, hingen mir die Därme zum Leib heraus. Wir aber sind nicht so . . .«

Das erzeugte bei Arens keine tieferen philosophischen Reflexionen.

»Im Krieg ist das eben anders«, antwortete er höflich. »Aber der Krieg ist zu Ende, und nun muß man dem Recht entsprechend vorgehen.«

»Stimmt«, sagte darauf der Wärter.

Einige Tage später fragte Arens ihn unschuldig: »Herr Chef, sagen Sie ehrlich, könnten Sie mich umbringen?«

»Warum nicht«, entgegnete der Wärter ruhig.

»Aha«, sagte Arens.

Aber er hielt die Polen für Stümper.

Doch kam der Tag, da er seine Meinung änderte. Das geschah Jahre später, in einer Silvesternacht. Er war damals bereits ein erfahrener Häftling, er hatte sechs Jahre einer trägen, peniblen, düsteren Untersuchung hinter sich und wartete auf seinen Prozeß vor Gericht, der mit dem Todesurteil enden mußte.

In dieser Frage gab sich Arens keinen Illusionen hin.

4

Seine Mutter sagte immer, er sei der schönste Junge in der Stadt. Gewiß übertrieb sie ein wenig wie jede liebende Mutter, aber hübsch war er wirklich. Hellblond, schlank und sportlich, von Kindesbeinen an größer als seine Altersgenossen, stärker als sie und intelligenter.

Außerdem war er ungewöhnlich gut, er hatte ein zärtliches und edles Herz. Schon als Kind beschloß er, Gutes zu tun, er gelobte sich das zu Füßen des Altars in der städtischen Pfarrkirche, wobei er den lieben Gott und alle Heiligen als Zeugen anrief.

Mit Gott redete er häufig vor dem Einschlafen. Er lag in seinem Bett, in dem dunklen, großen Zimmer, dessen Fenster zum Garten hinausführten, und sprach mit ihm. Sie hatten ihre eigene, für andere Menschen unverständliche Sprache. Er wandte sich übrigens auf unterschiedliche Weise an Jesus Christus, an Gottvater und an den Heiligen Geist. Alle drei hörten ihm aufmerksam zu, sie zeigten sich sogar manchmal erstaunt über seine Geistesschärfe.

Tagsüber dagegen führte er Gespräche mit den Heiligen. Er hatte seine Lieblingsheiligen, jeder von ihnen beschäftigte sich mit anderen Angelegenheiten seines Lebens. Hatte er etwas verloren, rief er den heiligen Antonius an. Ging er in die Schule, begleitete ihn der heilige Christophorus. Gab er einem Bettler ein Almosen, stand der heilige Franziskus neben ihm.

Im Himmel kannte er sich recht gut aus, es gab dort für

ihn keine Geheimnisse. Er hätte so etwas wie einen Taschenführer durch den Himmel schreiben können, eine Zeitlang beschäftigte er sich sogar mit dieser Idee, denn er wollte, daß alle der Erlösung teilhaftig würden, und er wußte, wie man das erreichte.

Er war auf seine eigene Güte sehr stolz und bekämpfte alles Böse rundum. Der Schulgeistliche fand nicht genug Worte der Anerkennung für seine Taten. Die Lehrer waren sich in der Beurteilung einig, in ihm wachse ein hervorragender Künstler oder Gelehrter heran, vor allem aber ein Wohltäter.

Er selbst träumte als Kind davon, Lokomotivführer zu werden, dann verwarf er diese Absicht, weil das doch eine ziemlich schmutzige und mühselige Arbeit war. Deshalb beschloß er, General zu werden. Aber ein zur Heiligkeit fähiger General, der aufopferungsvoll dem Himmel diente.

Er wuchs ohne Vater auf, in einem Haus voller Frauen. Der Vater hatte die Mutter verlassen, sie blieb mit einer Schar von sechs Kindern zurück. Er war in die Welt gezogen mit einer liederlichen Frau, die ihn übrigens bald ruinierte und ihn der Armut und der Krankheit überantwortete. Der Vater lebte noch eine Zeitlang, sandte verzweifelte Briefe an Frau und Kinder und flehte sie um Vergebung an, die ihm jedoch versagt wurde, weil die Mutter, eine würdevolle Frau, einmal gekränkt und in ihrem Milieu der Lächerlichkeit preisgegeben, dem Leichtfuß nie verzieh. So starb der Vater am anderen Ende Polens einsam und elend.

Trojan war damals vierzehn Jahre alt, der einzige Junge in der Familie. Seine beiden älteren Schwestern schickten sich schon an zu heiraten, die drei jüngeren besuchten eine Schule für höhere Töchter.

Die Familie wohnte am Stadtrand, in einem großen und

dunklen Haus. Ringsum ein verwahrloster Garten, weit ausladende Kastanien warfen ihren breiten Schatten, die Birken reckten sich hoch, ihre Blätter raschelten metallisch im Wind, überall wucherten Akazien, Haselsträucher und Erlen. Im Frühherbst zog sich durch den ganzen Garten der bittere, belebende Duft herabgefallener Kastanien, ihre aufgeplatzten Schalen bedeckten die schmalen Wege.

Die Zimmer im Haus waren riesig, feucht und kühl, vollgestellt mit uralten Möbeln, schöne und wertvolle Dinge neben Schund, denn seine Vorfahren waren Leute ohne besseren Geschmack und ohne Kultur gewesen, sie hatten noch die Mittel besessen, schöne Dinge zu kaufen, sich Rassepferde zum Reiten zu halten und eine Meute Hunde aufzuziehen, doch seine Mutter gehörte einer neuen Generation an, sie wollte eine Dame von Welt sein, reiste darum in ihren ersten Ehejahren, als ihre Eltern gestorben waren und sie ein beträchtliches Vermögen geerbt hatte, mit ihrem Leichtfuß von Mann nach Petersburg, Wien, Paris und Rom, sie warf mit Geld um sich, beide spielten hoch in Monte Carlo, Baden-Baden und Zoppot, sie hielten sich vor dem Weltkrieg ständige Hotelzimmer in Bad Ischl, erholten sich in Bayonne, Venedig, auf der Krim, und weil sie nicht so reich waren, wie sie glaubten, schmolz ihr Vermögen dahin, es blieb ihnen nur das vernachlässigte, riesige Haus, ein wenig Land, irgendwelche Wertpapiere, die übrigens der Krieg verschlang.

Als Trojan älter wurde, herrschte im Haus eine recht bescheidene Atmosphäre, von Mangel konnte zwar nicht die Rede sein, doch seine Mutter fühlte sich beraubt, sie klagte über die Ungerechtigkeit der Welt und suchte Zuflucht in der Frömmigkeit. Immer noch wollte sie ein Leben auf großem Fuß führen, sie plagte ihre entfernteren Verwandten und forderte als einsame und mit sechs Kindern belastete Frau Unterstützung, doch wenn sie diese Unterstützung erhielt, schmolz das Geld schnell dahin, weil sie anspannen ließ, zu Besorgungen in die Stadt fuhr und allerlei notwendige und völlig unnötige Dinge einkaufte, auch gab sie Empfänge und begrüßte dann ihre Gäste in der dunklen, weiten Halle, angetan mit einem neuen Kleid und behängt mit falschem Schmuck, denn der echte war längst an die Juden verkauft.

Wäre da nicht ein alter Freund seines Vaters gewesen, ein guter Landwirt und nüchterner Mann, der einstmals in die Mutter verliebt gewesen war und später ihre kleinen landwirtschaftlichen Geschäfte führte, wobei er still und leise von sich etwas hinzufügte, sie hätten unweigerlich in Armut gelebt.

Trojan wuchs so in einer Atmosphäre ewiger Unruhe und neurotischer Spannungen auf, unter den Seufzern seiner sentimentalen älteren Schwestern und dem Gezwitscher der jüngeren Mädchen, an der Seite einer Mutter, die sich morgens unglücklich fühlte, abends aber vor Humor sprühte, in einem Haus, wo Leidenschaften lauerten, die der Junge nur ahnte, aber nicht begriff.

Zwei oder drei Jahre lang führte er ein besonderes Heft, in dem er seine Tugenden und Sünden notierte. Die guten Taten schrieb er mit grünem Stift auf. In dem Heft gab es eine extra Rubrik für die Belohnungen, die Trojan vom Schöpfer zu erhalten hoffte. Doch der Schöpfer erwies sich als saumselig oder zerstreut, denn die Rubrik blieb leer, und eines Tages verbrannte Trojan tief enttäuscht das ganze Heft. Von nun an war er nicht mehr so ungewöhnlich gut, er erkannte nämlich, daß man sich auch um seine eigenen Interessen kümmern mußte. Letzten Endes bewies seine

Mutter keine besondere Opferfreudigkeit, sie war zu Entbehrungen unfähig, und trotzdem konnte sie sich fast immer durchsetzen und erreichen, was sie wünschte. Trojan bemerkte, daß seine älteren Schwestern auch ziemlich egoistisch waren, sie spannen irgendwelche Liebesintrigen, belogen die Mutter und hatten nur Flirts und Vergnügungen im Kopf. Zu dieser Zeit tauchten im Haus junge Männer auf, denn die Schwestern waren nicht häßlich, kokett und – nach Trojans Ansicht – ziemlich dumm, sie hatten folglich einen ganzen Kranz von Kavalieren um sich. Trojan behandelte diese jungen Männer wie komplette Idioten und irrte sich dabei vermutlich nicht.

Er war intelligent, kalt, berechnend, unaufrichtig, grausam und einsam. Dabei galt er als sehr wertvoller Mensch, und seine Familie umgab ihn mit Liebe. Er erwiderte diese Liebe nicht. Mit zwanzig Jahren kam er zu der Überzeugung, wenn nicht etwas Außerordentliches passiere, werde er seine Talente und Möglichkeiten vergeuden, weil die Welt für ihn zu eng sei und die Menschen beschränkt.

Er fuhr zum Jurastudium nach Lemberg, doch die Universität langweilte ihn bald. Wegen seiner bescheidenen Mittel wohnte er recht armselig. Er schickte Briefe nach Hause, in denen er ausführlich und detailliert seine studentischen Tätigkeiten beschrieb, damit seine Mutter glaubte, er besuche weiterhin die Universität. Statt dessen saß er in Cafés, am häufigsten bei George, ging ins Kino und ins Theater, las ein wenig, behandelte aber die Lektüre leichtfertig wie alles andere. Um seine Ausbildung kümmerte er sich nicht, sein Vater hatte ja auch keine Ausbildung gehabt, dennoch in seiner Jugend viel Geld besessen und auf hohem Niveau leben können.

Er liebte es, Träume zu spinnen. Er saß an einem Tisch im

Café, tat so, als läse er Zeitung, und spann an seinen Träumen. Manchmal warf er sich selber vor, sie seien belanglos. Er träumte vom großen Geld, schönen Frauen und weiten Reisen. Als reicher Gentleman erschien er in einem Pariser Hotel. Tiefe Verbeugungen der Bediensteten, ein sonniges Appartement, prunkvolle Mahlzeiten und nachts drei nackte Kokotten.

Die Wunschträume wichen von der Wirklichkeit ab, denn er aß zum Abendbrot ein Stück Fleisch, trank ein Bier und nahm sich eine Prostituierte.

Es unterlag keinem Zweifel, die Welt war für Trojan eng, trivial und ohne Sinn. Hätte er damals eine vernünftige Frau gefunden, so hätte sie ihn möglicherweise zu lenken vermocht. Er war weder böse noch gut, nur verzärtelt und verzogen wie viele junge Leute, die ihre Kindheit in einer neurotischen Welt ohne Männer verbrachten. Hätte er also eine vernünftige Frau gefunden, die ihn einige schlichte Grundsätze gelehrt hätte, nämlich daß die Wahrheit sich mehr lohnt als die Lüge, die Arbeit mehr als das Nichtstun, das Bücherlesen mehr als das Phantasieren, so wäre wohl ein ordentlicher Mensch aus ihm geworden. Er besaß einen praktischen Verstand, man hätte ihn auf die alltäglichen Probleme hinweisen müssen, deren Lösung dem Menschen Befriedigung verschafft. Doch ein solches Leben existierte jahrelang nicht für Trojan, er bekam ausschließlich moralische Lehren zu hören, Gott wollte ihn verführen, und der Teufel versuchte ihn – deshalb glaubte er, daß darauf die Schwierigkeiten des menschlichen Gewissens beruhten.

Sein praktischer Verstand war überflüssig und lächerlich, weil niemand ihn mit Arbeit oder mit Pflichten belastete. Im Lauf seiner Kindheit veranlaßte man ihn, gut zu sein und sich um seine Erlösung zu kümmern, mit Gebeten und guten Taten. Er lebte in einer Welt provinzieller Idioten, obgleich man solche Idioten auch in den großen Metropolen antreffen kann. Statt dem Kind zu sagen, es solle sich die Hände waschen, weil schmutzige Hände ein Zeugnis der Unsauberkeit sind und Ansteckungskeime verbreiten, befahl man ihm, sich zum Lob des Himmels die Hände zu waschen. Statt dem Jungen zu befehlen, einen trockenen Zweig im Garten abzuschneiden, veranlaßte man ihn zu abstrakten Gedanken über die Güte und die Barmherzigkeit.

Infolgedessen glaubte Trojan an Engel, aber nicht an Bakterien. Später, als er bereits festgestellt hatte, daß die Engel in die warmen Länder davonflogen, wollte er nichts davon wissen, daß die Bakterien zurückgeblieben waren. Die Welt, weniger heilig, als man ihm das in der Kindheit beigebracht hatte, erwies sich ganz einfach als wertlos. Trojan verlor den Glauben an Gott, doch blieb ihm der Glaube an den glücklichen Zufall. Er war überzeugt, er müsse nichts tun, keine Entscheidung treffen, denn das Leben selbst trage ihn wie ein Fluß in die richtige Richtung und erlaube ihm, ein Land zu erreichen, wo alles sich vorzüglich fügt.

Aus dem allgemein bekannten Grund, daß er einen praktischen Verstand, aber kein Gewissen besaß, konnte er im passenden Augenblick eine strahlende Karriere machen.

Hätte er in Lemberg eine liebende Frau gefunden, wäre er gerettet worden. Es hätte nicht unbedingt eine Frau sein müssen. Es hätte auch ein Mann mit harter Hand sein können, der ihm im Namen der Barmherzigkeit die Hosen stramm gezogen hätte. Im allgemeinen genügt es im Leben, im richtigen Moment einen Schlag in die Schnauze oder einen Tritt in den Hintern zu bekommen, und der Mensch ist wiedergeboren wie nach der Taufe im Jordan. Es geht nur darum, daß der Moment richtig ist und der Fußtritt kräftig.

Doch Trojan saß bei George und träumte von nackten Kokotten, vom Weltuntergang, von blutigen Massakern und vom großen Geld.

Eines Tages bemerkte er auf der Straße der Legionen einen Krawall, und die Polizisten, die die Ordnung schnell wiederherstellten, imponierten ihm sehr. Die Schlagstöcke der Polizei fielen auf die Rücken der schreienden Krawallmacher. Vielleicht waren es gar keine Krawallmacher, sondern Menschen, denen die Welt nicht gefiel und die sie mit Rufen zu Ehren ihrer Partei ändern wollten.

Trojan folgerte daraus, es würde sich lohnen, einen Schlagstock zu besitzen. Er hatte die unklare Ahnung, ein Schlagstock erlaube, Macht auszuüben, und Macht könne besser sein als Geld.

Damals hätte er einen Fußtritt von jemandem bekommen sollen, der die Geschichte und die menschliche Natur besser kannte. Doch so einer tauchte nicht auf, und Trojan saß weiterhin am Kaffeehaustisch und spann Wunschträume.

Dennoch war er gerade an diesem Tage dem großen Umbruch nahe.

Gegen Abend fand er ein Mädchen. Sie war mager, blaß, aber recht hübsch. Sie führte Trojan in ihr Zimmer. Es war düster, mit Möbeln vollgestellt und erinnerte Trojan an sein Elternhaus.

Das Mädchen zog sich aus und sagte: »Na, worauf wartest du, Kleiner?«

Sie lag nackt auf dem Bett, er sah ihre kleinen, zarten Brüste, den eingesunkenen Bauch und das dunkle Dreieck im Schoß. Er setzte sich auf den Bettrand und betrachtete sie.

»Was glotzt du?« fragte sie unfreundlich.

Er schwieg. Plötzlich zündete er sich eine Zigarette an und zog den Rauch tief ein. Und dann berührte er langsam, während er dem Mädchen in die Augen schaute, mit der glühenden Zigarette die dunkle, kleine Warze ihrer linken Brust. Sie schrie auf und spang aus dem Bett.

»Du Mistvieh!« kreischte sie. »Das war nicht abgemacht!«

Er stand mitten im Zimmer und lächelte. Er hatte ein liebes, freundliches Gesicht und einen reglosen, kühlen Blick.

»Du Schwein!« schrie das Mädchen. »Raus hier!«

»Ich kann mehr bezahlen«, sagte er höflich.

»Scheiße!« rief sie. »Brenn dir selbst deinen Pimmel an.«

Dann begann sie, mit den Fäusten an die Wand zu trommeln.

»Waldek!« rief sie. »Waldek, komm her!«

Er erkannte, daß er es schlecht getroffen hatte. Der Zuhälter wohnte nebenan. Er ergriff sein Jackett und floh. Hals über Kopf rannte er die Treppe hinunter. Dann lief er durch die Straßen und schlug Haken in den Gassen.

Wäre damals dieser Waldek aufgetaucht, so wäre Trojans Leben womöglich anders verlaufen. Doch Waldek befand sich diesen Abend außer Hause.

Trojan merkte, daß anderer Leute Schmerz ihm angenehm sein könnte. Ich bin wohl ein Sadist, dachte er mit einer gewissen Rührseligkeit, weil er endlich ganz einfach etwas war. Und dennoch war er kein Sadist. Der Schrei des Mädchens verschaffte ihm keine Befriedigung, ihr Schmerz war ihm nicht angenehm. Diese Zigarette hatte zu nichts gedient, und das versetzte Trojan in Melancholie. Er war wirklich sehr pragmatisch. Er hätte verletzen,

Schmerz zufügen, töten können, doch zu einem bestimmten Zweck, nie um des leeren Vergnügens willen.

Und der Zweck wurde für Trojan immer deutlicher. Die Tatsache, daß er weder an Gott glaubte noch an den Teufel, löschte nicht seine in Kindheit und frühen Jugendjahren gewonnene Überzeugung, daß das Böse zweifellos existierte. Es hatte nur andere Ausmaße angenommen und seinen Charakter geändert. Von den metaphysischen Belastungen befreit, segelte es frei über Trojans irdischen Angelegenheiten. Das Gute war ganz einfach das, was er selbst für nützlich hielt.

In diesem Sinn war er ein gewöhnlicher Egoist. Doch seine Jugend hatte das Gefühl einer gewissen Sendung in ihn eingepflanzt, schließlich hatte er früher General werden wollen, bereit zur Heiligkeit, also jemand in der Art des Erzengels Gabriel.

Gegen Ende seines Aufenthalts in Lemberg machte er sich keine Illusionen mehr darüber, daß man die ganze Welt von der Sünde erlösen könne. Das Böse mußte Böses bleiben, da half nichts. Doch erwies es sich als durchaus möglich so vorzugehen, daß Trojans nächste Umgebung von den Hindernissen befreit würde, die ihm sein bequemes und angenehmes Leben erschwerten. Er konnte nicht die ganze Menschheit zurechtrücken, wohl aber sich selbst.

Als der Krieg ausbrach, war er sechsundzwanzig Jahre alt. Er begrüßte ihn mit Erleichterung und Hoffnung. Zum Heer eingezogen, kam er nicht mehr an die Front. Nachdem er die etwas zu enge Uniform abgestreift hatte, stand er in abgetragenem Anzug auf dem Bürgersteig und betrachtete die Sowjetsoldaten, die in Równe einmarschierten. Neben ihm stand ein Mann in schwer zu bestimmendem Alter mit seltsamen Gesichtszügen, sie waren undeutlich, wie verschwommen. Doch Trojan bemerkte diese Gestalt nicht. Einige jüdische Halbwüchsige ließen die Sowjets hochleben. Trojan schwieg und erwog seine Chancen. Er hatte Grips genug im Kopf, um zu verstehen, daß neue Zeiten angebrochen waren. Diese Zeiten benötigten Menschen auf einem neuen moralischen und intellektuellen Niveau.

Zum Glück war er in den Augen der Russen kein Student. Er konnte als intelligenter, gelehriger Schreiberling gelten. In Równe, wo er sich zufällig befand, kannte niemand seine Vergangenheit, und sein Elternhaus stand weit entfernt, in einer anderen Welt, auf der deutschen Seite.

Trojan konnte in eine völlig neue Haut schlüpfen.

Und er schlüpfte hinein.

5

Er lag schweigend im Bett und betrachtete den Wasserfleck an der Zimmerdecke. Ein leichter Windhauch bewegte die Gardinen vor dem angelehnten Fenster. Das ferne, undeutliche Stimmengewirr der Stadt und das nahe Rascheln der Blätter in den Kronen der Bäume vor dem Haus drang in den Raum. Wie gezähmte, schlafende Zirkustiere standen die Möbel im Dunkel des Zimmers, Sessel und Sofa waren mit Schutzbezügen versehen, und über den an die Wand gerückten Tisch hatte man weißes Leinen mit grünen Streifen geworfen.

Die geräumige und bequeme Wohnung bestand aus fünf Zimmern, Küche, Bad und einigen eigenartigen Nischen, in denen Czarnocki immer neue Gegenstände fand, alte deutsche Bücher, angeschlagene Vasen und Schüsseln, Salatieren, Teller, aber auch vergilbte Dokumente, Jahrzehnte alt, sorgsam in Mappen gelegt und mit Bändchen verschnürt, tote Dokumente von längst verstorbenen Menschen.

Czarnocki hatte die Wohnung eines namenlosen deutschen Gerichtsbeamten wenige Tage nach dem Einzug der Russen in die Stadt übernommen. Noch rauchten die Trümmer, noch lagen hier und da nicht begrabene Leichen, deutsche, russische und polnische.

In jenen Tagen besaß Czarnocki nicht einmal eine zweite Hose, er und seine Frau waren mit einem offenen Lastauto in die Stadt gekommen, sie trugen Militärmäntel sowie in einer Leinentasche Seife, Handtuch, zwei kleine Krüge, einen großen Laib holländischen Käse und einige Büchsen Fleischkonserven.

Sie suchten sich eine Wohnung in dem vierstöckigen Jugendstilhaus in der Hindenburg-Straße, die demnächst Mickiewicz-Allee heißen würde. Dort fanden sie die Möbel mit den Schutzbezügen vor, leere Schränke, in der Küche ein paar Töpfe, Teller und Bestecke, in der Speisekammer aber unzählige Gläser Marmelade und Flaschen mit Obstsaft. Die Frau dieses deutschen Beamten mußte eine vorzügliche Hausfrau gewesen sein, was Czarnocki von der seinen nicht sagen konnte.

Frau Czarnocka, eine faszinierende Frau, hatte große, tiefe, braune Augen, ein schmales Gesicht, breite, feuchte und glänzende Lippen, dichte und helle Haare. Sie war groß und hielt sich gerade, ihre üppigen Brüste zeichneten sich deutlich unter dem Kleid ab, die Beine waren lang und schlank, die Hände schmal und nervig, die Fingernägel auffallend schön geformt.

Czarnocki war hager, nicht groß, er hatte ein knochiges Gesicht mit dunklem Teint, sehr dunklen Augen und fast blauschwarzem Haar, graue Schläfen, die Bartstoppeln sehr deutlich, er sah immer unrasiert aus. Auch hielt er sich nicht besonders gerade, die Jahre hatten seinen Rücken gekrümmt, er war etwas kleiner geworden, kleiner sogar als seine Frau, das schmerzte ihn ein wenig, vor dem Krieg hatte er Schuhe mit erhöhten Absätzen getragen, während des Krieges brauchte er keine, weil er den Krieg in einem Versteck in der Szczygla-Straße in Warschau verbrachte, vier Jahre lang saß er in diesem Versteck, dort gab es wenig Platz, um sich zu bewegen, im Herbst und Winter ging er abends an der Warschauer Böschung spazieren, seine Frau eilte voraus und gab ihm bei Gefahr ein Zeichen.

In seinem Versteck hatte Czarnocki ein schmales Bett, ein Tischchen, einen Stuhl, Lampe und Nachttopf. Den Eingang verstellte Frau Czarnocka mit einem zweitürigen Schrank, sie kam sogar auf den Gedanken, in den Schrank eine Öffnung sägen zu lassen, um sich die Mühe mit dem ständigen Hin- und Herschieben des Möbelstücks zu ersparen, fürchtete sich aber, einem Tischler das Geheimnis zu offenbaren, und suchte lange nach einem vertrauenswürdigen Handwerker, Monate vergingen, schließlich gewöhnte sie sich an das Verschieben des Schranks, alles blieb beim alten bis zum Aufstand, als der Schrank mit dem gesamten Haus in Flammen aufging und die Angelegenheit sich ohne Mitwirkung eines Tischlers erledigte.

Czarnocki hieß in seiner Kindheit und frühen Jugend Szwarcblat, genauer gesagt Chaim Szwarcblat, Sohn von Ozjasz Szwarcblat, Textil-Großhändler in der Karmelicka-Straße. Chaim Szwarcblat war ein Junge von großem Talent und Fleiß, und Ozjasz Szwarcblat träumte davon, seinen Sohn zu einem Juristen und herausragenden Menschen heranzubilden.

So geschah es auch, doch sein Vater erlebte den Augenblick des Triumphes nicht, weil er schon im mittleren Alter starb, in seinem eigenen Bett, denn so starben in früheren Zeiten die gottesfürchtigen Warschauer Juden. Einige Zeit später starb auch Frau Szwarcblat, und der junge Jurastudent blieb allein auf der Welt.

Schon damals war er Kommunist. Er gehörte zu jenen Kommunisten besonderer Art, die nicht nur aus der Welt der Erniedrigung und Armut, sondern auch aus der Stille der Bibliotheken zur Partei und zur Weltrevolution gestoßen waren.

Er galt als ungemein gebildeter Mann mit großem Weitblick. Das Jura- und Philosophiestudium hatte er abgeschlossen, studierte nun Sprachen und war außerdem Journalist. Zu diesem Zeitpunkt änderte er seinen Namen, er unterschrieb seine Texte mit Czesław Czarnocki. Das tat er nicht aus dem Bedürfnis, sich einer größeren polnischen Öffentlichkeit in günstigerem Lichte darzustellen, so etwas war nicht nötig in der ungewöhnlichen Welt der Ortwin, Tuwim, Winawer, Słonimski, Okręt, Regnis, im Stimmengewirr der Warschauer Cafés, sondern aus einem höchst simplen Grund, nämlich wegen der kommunistischen, aus den bolschewistischen Bräuchen geschöpften Gewohnheiten und Illusionen. Schon damals entdeckte Czarnocki in seiner eigenen Haltung diese seltsame Mischung von Pathos und Lächerlichkeit, Tapferkeit und Komödiantentum. Er wußte, daß er einer Sekte angehörte, war aber der tiefen Überzeugung, diese Sekte sei berufen, die Welt zu ändern. Nicht als erste und einzige. Hatten die frühen Christen nicht eine kleine, von großer Hoffnung und intensivem Sendungsbewußtsein getragene Sekte gebildet?

Vielleicht wäre Czarnocki schon an der Schwelle der dreißiger Jahre ein politisch Blinder gewesen, wäre neben ihm nicht Lidka aufgetaucht.

Sie wurde seine Frau, die schöne, faszinierende, leidenschaftliche, rätselhafte Lidka Czarnocka.

Er war fünfzehn Jahre älter als sie und zeichnete sich bereits durch jene eigentümliche Impotenz aus, die wie eine ansteckende Krankheit gewöhnlich die idealistischen Kommunisten befiel. Sie hatten keine Frauen und Geliebten, sie hatten nur die Genossinnen des revolutionären Kampfes, mit denen sie schliefen, während sie unter der Bettdecke den *18. Brumaire* rezitierten oder Kautsky und Bernstein verfluchten. Die Genossinnen waren gewöhnlich härter als die Genossen, wie das im Leben zu sein pflegt, denn Frauen sind härter als Männer. Vielleicht brauchten diese Männer eine ideologische Unterstützung, eine Bestärkung, ein Beispiel, vielleicht fühlten sie sich ohne ideologisch gefestigte und zu allem entschlossene Frauen einsam und ratlos, genug, sie bildeten gewöhnlich eigentümliche Paare, sie näherten sich und entfernten sich, sie umkreisten sich wie separate Planeten, einander seltsam fremd und doch durch die gemeinsame Pflicht verbunden, wenn sie aber beisammen waren, in der Umarmung, im Begehren, in der Sehnsucht, empfanden sie ihre Verbindung nicht als heilig, weil ihnen sogar die Liebe als eine Art von bourgeoiser Verkrüppelung erschien.

Doch Czarnocki verliebte sich ganz altmodisch in seine Frau, er war, was sie betraf, verrückt, eifersüchtig und leidenschaftlich, er sehnte sich nach ihrem Anblick, ihrer Stimme, ihrem Duft, er nannte sie in Gedanken »meine Madonna« oder »mein Leben«, was ihn im Grunde als harten Mann der Idee disqualifizierte und ein wenig verdächtig machte.

Lidka Czarnocka war vernünftig, gut, belesen auf traditionelle Weise, das heißt, sie las gern Tolstoj oder Maupassant, litt unter Ungerechtigkeit, liebte klassische Musik, aber auch schöne Kleider, vor allem jedoch Hüte, besuchte elegante Cafés, hatte keinen Sinn für die Hauswirtschaft, nahm gern die Huldigungen der Männer entgegen, kümmerte sich um ihre Schönheit und war ihrem jüdischen Mann restlos ergeben; dessen Kommunismus behandelte sie wie eine normale, nach den europäischen Vorbildern des ausgehenden 19. Jahrhunderts erzogene Person, das heißt als Beweis für sein gutes Herz und seinen schwachen Verstand.

In dieser Frage konnten sie sich nicht einigen, doch Czarnocki war in ihrer Ehe intellektuell überlegen, während Lidka seine kommunistischen Wunderlichkeiten tolerierte, weil sie stets darauf vertraute, daß sie im Falle existentieller Komplikationen und ernstlicher Schwierigkeiten dort, wo es nötig wäre, schon einen Ausweg finden und ihren Mann irgendwie in Schutz nehmen würde. Lidkas Vater, der Piłsudski nahe stand, mochte seinen Schwiegersohn nicht, sie mieden einander, denn der Kommunismus wirkte auf den alten Głuszecki gerade wie ein Brechmittel, dafür liebte er seine Tochter und sprach von ihr als seinem »barocken Kleinod«, obwohl sie schlank und sportlich war, durchaus keine Rubensfigur. Lidka rechnete nicht ohne Grund damit, daß ihr Vater an die richtige Tür klopfen würde, falls sein Schwiegersohn in wirkliche Bedrängnis geraten sollte.

Alles änderte sich, als die Deutschen kamen. Lidkas Vater wurde schon im Januar 1940 erschossen, es gab kein Polen mehr, kein eigenes Haus, keine Redaktionen kryptokommunistischer und antikommunistischer Zeitschriften, nur Lidka blieb übrig mit ihrem jüdischen Mann, der hin- und hergeschobene zweitürige Schrank, das Versteck hinter der Wand, die ewige Angst, das Elend und das Tausendjährige Reich rundum.

Auch Czarnockis Kommunismus blieb. Lidka schob den Schrank weg, betrat das ungelüftete Versteck, um den Nachttopf zu leeren, und fand ihren Mann in Engels' Armen vor. Doch wenn sie sich liebten, schwieg Engels diskret, sogar Lenin bekundete eine Spur von guter Erziehung.

Ganz anders war diese Liebe während des Krieges. Das Wissen um die Bedrohung bewirkte, daß sie einander immer heftiger begehrten, obwohl Lidka ihn fast täglich besuchte. Das Versteck bot keinen Platz für zwei Menschen, sie übernachtete darum in der Wohnung und kam frühmorgens; wenn er hörte, daß sie den Schrank wegschob, regte sich in ihm schreckliches Verlangen. Stets begleitete ihn der Gedanke, er nähme diese Frau zum letzten Mal im Leben, weil nach ihrem Fortgang etwas Unumkehrbares geschehen würde, ihr oder sein Tod, ihrer beider Tod in Trennung und Leiden.

Blieb er allein, kam nach geraumer Zeit Ruhe über ihn, er vergaß Lidka, las, schrieb, machte Notizen, dachte nach über die Welt, die einst kommen würde, eine Welt ohne Sterben und Angst, doch er dachte überhaupt nicht an Sterben und Angst, er dachte ausschließlich an die Gesellschaft, an die Probleme der Macht, an die Methoden zur Gewinnung der Macht und zu ihrer Ausübung, er war dabei unheilverkündend bolschewistisch, kalt und erbarmungslos, ganz in seine rationalistischen Hirngespinste verstrickt, sich selbst gegenüber unmenschlich; doch manchmal gewann er das Bewußtsein wieder, das Wissen um seine Lage, ein Klopfen hinten in der Wohnung, ein Lärm im Treppenhaus, ein unterdrückter Schrei, dann kehrte er zurück in die Wirklichkeit, die Angst packte ihn bei der Kehle, erneut verlangte er nach Lidka, sie existierte doch neben ihm, hinter der Wand und dem zweitürigen Schrank, mit ihrem ganzen, geheimnisvollen Leben, von dem er keine Ahnung hatte, weil sie wenig sprachen, gewöhnlich im Flüsterton, aneinander geschmiegt, so sehr durch die Liebe geheiligt, daß sie an die Existenz einer Welt außerhalb von sich selbst nicht denken mochten, dann also erinnerte er sich an Lidka, die Angst führte sie in sein Versteck, doch immer ging sie zusammen mit der Angst hinaus, und er kehrte wieder zurück in seine eingemauerte Unmenschlichkeit.

Darin steckte etwas Schizophrenes, gerade weil er in dem Versteck blieb. Es war ein merkwürdiges Möbelstück, dieser zweitürige Eichenschrank, vollgestopft mit Bettwäsche und alten Lumpen, die Lidka in der Überzeugung aufbewahrte, sie wirkten schalldämpfend. Dieser Schrank ließ keine existentiellen Ängste durch, das Bewußtsein der Bedrohung hallte in seinem Innern nur ganz schwach wider, denn was den Krieg, die Gefahr einer Durchsuchung, das Ghetto oder die Gaskammer anbetraf, war er wie ein Klavierkasten ohne Saiten, doch wenn Lidka ihre Hand auf seine Türen legte, wurde der Schrank zum Klavichord einer flammenden Liebe oder zu einem dröhnenden Schlaginstrument des Bolschewismus, sooft Lidka die Türen von der Wohnungsseite her schloß.

Ende Juli 1944, als das Getöse und die Wirrsal der Ereignisse ganz Warschau erfaßt hatten, schob Lidka Czarnocka zum letzten Mal den Schrank beiseite und trat vor ihren Mann, bekleidet mit einem alten Staubmantel aus der Vorkriegszeit, Schuhen mit flachen Absätzen, einem Rucksack auf den Schultern, hochgewachsen, schön und entschlossen.

Sie machte keine langen Worte. Sie sagte, sie müßten sofort die Stadt verlassen und zum anderen Weichselufer hinübergelangen, dort kämen jetzt die Russen. Für Czarnocki hielt sie Anzug, Mantel und Rucksack bereit, darin die allernotwendigsten Kleinigkeiten.

So war sie. Sie vermochte Entscheidungen zu treffen, nicht fünf, sondern fünfzehn Minuten vor zwölf. Sie vermochte alles von vorn zu beginnen, ohne auf Verluste zu achten, gelenkt vom Instinkt der liebenden Frau, die nur eines wünscht, nämlich daß ihr Mann überlebt und zurückkehrt in die Welt, ohne Rücksicht darauf, wie diese Welt auch sei.

Damals marschierten sie nach Otwock, sie wachsam und vorsichtig, er trunken von Sonne, Menschenlärm, Natur und wilder Hoffnung.

In Otwock hatte sie bereits eine Unterkunft vorbereitet, sie verbrachten zwei oder drei Nächte in einem hölzernen Sommerhaus.

Es war stickig dort, vor dem Fenster rauschten die Bäume, die Dachsparren ächzten, in der Nähe donnerte Artillerie, morgens hörte man die Vögel und das Rattern der Maschinengewehre, Czarnocki saß hinten im dunklen Zimmer, denn die Fensterläden waren geschlossen, Sonnenstrahlen drangen durch die Spalten wie goldene Drähte, über dem Fußboden tanzten Stäubchen, rundum stand trockene Hitze, Ameisen liefen über die Holzwände des Raums, Lidka trat hinaus in die Vorlaube, er sah nur den Umriß ihrer Gestalt, reglos, gespannt, schweigend, wie Penelope am Ufer Ithakas stand sie ganz ohne jede Bewegung und lauschte auf das ferne Rasseln der Motoren, das Knattern der Maschinenpistolen, die unerschrockene und schöne Frau des jüdischen Kommunisten wartete auf die Erlösung durch die Russen, die gegen Abend des dritten Tages kamen, Czarnocki spürte ihre wunderbare Nähe, als der Geruch der Panzerabgase ihn erreichte, dann vernahm er ihre Stimmen, Lidkas Aufschrei, ihr schreckliches, herzzerreißendes Weinen, nie hatte sie so geweint, die langen Kriegsjahre hindurch hatte Czarnocki sie nicht weinen gehört, ihre Tränen nicht gesehen, jetzt war ihr Gesicht von Tränen überströmt, sie schluchzte erschütternd, als müßten sie beide sogleich sterben, während sie doch gerade leben sollten, endlich war für sie beide das Kriegsende gekommen, weinend öffnete sie die Fensterläden, Czarnocki erblickte die rauchende, riesige, rote Sonne, wie eine halbierte Wassermelone ging sie langsam hinter der Linie des Waldes unter, die Kiefern standen in der trockenen Hitze, irgendwo knatterte ein Maschinengewehr, ein russischer Unteroffizier lachte laut, er hatte einen flachsfarbenen Schnurrbart, die linke Hand mit einer blutigen Binde umwickelt, er und Czarnocki rauchten Machorka, der saure und bittere Geruch erfüllte das stickige Zimmer, plötzlich tauchte ein Mann in polnischer Uniform auf, Lidka verging wieder in Tränen, sie weinte all die Jahre der Qual aus sich heraus, und erst in diesem Augenblick, schon ganz im Dunkel, denn die Sonne war hinter den Wäldern untergegangen, die Kiefernkronen zeichneten sich vor dem helleren Hintergrund ab wie auf Sisleys Aquarellen der Champs Elysées, erst jetzt, da er Lidkas Weinen hörte, Machorka rauchte und unbeholfen mit dem polnischen Offizier redete, begriff Czarnocki, wie sehr er von Lidka geliebt wurde.

So begann sein revolutionäres Epos.

Und schon an diesem Tage, im Dunkel des stickigen Zimmers, im Wirrwarr der Freiheit, den niemand erfährt, der die Unfreiheit nicht erfahren hat, schoß ihm der Gedanke durch den Kopf, wie doppeldeutig, geheimnisvoll und quälend das alles sei. Er hatte einen Moment der Erleuchtung, den er wohl dem Teufel seines Scharfblicks verdankte, daß er nun ein neues, zugemauertes Versteck erhielt, ein anderes, geräumigeres, helles, ohne Nachttopf, zweitürigen Schrank und schmales Bett, aber nicht nur mit Engels und Lenin, denn es würde eng in diesem Versteck, stickig und übervoll, immer würde jemand es mit ihm teilen, nie wieder würde er die Einsamkeit jenes Okkupationsgrabes erleben mit dem Grabstein des zweitürigen Schrankes davor.

Seit jenem Tag war eine ganze Epoche vergangen, und er lag nun einsam im breiten Bett eines deutschen Gerichtsbeamten, er lauschte dem Rauschen der Bäume vor dem Fenster und dachte an sein Unglück und seinen Haß.

Diese Frau, die so plötzlich gestorben, im Verlauf eines einzigen Tages, ohne ein Abschiedswort gesagt zu haben, war nach dem Krieg sein großes Glück gewesen, aber nicht mehr sein einziges Glück. In seinen Händen hielt er damals ein großes Stück der Macht über dieses Land und wollte es zum Blühen bringen. Jeden Morgen, wenn er erwachte, dachte er an Polen.

Beim Einschlafen spät abends oder mitten in der Nacht zweifelte er jedoch, ob dieses Land überhaupt blühen wollte, ob die Menschen hier nicht dumm seien und zurückgeblieben, ob sie nicht ein unfruchtbares Polen wollten. Deshalb schlief er nur mühsam ein. Lidka streichelte dann seine borstigen schwarzen Haare und wiederholte ständig dieselben Worte.

»Es gibt keinen Grund zur Eile«, sagte sie. »Wir haben ein Leben vor uns, man braucht sich nicht so zu beeilen.«

Er schlief ein mit dem Gedanken, seine Frau verstehe den Geist der Geschichte nicht.

Doch vielleicht verstand gerade sie ihn besser als andere, denn eines Tages starb sie leise und schweigend, ganz plötzlich und geheimnisvoll, als hätte sie einfach beschlossen fortzugehen und ihrer Unruhe ein Ende zu machen.

Sie war überhaupt nicht krank, vielmehr an diesem Morgen noch lebhaft und vielleicht sogar fröhlich, doch als Czarnocki gegen Abend nach Hause kam, lag sie bewegungslos im Bett, und er hörte ihre Stimme nicht mehr. Sie schien bei Bewußtsein zu sein, doch im Verlauf der Stunde, während der er Ärzte herbeirief, Hilfe organisierte, fieberhaft mit Warschau telefonierte, beherrscht von der Hoffnung, dieses Warschau, das über alles entschied und in diesem Land alles nach seinem historischen Plan einrichtete, werde auch diesmal entsprechende Dispositionen treffen und die Katastrophe aufhalten, im Verlauf dieser furchtbaren Stunde der Angst, der Verzweiflung und des wilden Zorns wußte er bereits, daß Lidka nicht sah und nicht hörte, daß es sie nicht mehr gab und nie wieder geben würde.

Sie starb auf unmerkliche Weise, nichts änderte sich, die Ärzte saßen weiterhin in Gedanken versunken, die Schwester beugte sich weiterhin über die Kranke, Czarnocki sagte heiser etwas ins Telefon, nichts änderte sich, sogar die Fliege, die auf dem Lampenschirm saß, flog nicht auf. Einer der Ärzte sagte: »Es tut mir leid, aber...«

Czarnocki sprach weiter ins Telefon, er wußte, was geschehen war, doch er nahm es nicht zur Kenntnis, rief noch eine ganze Weile heiser in den Hörer, brach plötzlich ab, legte den Hörer auf die Gabel, stand auf, trat an das Bett, warf einen Blick auf Lidka und sagte zu ihr: »Lidka, warum?«

Das war die wichtigste Frage in seinem ganzen Leben. Warum hatte sie ihn vier Jahre lang in der zugemauerten Nische in der Szczygla-Straße versteckt und dann aus Warschau hinausgeführt nach Otwock, aus dem ägyptischen Haus der Knechtschaft in das gelobte Land? Warum war sie bei ihm gewesen all die Jahre, treu und besorgt, ergeben und tüchtig, um jetzt ohne ein einziges Wort der Erklärung fortzugehen und ihn Auge in Auge mit der Welt zurückzulassen? Warum hatte sie ihm nicht gesagt, daß sie ein anderes Leben wollte, eine andere Wirklichkeit, in der sie sich noch lange lieben und an bessere Zeiten glauben könnten?

So soll das nun wohl sein, dachte er damals. Die große Herausforderung ist eingetreten.

Er wußte nicht, was für eine Herausforderung, er wußte aber, daß er nun die Erde an allen vier Enden der Welt in Brand stecken und zusammen mit ihr in Flammen aufgehen würde.

Vielleicht ahnte er schon damals, während er schweigend über Lidka stand, daß diese Frau ihn geschützt hatte vor dem Haß und dem unbegreiflichen Nihilismus, den er immer in sich trug.

6

Knoller war hochgewachsen, breitschultrig, in letzter Zeit etwas füllig. Als Antoni ihn kennenlernte, war Knoller ein langer, abgemagerter Jude mit unverhältnismäßig breitem Rücken und einem runden Kopf, der auf dem hageren Nacken saß. Knoller sah damals aus wie eine Sonnenblumenpflanze, er hatte einen schweren Kopf, und Antoni dachte manchmal, der Wind könne diesen Kopf mühelos bewegen, bei einem heftigeren Windstoß könne dieser Kopf sich vom Nacken lösen und über den Bürgersteig rollen.

Doch nach einiger Zeit wurde Knoller dicker, was ihm eine gewisse Feierlichkeit, vielleicht sogar Würde verlieh.

Er kleidete sich traditionell wie die Mehrheit der Juden, die überlebt hatten. Er trug einen ordentlichen grauen Anzug mit Weste, legte aber in seiner Wohnung stets das Jakkett ab, dann umspannte die Weste Brust und Bauch, und Knoller sah aus, als hätte es nie einen Krieg gegeben, den er trotz der kühnsten Vermutungen seiner Freunde und Feinde überstanden hatte. Stets trug er eine Kopfbedekkung, einen weichen Hut, den die Firma Cieszkowski vor dem Krieg in Warschau gefertigt hatte, zu einer Zeit, als die Mode, den britischen Minister Eden nachzuahmen, sich ausbreitete. Diesen Hut hatte Knoller in einem Paket aus Lodz erhalten, zusammen mit Käse, Margarine und langen Unterhosen der Firma Jeger, die er wegen des sehr warmen Sommers nicht benutzte.

Eines Tages sagte Knoller zu Antoni: »Ich schenk' Ihnen diese Jeger-Unterhosen gern, ich fahre sowieso in warme Länder, wo man solche Sachen nicht braucht, Sie aber werden sie brauchen können, wenn erst unser echter Winter kommt.«

»Wohin fahren Sie, lieber Herr Knoller?« fragte Antoni, und Knoller entgegnete würdevoll: »Ich fahre nach Amerika, wenn Sie es genau wissen wollen. Sie wissen doch, wo Amerika liegt.«

»Herr Knoller, wie viele Juden gibt es in Amerika«, rief Antoni aus. »Kann man Sie da auch noch brauchen? Wird es Ihnen hier denn schlecht gehen?«

»Hier wird es mir sehr schlecht gehen«, entgegnete Knoller traurig. »Hier kann ich nicht mehr leben.«

»Aus welchem Grunde, Herr Knoller?«

»Hier ist ein einziger großer jüdischer Friedhof.«

»Sagen Sie das nicht. Warschau vielleicht, aber hier?«

Sie standen wie gewöhnlich auf der Marien-Straße, nicht weit von der Kirche. Die Leute drängten sich um sie, alle machten einen sehr geschäftigen Eindruck und hatten es sehr eilig, die einen gingen in Richtung Bahnhof, die anderen in Richtung Theater, hübsche Frauen in Sommerkleidern und Holzschuhen mit hohen Keilabsätzen lachten laut vor dem Eingang zum Café Savoy, auf den Bürgersteigen aber standen sorgfältig gekleidete Juden, die meisten in Reithosen und hohen Offiziersstiefeln, in engen Jacketts oder im battle-dress aus amerikanischen UNRRA-Paketen, und handelten mit Dollars oder Altgold.

Direkt an der Ecke der Marien-Straße stand wie gewöhnlich ein hochgewachsener, ansehnlicher Jude mit rotem Gesicht und großen blauen Augen, den Knoller »Kuhmist« nannte. Dieser Jude hieß in Wirklichkeit Szyja Gutmajer und war der wahre König der Devisenhändler in diesem Stadtteil.

Szyja Gutmajer hatte zusammen mit Knoller im Krematorium des Lagers Auschwitz gearbeitet. Irgendwie hatten sie beide überlebt, was sie nicht begreifen konnten. Knoller hatte Antoni einmal erzählt, er habe eigenhändig die Leichen seiner Frau und seiner Tochter verbrannt.

»Was fühlten Sie da?« fragte Antoni.

Das war eine Zeit, in der die Menschen von Dingen sprachen, von denen später niemand auf der Welt mehr sprach. Aber damals waren alle irgendwo mit dem Tod vertraut, jeder hatte den Tod gesehen, jeder ihn gestreift, darum sprach man über ihn ziemlich frei wie über eine ganz banale Angelegenheit.

»Nichts habe ich gefühlt«, antwortete Knoller. »Damals habe ich nichts mehr gefühlt.«

»Und jetzt?« fragte Antoni.

»Jetzt auch nicht«, antwortete Knoller.

Szyja Gutmajer bestritt, daß Knoller eigenhändig die Leichen seiner Familie verbrannt hätte. Angeblich war Szyja Zeuge dieser Szene gewesen. Als man Frau Knollers Leiche in den Ofen schob, aß Knoller etwas abseits gerade Suppe. Erst hinterher sagte ihm jemand, vor einem Augenblick hätten sie seine Frau verbrannt. Knoller machte damals eine fürchterliche Szene, er schrie durch das ganze Krematorium, man hätte ihn rufen müssen, wie diese Leute mit ihm umgingen, warum man ihn so unwürdig behandelt hätte.

Knoller widersprach Gutmajers Version nicht. Er behauptete lediglich, er müsse sich an die Einzelheiten nicht erinnern, und fügte hinzu, eigentlich sei der Unterschied zwischen beiden Berichten nicht groß. Doch da rief Szyja

Gutmajer ziemlich heftig: »Einzelheit ist Einzelheit, wenn man die Einzelheit übergeht, übergeht man die Wahrheit.«

Er und Knoller konnten sich nicht leiden. Szyja war ein sehr wohlhabender Mann, er setzte Millionen um und trug goldene Siegelringe an den Fingern. Knoller gehörte zu den armen Juden, schlimmer noch – er weckte kein Vertrauen. Manche erzählten, Knoller gebe der Miliz die Stellen an, wo die Juden ihre Devisen versteckt hielten. Das war nicht überprüft, aber Antoni neigte nicht ohne Grund zu dieser Meinung.

Eines Abends, kurz vor Sonnenuntergang, als er in die Tür des Hauses trat, wo er auf dem Dachboden genau über Knollers Küche wohnte, stand Antoni Auge in Auge Kamaszek gegenüber, einem Geheimen von der Miliz. Kamaszek, ein geselliger Mann, nicht mehr jung, fast kahlköpfig, mit einer zahlreichen Familie am Hals, die er nur äußerst mühevoll unterhielt, erfreute sich des Rufs eines großen Devisenaufspürers. Die Leute wußten genau, daß Kamaszek auf diese einfache Weise etwas hinzuverdiente. Er erschien unverhofft in einer jüdischen Wohnung, sagte höflich »guten Tag« oder »guten Abend« und marschierte ohne überflüssige Umstände, ja nicht einmal eine Durchsuchung vortäuschend, direkt auf das Versteck los, wo die Eigentümer ihre Dollars aufbewahrten.

Danach sagte er freundlich: »Nun, liebe Landsleute, jetzt werden wir christlich teilen. Ich nehme die Hälfte und vergesse die ganze Geschichte. Wenn nicht, gehen wir auf das Kommissariat.«

Alle wußten, daß Kamaszek einen Informanten hatte. Man verdächtigte Knoller. Doch niemand hatte ihn auf frischer Tat ertappt, für die soliden und verantwortungsvollen Leute bedeutete ein Gerücht noch nicht die Wahrheit, es handelte sich nur um Indizien.

An diesem Abend stieß Antoni in der Haustür auf Kamaszek, und der Geheime kam ihm verstört vor. Üblicherweise redselig und gesellig, huschte er diesmal wortlos vorüber. Als Antoni die Treppen hinaufging, hörte er eine Tür zuschlagen und wußte, daß Knoller in seine Wohnung getreten war.

»Herr Knoller«, sagte er am nächsten Morgen, »Sie kennen doch Kamaszek.«

»Wer kennt den nicht«, entgegnete Knoller.

»Er war gestern bei Ihnen«, sagte Antoni mit sehr sicherer Stimme.

»Und wenn schon, was dann?«

»Sie wissen doch, was die Leute reden«, sagte Antoni.

Eigentlich interessierte ihn die ganze Angelegenheit nicht. Das waren jüdische Probleme, die Welt blieb die alte, ein herrlicher, heißer Sommer nahte, irgend etwas geschah rundum, irgendwelche wichtigen Dinge, vielleicht gar entscheidende, doch das alles ereignete sich nach alten Mustern und Gewohnheiten, als hätte Gott eingesehen, daß man in diesem Land endlich die alten Ordnungen wieder einführen müßte, die ewigen polnischen Ordnungen, die Polen sollten Polen sein und die Juden Juden. Selbst die Juden redeten nicht allzuviel von der jüngsten Vergangenheit, sie lebten wie früher in heruntergekommenen Mietshäusern, in großer Enge, ohne Komfort, oft ohne Arbeit, beschäftigt mit ihren Gedanken, die anders waren als die polnischen Gedanken, denn die polnischen Gedanken hatten eine seltsame Dramatik angenommen, die Unruhe der Straßen, Plätze und Grünanlagen war ausschließlich polnisch, es geschah etwas mit Polen und den Polen, doch das betraf die Juden nicht, so wie deren dunkle Gedanken und Träume voller Tumult, Geschrei und Gespenster die Polen nicht betrafen. Vielleicht erst damals, in jenem heißen Sommer, als durch die Straßen der Städte und Städtchen die russischen Lastwagen brausten, auf den Straßenkreuzungen russische Soldatinnen den Verkehr regelten, die Männer in langen Militärstiefeln gingen und die Frauen in altmodischen Vorkriegskleidern, vielleicht erst damals, als in den Trümmern der ausgebrannten Häuser herrliche Kneipen und Cafés entstanden, als die Arbeiter in der Asche nach dem notwendigsten Werkzeug gruben und die Menschen in den Städten auf Parkbänken, in Treppenhäusern, Kellern und auf Dachböden übernachteten, als durch die Straßen Kolonnen abgezehrter deutscher Kriegsgefangener zogen und die kleinen Kinder auf den Bürgersteigen Gesichter schnitten und gehässig riefen: »Daß ihr verreckt, ihr Hitlerknechte!« – obgleich sie nicht genau wußten, wer dieser Hitler gewesen war und warum die Männer in den grünlichen Uniformen, mit den verwirrten, manchmal entsetzten Augen seine Knechte sein sollten, vielleicht trennten sich erst damals, in jenem heißen Sommer, die Wege der Polen und der Juden auf dieser zertretenen Erde, in diesen zertrümmerten Städten und zu Asche verbrannten Dörfern.

Knoller stand im grellen Sonnenlicht an der Ecke der Marien- und der Kochanowski-Straße, er hatte unter den Achseln auf dem Jackett dunkle Schweißflecken, ein rotes Gesicht und blaue Schatten unter den Augen. Antoni blickte Knoller ins Gesicht und dachte, das ist doch überhaupt keine polnische Angelegenheit, diese Geschichte von der Bekanntschaft Knollers mit dem Geheimen Kamaszek. Szyja Gutmajer – o ja! Gutmajer hatte ein Recht zu wissen und zu urteilen. Letzten Endes waren das jüdische Dollars, jüdische Geschäfte und jüdische Verstecke in dem jüdischen Elend, das vielleicht weniger elend war als das polnische, aber den Juden stand immerhin etwas zu vom Leben nach allem, was ihnen vor kurzem widerfahren war.

Antoni begriff, etwas war geschehen, das ihm das Recht nahm, Knoller Fragen zu stellen. Sie konnten miteinander auf der Straße reden, im gleichen Hausteil wohnen, Antoni konnte zu Knoller kommen und in seiner Küche einen Tee trinken, doch waren sie nicht mehr dieselben Menschen wie vor Jahren, und jeder von ihnen hatte ein Recht auf seine eigenen unerforschlichen Geheimnisse.

Antoni legte darum keinen Nachdruck auf seine Frage nach dem Besuch von Kamaszek.

Knoller sprach ruhig: »Die Leute reden immer. Ich will Ihnen etwas sagen. Ich fahre sowieso fort von hier, ich werde bald nicht mehr hier sein.«

»Und wann fahren Sie, Herr Knoller?«

»Der Herbst ist eine gute Jahreszeit zum Reisen.«

Für mich gibt es keine gute Jahreszeit mehr, dachte Knoller. Warum rede ich, daß ich wegfahre, wo ist das gesagt, daß ich wegfahre? Für mich gibt es nur einen Ausweg. Sich ins Bett legen und warten. Im Bett liegen. Nur das kann ich tun. Aber das Leben ist stärker, es sagt mir, ich soll abreisen. Jetzt wird sich herausstellen, ob ich stärker bin oder ob es stärker ist. Jetzt erst wird sich das herausstellen.

Die Sommersonne wärmte ihre Schultern und Rücken, die scharfen Lichtstrahlen schienen die Mauern der Häuser zu durchdringen wie vergiftete Pfeile, die Bäume standen reglos in der Hitze, die Blätter, die gerade erst reif und saftig geworden waren, verloren bei dieser Glut langsam ihre grüne Farbe, und gelbe Flecken flackerten zwischen den schweren Ästen. Auf dem Bürgersteig näherte sich ein schönes Mädchen in seidenem Kleid, das dichte Haar fiel ihr in den Nacken, sie hatte riesengroße, braune, ein bißchen zornige Augen, doch ihre Lippen lächelten unwillkürlich einem guten Gedanken zu.

Das Mädchen ging an Knoller vorbei, der Kleiderstoff schmiegte sich an ihre Schenkel, sie war wirklich eine schöne Frau, jung, gesund und liebenswert, doch Knoller sagte bitter: »Sogar das ist für mich gestorben. Sogar davon habe ich schon genug.«

Antoni lachte auf.

»Übertreiben Sie nicht, Herr Knoller. Ich sage Ihnen, Sie werden dort in Amerika wieder heiraten.«

»Bestimmt nicht!« sprach Knoller. »Ich bin ein alter Mann.«

Er war dreiundsechzig Jahre alt und wunderte sich manchmal über sich selbst. Nach dem Krieg hatte er kein Bedürfnis nach Frauen mehr empfunden. Als die Russen das Lager und ihn befreiten, hatte er gedacht, er werde demnächst gut essen, gut trinken und mit Frauen schlafen. Monate vergingen, er spürte keinen Hunger und keinen Durst mehr, schlief jedoch nur ganz flach und wollte überhaupt keine Frauen. Eine große Müdigkeit war in ihm. Wenn ich vergessen könnte, dachte er, wäre ich nicht so müde. Aber er konnte nicht vergessen.

Er kann nicht vergessen, dachte Antoni. Sie haben nicht nur seine Frau und Tochter, sondern auch ihn selbst in diesem Krematorium verbrannt. Nur Asche ist übrig geblieben in der Hose, dem Jackett, der Weste, nur Asche... Schüttelt man den armen Knoller gut durch, fällt er ganz auseinander, und auf dem Bürgersteig bleibt nur ein wenig Staub übrig, sonst nichts.

Die Sonne brannte unerträglich, die Mittagsstunde ging vorüber, immer mehr Menschen saßen an den Tischchen im Café Savoy, tranken Limonade, manche sogar den teuren Tee, aßen Kuchen und Torte und unterhielten sich über alltägliche Dinge, vermutlich sprach niemand von ihnen über den Krieg, aber vielleicht sprachen sie auch alle darüber, weil für diese Leute der Krieg nicht beendet war, er dauerte fort, er war auf Schritt und Tritt anwesend, an jeder Straßenkreuzung, auch im Café Savoy, wo an den Tischchen sehr merkwürdige Menschen saßen, solche Menschen hatte die Welt zuvor nie gesehen, Menschen im Schlaf, an der Grenze von Schlaf und Wachsein, Menschenfische, die im Aquarium der Unwirklichkeit schwammen, Menschenvögel, die unter einem unwirklichen Himmel schwebten, Abgebrannte und Wanderer, Soldaten aus tausend verlorenen Schlachten, Lehrer, die fünf Jahre lang die Kinder im geheimen unterrichtet hatten und sie jetzt in ausgebrannten Gebäuden unterrichteten, in Schuppen, ohne Hefte und Bücher, Ärzte, die fünf Jahre lang Verwundete und Gefolterte verbunden hatten und jetzt ihre Patienten im Licht von Kerzen und Petroleumlampen operierten, Juristen, die fünf Jahre lang in einer Welt rasender Rechtlosigkeit den Traum von Recht und Gerechtigkeit gepflegt hatten und jetzt wieder der Willkür, dem Wirrwarr und dem Haß die Stirn bieten mußten, es saßen in dem Café zerbrochene und kranke Menschen, Amputierte und Verletzte, ihre offenen Wunden bluteten, doch sie wußten nichts davon oder wollten vielmehr nicht daran denken, sie waren bemüht, sich über die laufenden Angelegenheiten zu unterhalten, als ob es in diesem Lande laufende Angelegenheiten überhaupt gegeben hätte, denn hier war nur Geschichte, unersättliche und unheilverkündende Geschichte, jeder sah sie mit bloßem Auge, an den Straßenkreuzungen, in den Wäldern, auf den Feldern, überall war sie, die erbarmungslose Geschichte dieses Landes, sie erhob sich über den Straßen in Staub und Lärm und Hitze dieses Sommers, in eine Richtung zogen die Kolonnen deutscher Kriegsgefangener, Männer in grünlichen Mänteln, blaß und betäubt, die Passanten wandten ihre Köpfe ab, sie waren genauso betäubt und verloren im Lärm der Welt, gleichzeitig zogen in Gegenrichtung russische Abteilungen, Soldaten in weiten, mit Riemen zusammengehaltenen Blusen, in schweren Stiefeln, Maschinenpistolen über der Schulter, breite, von den Stürmen Asiens gegerbte Steppengesichter, von Sonne und Regen ausgebleichte Haare, sie zogen und sangen ihre traurigen, herzzerreißenden Lieder von fernen Flüssen und dem noch ferneren heimatlichen Ufer, so zogen in eine Richtung die Verlierer und in die andere die Gewinner, doch die Menschen auf den Bürgersteigen, in den Cafés, in den Fenstern ihrer elenden Wohnungen betrachteten die einen und die anderen, betäubt und krank von Hoffnung und Angst, wunderbar gerettet und würdelos verlassen im Brandschutt, immer noch voller Illusionen, immer noch mit Wahnwitz in den Augen, denn wenn man in diese Augen blickte, konnte man in der Tiefe, unter dem Schädeldach, im finstersten Winkel dieses Dachbodens, wo der Mensch seine Träume und seinen wildesten Glauben hinterlegt, winzige Figuren im battle-dress sehen, in Soldatenmützen, in amerikanischen und britischen Uniformen, Figuren aus einem wahnwitzigen Traum, den Polen und Juden die vergangenen Jahre hindurch geträumt hatten, als die Juden vergast und in Krematorien verbrannt wurden, die Polen aber erschossen, beraubt und gemartert auf dieser geduldigen Erde, die Gott dazu bestimmt hatte, der Friedhof Europas zu werden.

Er ist nur noch Asche, dachte Antoni, und ich habe keine Hände und Füße mehr. Gibt mir das mehr Chancen, daß ich nicht verbrannt wurde wie Knoller? Ich habe keine Füße, wohin soll ich gehen? Ich habe keine Hände, was kann ich schaffen? Knoller wurde verbrannt, doch die Welt hat ihm Gnade bezeigt. Er fährt nach Amerika. Er ist Jude und kann nach Amerika fahren. In diesem Sinn wurde er privilegiert. Sie werden ihn hier rauslassen, weil sonst in der Welt das Geschrei zum Himmel stiege. Wer aber schreit in meiner Sache? Wer schreit für die Millionen, die tief in Rußland geblieben sind?

Antoni betrachtete Knoller mit leichter Abneigung. Asche? Was macht das schon, daß er Asche ist, wenn ich hier stehen werde in einem Monat, in einem Jahr, in fünf Jahren, während er sich als freier Mann auf der Welt tummeln und mir zum Abschied großmütig seine Jeger-Unterhosen überlassen wird?

»Schauen Sie mich nicht so an«, sagte Knoller plötzlich, »als hätte ich Ihnen eine Zigarette geklaut. Habe ich Ihnen eine Zigarette geklaut? Habe ich nicht viel Freundschaft für Sie übrig, Herr Antoni? Na, also gut. Kamaszek ist bei mir gewesen. Ich leugne das nicht. Und was eigentlich geht Sie das an? Ich habe meine Angelegenheiten mit Kamaszek, ich muß Ihnen nichts vorlügen. Er besorgt mir die weite Reise nach Amerika. Verstehen Sie mich, Herr Antoni? Und wenn ja, dann schauen Sie nicht zu mir herüber, als hätte ich Ihnen in den Topf gespuckt.«

Antoni lachte laut auf.

»Herr Knoller«, sagte er, »wir werden immer Freunde bleiben.«

Jemandem liegt viel daran, daß ich Knoller nicht mag, dachte er. Jemandem liegt daran, daß ich diese unglückseligen, abgebrannten Juden nicht mag, weil sie ausreisen dürfen. Falls ich von dieser schrecklichen Welt, die uns auf allen Seiten umgibt, überhaupt noch etwas verstehe, liegt dies Eine wohl auf der Hand. Man darf sich nicht ergeben! Wenn die glauben, sie könnten mich mit Knoller entzweien, so irren sie sich. Die einzige Chance, die uns beiden bleibt, ist zusammenzuhalten.

7

Ein großer, schlanker Mann betrat das Zimmer, blieb einen Moment auf der Schwelle stehen, blickte Czarnocki reserviert und mit einem gewissen Spott an, näherte sich dem Schreibtisch und stellte sich vor: »Hauptmann Trojan. Das bin ich.«

»Das seid Ihr«, antwortete Czarnocki lächelnd.

Er erhob sich hinter seinem Schreibtisch. Sie reichten sich die Hand. Die des Besuchers war kühl, schlank, trokken. Czarnocki spürte einen Anflug von Angst.

»Setzt Euch«, sagte er sofort und nahm auf seinem Sessel Platz. Er fühlte sich stets sicherer hinter dem Schreibtisch, der von Papieren zugedeckt war und sich unter der Last der Zeitschriften und Bücher bog – der große, breite, abgewetzte Schreibtisch eines denkenden Menschen.

Zwei Telefonapparate standen auf dem Nebentischchen.

»Beginnen wir«, sagte Trojan. Sie blickten sich in die Augen, doch der Besucher schien etwas über den anderen hinwegzuschauen. Czarnocki spürte auf seiner Stirn die Berührung dieser kühlen Augen. Er dachte, was für intelligente und ruhige Augen sind das, voll der schrecklichen Ruhe eines sehr starken Menschen, der keinen Widerspruch duldet.

»So einfach ist die Sache nicht«, sagte er. »Ich habe schon zweimal ausdrücklich gesagt, daß ich mehr Zeit brauche. Delikate Dinge fordern Überlegung und eine sehr genau durchdachte Konzeption.«

»Leider habe ich keine Zeit«, antwortete Trojan. »Wenn man den richtigen Moment versäumt, geht viel von unseren Plänen verloren.«

Er legte seine Hände auf die Tischplatte. Schöne, schmale Finger, die Haut braungebrannt, die Nägel sorgsam geschnitten. Czarnocki betrachtete einen Augenblick lang diese Hände, dann richtete er seinen Blick auf Trojans Gesicht. Er bemerkte sehr feine Falten unter den Augen und dachte, dieser Mann ist nicht mehr ganz jung. Sie haben jemanden geschickt, mit dem ich bisher nichts zu tun hatte, dachte er. Sie vertrauen mir nicht mehr wie früher...

Er hatte das Gefühl, daß ihn jemand intensiv betrachtete, und warf schnell einen Blick auf Trojan, doch der hielt seinen Kopf gesenkt, er bewunderte wohl gerade die herrlichen, glänzenden Schäfte seiner Offiziersstiefel. Czarnocki empfand Kühle, das hatte er schon mal erlebt, er trug sie in sich, diese geheimnisvolle, unbekannte Kühle, gewissermaßen die Berührung mit den Augen, vielleicht mit den Händen, gleichzeitig eisig und heiß, der Blick eines Menschen mit Zügen, an die man sich schwer erinnern würde, einem Gesicht wie hinter Nebel oder hinter einem Schleier. Seltsam, dachte Czarnocki.

Und Trojan dachte dasselbe, denn auf seinen Stiefelschäften hatte ein Fünkchen Angst und Unsicherheit geblinkt, ein fahler Tigerblick.

Czarnocki empfand für einen Moment Schwäche, einen leichten Schwindel. Hab keine Angst, sagte er sich. Noch geschieht ja nichts.

Aber er wußte, daß in Kürze etwas geschehen würde.

»Womöglich leiden Eure Angelegenheiten darunter«, sprach er kühl. »Dennoch möchte ich eine Tatsache unterstreichen. Ich bin nicht hier, um Euch zu vertreten, um Eure

Probleme zu lösen. Wir sollen selbstverständlich fruchtbar zusammenarbeiten, aber das heißt nicht, daß ich einer von Euch wäre. Habe ich mich verständlich ausgedrückt?«

»Ja«, entgegnete Trojan. »Ich möchte nicht drängen. Doch habe ich klare Direktiven aus Warschau erhalten, ich muß meine Pflicht tun.«

»Richtig«, sagte Czarnocki.

»Die ganze Angelegenheit muß politisch abgewickelt werden, um mich einmal so auszudrücken.«

»Genau das habe ich gemeint«, sagte Czarnocki. »Die politischen Bedingungen sind außerordentlich wichtig. Und deshalb wiederhole ich, daß ich noch nicht fertig bin...«

»Ich möchte dagegen unterstreichen, daß in operativer Hinsicht die Zeit drängt.«

»Kennt Ihr Knoller?« fragte Czarnocki.

»Natürlich«, entgegnete Trojan. »Ich habe mehrfach mit ihm gesprochen, in aller Ruhe. Er macht einen etwas resignierten Eindruck. Er rüstet sich zu einer Reise in die Welt. Das ist der Punkt.«

»Ja, ich verstehe«, sagte Czarnocki.

Auch er war ein bißchen resigniert.

Plötzlich steckte er sich mit heftiger Bewegung eine Zigarette an, sog den Rauch tief ein, nahm dann die Brille ab und fing an, sie mit einem Tüchlein sorgfältig zu reinigen. Sie schwiegen. Als er mit der Säuberung der Brille fertig war und sie in der Hand hielt, blickte er Trojan ins Gesicht. Dann fragte er: »Wart Ihr während des Krieges hier, Genosse Trojan?«

»Nein«, entgegnete Trojan. »Aber was hat das damit zu tun?«

Czarnocki setzte seine Brille auf. Trojans Gesicht wurde wieder deutlich.

»Nichts hat das damit zu tun«, sagte er. »Ich frage nur. Aus purer Neugier.«

»Ich war in der Sowjetunion«, antwortete Trojan.

»Ach so ... An der Front.«

»Nein, nicht an der Front. Auch im Hinterland mußte jemand sein«, sagte Trojan und lächelte. Es war ein sehr kaltes Lächeln.

Er hatte den Krieg in Innerasien verbracht, die ersten Jahre in Karaganda, dann in der Stadt Frunse. Die ganze Zeit über wuchs in ihm der Haß, durchsetzt mit Angst. Er haßte die sowjetische Welt und fürchtete sie. Das war nicht seine Welt, doch die in Polen zurückgelassene blieb ihm gleichfalls fremd.

»Ihr seid auch dort gewesen, Genosse Czarnocki«, sagte er.

»Nein«, antwortete Czarnocki. »Das heißt, ja, nach dem Krieg natürlich, selbstverständlich. Aber während der Okkupation war ich im Lande.«

Trojan nickte. Er hätte gar nicht fragen müssen, er wußte sehr genau Bescheid über Czarnocki. Oder er glaubte es zu wissen, denn er war einer von denen, die Tag und Nacht über den Akten ihrer Nächsten brüteten, die in Notizen, Dokumenten, Rapporten, Berichten fischten, um in einer bestimmten, besonderen Stunde das goldene Fischlein menschlicher Gedanken, Ahnungen oder Taten einzufangen und es von diesem Moment an für immer am eigenen Haken zu halten.

Czarnocki drückte langsam die Zigarette in dem vollen Aschenbecher aus. Er wußte, mit wem er sprach.

Dann zündete er sich eine neue Zigarette an. Alle kannten

ihn als Kettenraucher, sein kleiner, dunkler Kopf war stets in eine Rauchschwade gehüllt, seine Finger gelb geworden vom Nikotin, seine Haut blaß, seine Stimme oft heiser.

»Ja, ja«, sagte er ein wenig sinnlos, denn plötzlich umzingelte ihn die Erinnerung. Manchmal überfielen ihn solche geheimnisvollen und schmerzlichen Augenblicke der Abwesenheit, wo er ohne jeden Grund für einen Moment den Kontakt mit der Wirklichkeit verlor, wo er sich, hineingezogen in den Strudel seiner Vergangenheit, von ihr entfernte.

Seine Mutter, die alte Frau Szwarcblat, hatte oft gesagt: »Du bist krank, du bist schrecklich krank.«

»Jeder Jude ist krank«, hatte er dann geantwortet.

»Dein Vater war Jude und doch ein normaler Mensch.«

Dann dachte Czarnocki, so sicher sei es keineswegs, daß sein Vater wirklich irgendwann einmal ein normaler Mensch gewesen war. Wenig später starb seine Mutter, er hatte niemanden mehr, um Gespräche über jüdische Normalität zu führen.

Jetzt hob er den Kopf und schaute Trojan direkt in die Augen. Von der Straße drang gedämpfter Lärm herein. Ein Lastwagen fuhr vorbei, dann ein zweiter und ein dritter. Irgendwo heulte die Sirene des Rettungswagens. Noch vor kurzem hat es niemanden gekümmert, wenn jemand starb, dachte Czarnocki, jetzt aber gibt es wieder Rettungswagen, Tragbahren, Apparate, einen Arzt in weißem Kittel. In denselben Straßen wurde bis vor kurzem noch auf Menschen wie auf Wildenten geschossen, Kinder starben vor Hunger, Frauen starben ohne einen Schrei dort, wo sie an einer Mauer gesessen hatten – und nun wieder der Rettungswagen, weil sich bei irgendeinem Dummkopf der Blinddarm entzündet hat. Während des Krieges starb hier niemand am Herzen oder an der Lunge, jeder war gesund wie ein Stier. Wer durfte denn krank sein während des Krieges, wer hatte Schnupfen oder gar Krebs? Nie habe ich davon etwas gehört, obwohl es eigentlich vorgekommen sein muß, jemand muß hier ganz normal gestorben sein, im eigenen Bett, und hat dabei sicher das Gefühl gehabt, der Geschichte einen Streich zu spielen, ihr den Hintern zu weisen. Heute verstehen die Menschen das nicht mehr, heute fürchten sie wieder den Tod, dieselben Menschen, die sich noch vor kurzem danach gesehnt haben, im Schlaf zu sterben.

Dieser Knoller, über den er jetzt mit Trojan sprach, erinnerte ihn an seinen Vater. Zwar hatte er diesen Knoller nie gesehen, sondern immer nur von dem alten Warschauer Juden gehört, der mit Devisen handelte, und trotzdem dachte er jetzt, Knoller müsse seinem Vater ähnlich sein.

Der alte Szwarcblat war ein kleiner Mann gewesen, wie ein Eichhörchen rannte er über die Leitern in seinem Lager und rief von hoch oben den jüdischen Schneidern zu: »Das ist Lodzer Cheviot, du weißt überhaupt nicht, was ich dir da gebe, drei Ballen, vier Ballen, solchen Cheviot findest du nirgendwo in der Stadt, für diesen miesen Preis kannst du vielleicht Katzendreck kriegen, aber nicht solchen Cheviot...«

Dann empfand der kleine Szwarcblat eine tiefe Abneigung gegen seinen Vater, gegen alle in diesem Lagerraum versammelten bärtigen und lärmenden Schneider, die mit ihrer kümmerlichen Jagd auf Groschen beschäftigt waren, und wenn der Schneider Grynberg dem jungen Szwarcblat über den Kopf strich, zog sich der Junge an die Wand zurück, er konnte die Berührung des Schneiders Grynberg nicht ertragen, die Berührung dieser dicken, geschwollenen

Hände mit den kurzen, rötlich behaarten Fingern, er konnte diese menschlichen Stimmen nicht ertragen, diese Gesichter, Gesten, Bewegungen und Worte in jiddischer Sprache, immer mit einem Fragezeichen im Tonfall, immer mit einem Zögern, einer Distanz zur Welt, während für Szwarcblat die Welt einfach war wie ein Draht, nichtswürdig, dumm und nicht wert zu existieren in der Form, die ihr gegeben worden war, damals, in jenem Moment, als er die Augen geöffnet und zum ersten Mal den Kachelofen im Zimmer seiner armen, abgearbeiteten Eltern wahrgenommen hatte.

Ozjasz Szwarcblat war klein von Gestalt und hager, er hatte schmale Lippen, eine große Nase, einen katzenähnlichen Gang und eine ewig heisere Stimme, weil er von früh bis spät redete, um seine paar Złoty zu verdienen und weiterhin ein armer Schlucker zu bleiben.

Knoller mußte vor dem Krieg genauso gewesen sein, angeblich befaßte er sich mit dem dümmsten Geschäft der Welt, er ging auf dem Bürgersteig der Królewska-Straße in Warschau auf und ab und sprach die Leute vor der Börse an, er handelte mit allem und jedem, irgendwelchen Wertpapieren, irgendwelchen Vermittlungen, er nahm bei kleinen Geschäften dumme Weiber aus, Warschauer Küchendragoner, Dienstmädchen begüterter Häuser, die ihre kärglichen Ersparnisse in Fetzen fettfleckiger Papiere anlegen wollten.

Czarnocki vermutete, dieser Knoller müßte eine unangenehme Vogelstimme haben, ein primitives Polnisch mit jüdischem Tonfall sprechen, immerzu jenes B-moll der Fragezeichen, jenes Staccato der Zweifel, jenes Andante Maestoso des jüdischen Pessimismus.

Ich kann diese Juden nicht ertragen, dachte Czarnocki,

ihre Demut der Welt gegenüber, ihre Unterwürfigkeit, die ein Zeugnis des Glaubens an den jüdischen Gott sein soll, im übrigen ist jeder Gott gleich, die Katholiken täuschen genauso Demut vor, die polnische Demut ist pastellfarben, hellblau-grün, die russische Demut orthodox, irgendwie purpurrot und schwarz, alle sind sie zusammengeleimt aus Demut und Gottesfurcht. Ich kann diese Dummköpfe nicht ertragen, die an Gott glauben, an die Erlösung, die zwischen Tugend und Sünde wählen und sich nicht darüber im klaren sind, daß irgend jemand sich das einmal für sie ausgedacht, sie damit eingefangen hat, um sie leichter zu lenken und im Zaum zu halten, um ihre Ängste auszunützen, diese Priester, Popen, Rabbiner, Fabrikanten und Gutsbesitzer, Großhändler und Hauseigentümer, Ladeninhaber und Polizisten, diese ganze Bande, von oben bis unten, die sich gegenseitig beaufsichtigen, bestechen und bestehlen, diese gesamte Welt ist wie ein großer Morast, eine Pyramide der Niedertracht, wo man alles kaufen kann, sogar die Illusion der ewigen Erlösung.

Czarnocki wußte ähnlich wie Trojan, daß diese Welt reif geworden war für die Vernichtung.

Vielleicht hatte ihn gerade aus diesem Grunde Hitler überhaupt nicht verwundert, nicht überrascht. Hitler war ein Werkzeug, sonst nichts. Wäre er nicht zur richtigen Zeit aufgetaucht, hätte ein anderer das Feld vorbereitet. Die Welt selbst hatte Hitler hervorgebracht und sorgsam gepflegt, damit er heranwachsen und stark werden konnte. Dann ließ die Welt Hitler von der Leine, diese Welt der Gewalt und der Angst, des Schmutzes und der Armut, in der Czarnocki während der Jahre seiner Kindheit und Jugend gelebt hatte. An den Straßenecken laut schreiende Juden im Kaftan, auf den Sofas Juden in eleganten Anzügen, auf die

Bürgersteige spuckende Juden und Juden mit Siegelringen an den Fingern. Die abstoßende Welt nach Parfüm riechender Frauen, die kleine Schleier an ihren Hüten trugen und Woche für Woche ihren Liebhaber wechselten, die sich in Tanzlokalen herumtrieben, oder Frauen mit Tüchern um die Schultern, ausgemergelte, blasse, hexenähnliche Frauen, die um jeden Groschen feilschten, die Welt der Männer in Melonen und Mützen, dicker und dünner Männer mit pomadisiertem Haar und glänzenden Glatzen, Großgrundbesitzer und Knechte voller Hochmut und Demut, beide gleichermaßen verdorben durch diese Welt.

Irgendein Hitler mußte erscheinen, das unterlag keinem Zweifel. Die Welt hatte jene Bakterien hervorgebracht, die schließlich die Welt selbst verschlangen, die bereits fast alle Juden verschlungen hatten und sich nun an die anderen machten. Jetzt kamen Polen, Russen, Franzosen, Italiener, Tschechen unter das Messer, bluteten Engländer und Amerikaner, der ganze Erdball ächzte in seinen Fugen, noch ein wenig, und er wäre eingestürzt – genug damit, das reichte, man mußte endlich alles von vorn beginnen.

Nur Dummköpfe vergossen wegen der Kriegsverwüstungen Tränen. Sogar manche Genossen vergossen Tränen. Sie begriffen nicht, daß es der Ruinen bedurfte, um endlich den Neubau beginnen zu können. Und was die Toten anbetraf, so konnte man einen Menschen betrauern, vielleicht auch zwei, nicht aber mehrere Millionen. Mehrere Millionen Opfer, das ist kein menschliches Drama mehr, sondern Geschichte. Und die Geschichte hatte ihre Gesetze, denen gegenüber die Vernunft einst wehrlos war. Heute erweist sich alles als blendend klar.

Czarnocki warf einen Blick auf den Mann ihm gegenüber und dachte an die Einfachheit der Natur. Seit einiger Zeit fand er, sooft er sich schwach fühlte oder Angst hatte vor einem anderen Menschen, Erleichterung bei dem Gedanken an die Einfachheit der Natur. Ich bin selbst ein Teil von ihr, dachte er, ich gehöre zu ihr. Etwas muß sterben, damit etwas geboren werden kann. Das ist die Kraft und die Schönheit des Fortdauerns. Man muß etwas töten, damit etwas leben kann. Das ist der Schlüssel zu unserem Rätsel. Es gibt keine Ängste außerhalb der Natur. Meine Angst erwächst aus der Natur, ist Zeugnis für das Fortdauern der Natur. Die Angst gehört untrennbar zum Leben, ohne sie kann man nicht leben, wenn ich aufhöre, mich zu fürchten, bedeutet dies das Ende meines Lebens, darum liebe ich meine Angst, wünsche ich mir Angst, ist sie doch ich, ist sie doch die Garantie meiner Existenz, der Trost für meine Ungewißheit. Solange die Angst bei mir ist, bin ich nicht schwach. Die große, lähmende Einfachheit der Natur, dachte Czarnocki. Wie gut, sich daran zu erinnern!

Er empfand keine Resignation mehr, sondern blickte seinem Gegenüber direkt in die Augen. Das fiel ihm nicht leicht, denn der hatte ganz besondere Augen, sie irrten unaufhörlich herum, tasteten Czarnockis Gesicht ab, seinen dunklen Haarschopf über der Stirn, seine Schultern und seine Brust. Dieser Mann hatte dem Anschein nach reglose Augen, und dennoch vollzog er mit einem einzigen Blick eine Leibesvisitation, was vielleicht Frauen schätzen mochten, ihm bereiteten diese abwesenden und unpersönlichen, ja geradezu irrsinnig schamlosen Augen jedoch Unbehagen.

»Können wir in einer Woche beginnen?« fragte Trojan höflich.

»Da bleibt wenig Zeit«, murmelte Czarnocki und griff wieder nach einer Zigarette.

»Ein bißchen können wir noch warten, aber nicht allzu lange. Höchstens zwei oder drei Wochen, mehr nicht«, sagte Trojan.

»Wie wollt Ihr das machen?« fragte Czarnocki.

»Wie üblich, Genosse Czarnocki«, entgegnete Trojan.

Czarnocki schwieg eine Weile. Er schüttelte den Kopf.

»Nein. Sondern auf der Straße, am hellichten Tage. Die Leute sollen es sehen. Man muß viel Wirbel veranstalten.«

»Wozu braucht Ihr Wirbel?« fragte Trojan. »Ich arbeite gern im stillen.«

»In dieser Sache nicht. Hier muß man viel Wirbel und Lärm machen. Das ist die Grundlage. Tut nicht so, Genosse Trojan, als wäret Ihr schwer von Begriff. Kommentare, Gerüchte, eine unklare Sache. Das wird zu Anfang nötig sein. Danach wird alles seinen festgelegten Weg nehmen, wie sich's gehört. Wir müssen uns nicht beeilen. Die Deutschen mußten sich beeilen, wir nicht! Wir sind in unserem eigenen Lande, bei uns daheim, im neuen Polen, Genosse Trojan. Also keine Eile. Laßt die Sache kandieren, ablagern, wie unser großer Dichter zu sagen pflegte.«

Trojan nickte.

»Wenn das Eure Konzeption ist, dann bitte schön. Aber von unserem Standpunkt aus ist es gar nicht gut, einen großen Wirbel zu machen.«

»Ihr hättet nicht zu mir kommen müssen, wenn das eine Sache sein soll wie andere auch. Warschau hat sich an mich mit der deutlichen Anregung gewandt, Aufsehen zu erregen. Es geht doch nicht um diesen... wie heißt er doch, Knoller. Es geht um Wichtigeres, Genosse Trojan. Ich beabsichtige nicht, mich in Eure Methoden und Verfahrensweisen einzumischen, doch bestimmte Festlegungen sind notwendig, damit ich durchführen kann, was mir aufgetragen ist.«

»Gut«, sagte Trojan. »Und dann?«

»Man muß warten. Ich werde die Sache entsprechend lenken. Wie lange könnt Ihr ihn festhalten?«

»Das ist ohne Bedeutung. Solange wie nötig, ganz einfach...«

Czarnocki blickte Trojan genau in die Augen.

»So etwas höre ich nicht gern«, sagte er scharf. »Es gibt doch bestimmte Vorschriften und so weiter...«

»O ja«, entgegnete Trojan. »Es gibt Vorschriften.«

Czarnockis Blick glitt zur Seite. Wieder empfand er Angst.

»Also?« fragte er leise.

»Sagen wir zwei oder drei Monate.«

»Ich werde mich bemühen, daß es nicht so lange dauert«, sagte Czarnocki.

Dieser Knoller kümmerte ihn wenig. Interessant war der Gesprächspartner auf der anderen Seite des Schreibtisches, geradezu unanständig arisch. Genau das dachte Czarnocki: unanständig arisch. Ein ansehnlicher Mann, voller Eleganz, Elastizität und Kraft, hell und sauber, er roch frisch wie der Wald oder das Feld oder der Obstgarten.

Das Leben, dachte Czarnocki, und wunderte sich. Er betrachtete Trojan immer eindringlicher. Woher kommt er? dachte er plötzlich. Und warum haben sie in Warschau in dieser gräßlichen Geschichte gerade auf mich verwiesen?

»Wir lassen ihn in Ruhe bis zu dem Zeitpunkt«, sagte Trojan. »Keine Schikanen. Er wird ganz ruhig in der Einzelzelle sitzen. Vollständige Isolierung.«

»Meint Ihr, dieser Knoller ist wichtig?« fragte Czarnocki. »Das ist doch ein ganz normaler alter Warschauer Jude.«

»Ich weiß«, sagte Trojan. »Gerade er ist wichtig. Der Beste aller Möglichen. Er hat bestimmte Verbindungen, und daraus hat sich sein Fall ergeben.«

»Was für Verbindungen?« fragte Czarnocki.

»Die Einheimischen mögen ihn nicht, weil er wohl schon ein- oder zweimal bei Kontakten mit der Miliz erwischt worden ist.«

Wie Wasser, dachte Czarnocki, sein Gesicht ist wie das Wasser in einem Teich, jetzt habe ich ein Steinchen hineingeworfen, eine leichte Welle überzieht die Oberfläche, eine kleine Falte auf der Stirn, ein Beben der Lider, er ist noch nicht das Ideal, man kann ihn überrumpeln, seinen Blick ertappen.

»Über diese Sache bin ich informiert«, sprach Czarnocki. »Aber ich möchte mehr wissen.«

»Er heißt Kamaszek. Ein kleiner Schnüffler der Miliz. Er verfolgt die Devisenhändler.«

»Wem untersteht er bei Euch?«

»Wirtschaftskriminalität«, antwortete Trojan. »Die leitet Kaliszewski auf der Kommandantur. Doch Kaliszewski weiß gar nichts. Kamaszek führt seit langem sein eigenes Unternehmen. Er rupft die Devisenhändler auf eigene Rechnung.«

»Wer weiß sonst noch von Knoller und Kamaszek?« fragte Czarnocki.

»Hauptsächlich die jüdischen Devisenhändler.«

Czarnocki spürte Zorn aufsteigen, behielt sich aber in der Hand. Trojan musterte ihn spöttisch.

»Ich denke«, sagte er leise, »es gibt heute keine wichtigere Angelegenheit als die, von der wir gerade reden.«

Wieder glitt ihm ein feiner Hauch über das Gesicht. Und Czarnocki empfand wieder einen Anflug von Angst.

»So ist es«, sagte Trojan. »Nun zum Fall Antoni Rudowski. Ich werde ihn ein paar Tage später festsetzen müssen. Auch mit großem Lärm?«

»Ja«, antwortete Czarnocki leise. »An Rudowski denke ich die ganze Zeit...«

Wieder dachte er einen Moment nach. Warum gerade ich, überlegte er mit zorniger Verzweiflung. Hatten sie in Warschau keinen anderen für diese schmutzige Arbeit?

»Knoller, Kamaszek, Rudowski«, sagte er und schloß plötzlich fest die Lider. »Irgend etwas fehlt da noch ...«

»Was fehlt?« fragte Trojan.

»Ich weiß noch nicht alles«, entgegnete Czarnocki. »Das ist eine sehr verzwickte Angelegenheit, eine sehr weitgreifende.«

Er sprang auf.

»Ihr holt also Knoller auf die festgelegte Weise ab«, sagte er.

»Wenn die Empfehlung so lautet«, sprach Trojan kühl.

»Ich gebe Euch keine Empfehlungen«, entgegnete Czarnocki. »Die Bedingungen müssen ganz einfach stimmen. Ist das klar?«

»Klar«, sagte Trojan.

Als er das Arbeitszimmer verlassen hatte, setzte sich Czarnocki hinter seinen Schreibtisch und schloß die Augen. Ihn schwindelte. Er kam sich selber leer vor, aber sein Kopf war voll und schmerzte.

Lidka, sagte er in Gedanken, warum?

8

Aber nein, ich bitte Sie, das ist keine Welt, an die man die üblichen menschlichen Maßstäbe legen kann. Darin besteht ihre Besonderheit in der Geschichte. Die Geschichte des Dritten Reiches war in gewisser Weise eine Wiederholung zurückliegender blutiger Tyranneien. Nebukadnezar hat ja auch Hunderttausende umgebracht, die Pharaonen waren keineswegs besser, später kam Rom mit der schrecklichen Sklaverei, es ließ die Christen in den Zirkusarenen von Löwen zerfleischen. Die mittelalterlichen Kriege waren entsetzlich, man nahm die Menschen zu Tausenden gefangen, Frauen und Kinder starben an Hunger, Seuchen und Grausamkeiten. Töten, Quälerei, das Beil des Scharfrichters, Hunger, Sklaverei – das alles kannten die Menschen seit jeher.

Heute jedoch haben wir es mit einem ungewöhnlichen Geschichtsphänomen zu tun. Es besteht darin, daß zu unserem Heil nichts sich mit etwas verbindet, nichts aus etwas hervorgeht, nichts etwas anderem dient, für nichts rationale Erklärungen bestehen, niemand etwas weiß, niemand imstande ist, etwas vorauszusehen, niemand einem anderen etwas sagt, niemand sich auch nur bemüht, einen anderen zu verstehen, weil das den Menschenverstand überschreitet, hier nämlich fällt das Beil von selbst, denn wenn der Arm die Abwärtsbewegung vollzieht, hebt sich gerade das Beil, doch wenn der Arm zum Schlag ausholt, dann fällt das Beil auf den Nacken des Verurteilten, und der Scharfrichter weiß nicht, wie das geschehen konnte, plötzlich aber stellt sich heraus, daß sein eigener Kopf auf dem Block liegt und der Verurteilte mit dem Beil über ihm steht, das ist diese neue Erfindung, der zerschlagene Spiegel, und nur in diesen Scherben spiegelt sich die Wirklichkeit, aus ihnen muß man sich das Bild der Welt zusammenkitten, die Welt als Ganzes besteht nicht mehr, es gibt nur einzelne Fragmente, als hätte Gott in betrunkenem Zustand die Welt geschaffen, von einer Wand zur anderen, von einer Galaxie zur anderen taumelnd, nichts existiert hier in einfachen Formen, alles ist komplex und setzt sich hauptsächlich aus Vermutungen, Ahnungen, Annahmen und Zweifeln zusammen, eine normale Stimme gibt es nicht mehr, jede Stimme – das sind schwer erfaßbare Flüstertöne, Gewinsel und Schreie zugleich, es gibt keinen vollständigen Menschen mehr, dafür gibt es einzeln einen Fuß, eine Hand, einen Schenkel, ein Ohr, doch dieses Ohr hört das Geräusch des nahenden Fußes, so wie das Auge die Bewegung der einzelnen Hand bemerkt, es gibt keinen ganzen Menschen, alles ist zerstückelt, der Mensch hat Augen zum Sprechen, Hände zum Hören, einen Mund zum Fluchen, alles ist umgedreht, alles anders, alles verkehrt, was längs ist, ist quer, und was quer ist, ist längs, aber auch nicht alles, denn darin läge eine Regel, ein Ordnungsprinzip, immer ist ein Teil so und ein anderer Teil anders, damit er nur ja nicht mit dem Gedanken, der Ahnung, der Hoffnung übereinstimmt, damit er nur ja nicht mit dem Traum, mit der Auflehnung, mit dem Tod übereinstimmt.

Das ist, ich bitte Sie, die große Kraft der neuen Wirklichkeit, des neuen Modells einer Welt, die niemand erkennen und beschreiben kann, folglich ist auch niemand imstande, eine Analyse vorzunehmen, und wenn die Analyse fehlt, gibt es auch keine Chance festzustellen, was hier schwach ist und was stark, woraus kann man demzufolge die Hoffnung schöpfen für einen neuen ganzheitlichen Menschen, für einen neuen ganzheitlichen Gott. Und genau das ist der tiefste Sinn dieses geschichtlichen Experiments.

Ich sage jetzt etwas Paradoxes, aber alles in der Welt, aus der ich gekommen bin, ist irgendwie paradox. In diesem System hat nur das Gefängnis die Chance zu einer Integration der Persönlichkeit eröffnet. Im Gefängnis war der Mensch frei vom Zerfall, weil er frei war von der Mitwirkung. Verstehen Sie das? Die Freiheit bewahren – das bedeutete, der Freiheit entsagen. Auf freiem Fuße bleiben – das bedeutete, der Desintegration und damit der Unterdrückung erliegen.

Und noch etwas, liebe Freundin, noch etwas ...

Im Gefängnis bin ich zur Einsamkeit verurteilt, bin ich vereinsamt, aber nicht aus eigenem Willen. Befinde ich mich jedoch in Freiheit und möchte die eigene Persönlichkeit bewahren, muß ich mich freiwillig zur Vereinsamung verurteilen, freiwillig die Einsamkeit wählen. Das ist sehr schwierig, fordert es doch ein verzweifeltes Wissen um sich selbst. Nicht jeder kann sich das erlauben auf dieser besten aller Welten. Darum lassen wir zu, daß uns die Gesamtheit schluckt. Das aber wird natürlich zu einer Art Mitwirkung. Für die Mitwirkung zahlt man mit dem Verlust von Augen, Zunge und Ohren ... Doch der Mensch lechzt ja nach der Welt. Vor allem aber hat er ein bitteres, eifriges, unersättliches Bedürfnis nach positiven Werten. Und dieses Bedürfnis läßt sich nur in der Gemeinschaft verwirklichen.

Da haben Sie die Antwort auf die alle Welt bedrängende Frage nach der Ursache der Mitwirkung von Millionen an der kommunistischen Tyrannei.

9

Manchmal hatte er Träume wie bei Tschechow. Der Salon in einem Landhaus. Von der Veranda durch die Laube in den Garten. Im Garten ein Blumenbeet. Im Salon ungemein reizvolle, grazile, nervöse hübsche junge Frauen in fügsamer, anmutsvoller Ergebenheit. Er selbst – in dunkelroter Russenbluse, weiten Hosen und Stiefeln aus weichem Leder. Vielleicht Stiefel aus Elchleder.

Wenn er aufwachte und sich an seinen Traum erinnerte, war er ein wenig irritiert. Mein Unterbewußtsein bäumt sich auf, dachte er. Das beunruhigte ihn. Wenn man solche Träume hat, wäre es besser, nicht zu trinken. Der Wodka lockert die Zunge. Ich bin ängstlich, sagte er sich, aber man muß Vorsicht walten lassen.

Er hieß Fjodor Iwanowitsch Lomakin und stammte aus Tula. Sein Vater war Schmied gewesen und während der Revolution gefallen. Fjodor Iwanowitsch Lomakin, der Sohn des Helden – so sprach man früher von ihm. Später gedachten nur noch wenige seines Vaters.

Fjodor Iwanowitsch Lomakin. Das konnte aus Tschechows Werken stammen oder auch aus Dostojewskijs. Er maß dem keine Bedeutung bei. Nur die Träume verbanden ihn mit dem früheren Rußland. Jetzt war das alte wie das neue Rußland weit weg. Das Schicksal hatte Lomakin nach Polen verschlagen. Weil er belesen war, hielt er das mehr für einen Scherz wie bei Saltykow-Schtschedrin.

Er war mittelgroß, von mittlerer Körperfülle, auch seine

Glatze mittelgroß. Überhaupt alles eher Durchschnitt. So dachte er über sich. Aber er dachte auch, das alles ist nur Schein, denn in Wirklichkeit bin ich nicht durchschnittlich. Das Ungewöhnliche an ihm spiegelte sich in den Augen der Leute.

Lomakin war ein intelligenter Mann, er gab Illusionen keinen Raum, sondern dachte logisch und einfach, was ihm übrigens Befriedigung verschaffte. Meine Besonderheit ist die Kraft, die ich repräsentiere. Ohne diese Kraft wäre ich eine Null.

So dachte er. Sehr ordnungsgemäß. Und ordnungsgemäß beobachtete er weiter.

Woher stammt meine Kraft, da ich doch selbst schwach bin wie das Junge einer Meise? Kommt sie vom Himmel? Ich bin nicht vom Himmel gefallen, sondern aus Moskau gekommen. Meine Kraft habe ich aus Moskau mitgebracht, meine Wurzeln sind in Moskau, von dort beziehe ich meine Kraft. Und was ist das – Moskau? Sind das die Kremlmauern, die Gorki-Straße, Luschniki? Dort gibt es keine Kraft. Da sind nur Ziegel, Holz, Luft. Ich bin schwach, die anderen sind schwach, nichts als Durchschnitt, ich sehe keine Kraft in den Menschen. Woher stammt sie dann?

Eine rhetorische Frage, sagte sich Lomakin in solchen Momenten. Die Kraft steckt doch in der Partei, in der Sowjetmacht. Die Partei hat uns alle vereint, das ist ein einfaches Addieren und Multiplizieren, ein Lomakin plus zwei Lomakins sind drei Lomakins, das ergibt sich aus dem Addieren, und wenn man das multipliziert mit der Organisation, der Disziplin und dem richtigen Wirken des Kollektivs, sind wir Lomakins fünfhundert.

Dann erfüllte ihn Kummer, und er sagte sich, unter diesen fünfhundert gibt es keinen einzigen Lomakin wie früher. Doch als Mann von heiterer Natur akzeptierte er die sowjetische Mathematik. Sie war ihm bequem.

Als Offizier der Sonderdienste hatte er in Polen viel Arbeit, aber auch viele Bequemlichkeiten. Er wohnte ungewöhnlich elegant und aß geradezu vornehm. Was ihm nach den Entsagungen der Kriegsjahre auch gebührte. Damals der Unterstand an der Front, jetzt der Salon. Damals ein Kanten säuerliches Brot und ein Stück Speck, jetzt sehr ausgesuchte Speisen, deren Namen er erst lernen mußte.

Am angenehmsten waren jedoch die Beziehungen zu den Menschen. Es unterlag keinem Zweifel, auch in der Sowjetunion wäre Lomakin eine hochgeachtete Persönlichkeit gewesen, doch Polen – das war etwas ganz anderes. Hier aber wurde er geradezu verwöhnt. Hier war er der Erste, sogar unter Leuten, die die höchsten Positionen in Armee, Partei und Staatsorganen innehatten. Alle achteten ihn sehr und begegneten seinen Ansichten mit höchstem Respekt, fast wie Befehlen.

Lomakin war ein heller Kopf, die Natur hatte ihn mit einem durchtriebenen Scharfsinn bedacht, der ihm gestattete, fehlende Bildung durch fehlende Skrupel auszugleichen. Folglich begriff er genau, worum es ging. Die Leute seiner nächsten Umgebung behandelte er verächtlich, Untertanenseelen waren das, kümmerliche Typen, Parteigesindel. Mehr noch, sie kamen ihm komisch vor. Sie hielten ihn für einen in Fragen der Politik und der Ideologie sehr erfahrenen Menschen und führten seine Direktiven gehorsam und ziemlich gewandt aus, jedoch nicht alle aus Angst, was Lomakin für verständlich gehalten hätte, sondern auch aus tiefer Überzeugung, angetrieben von Eifer und Ergebenheit für die Sache der Revolution. Genau das fand er komisch, aber auch etwas irritierend.

Alle waren gleichermaßen unterwürfig, doch nicht alle gleichermaßen vertrauenswürdig. Kühle und berechnende Menschen mochte Lomakin lieber. Er besaß ein großes Wissen über menschliche Schwächen, deshalb brachte er die einen zur Unterwürfigkeit, indem er die Angst in ihnen weckte, und kaufte andere mit der Illusion der Karriere. Am schwersten fiel es ihm, eine gemeinsame Sprache mit jenen romantischen Kommunisten zu finden, die ihn als Genossen in der Idee ansahen. Zahlreich waren sie nicht, doch gab es solche. Die hielt er für gefährlich.

Lomakin selbst hatte von den Idealen längst Abschied genommen. Er besaß ein bäuerliches Verhältnis zur Welt, ein russisches, leibeigenschaftliches Verhältnis, allem Anschein zum Trotz ungewöhnlich einfach und in der Tradition verwurzelt. Der Mensch ist ein sehr schwaches Wesen, Dunkelheit umgibt ihn, sein Leben lang bleibt er ein Spielball der schrecklichen Naturgesetze. Es ist Sache des Menschen zu leiden und sich den Geboten gehorsam zu fügen. Es gibt etwas über dem Menschen, das sich seinem Willen nicht fügt, etwas Mächtiges und Unerforschliches, dem man sich in Demut unterordnen muß, sogar wenn es das Herz zerreißt und den Geist unterdrückt. Es gibt eine Obrigkeit über dem menschlichen Leben, eine unbenannte und dunkle Obrigkeit, wer dieser Obrigkeit ihr Geheimnis zu entreißen trachtet und seine Hand in schänderischer Absicht gegen diese Obrigkeit erhebt, muß unverzüglich zugrunde gehen. Doch wenn der Mensch sich demütig zeigt und sich dem heiligen Gesetz unterordnet wie eine Pflanze dem heiligen Gesetz von Frühling, Sommer, Herbst und Winter, kann er aufblühen und leben im Rhythmus der Natur zum Nutzen für die Welt und sich selbst.

Diesen Rhythmus, dem er sich beugen mußte, kannte

Lomakin gut. Von daher stammte seine heitere Einstellung zum Leben, die gewisse Mäßigung und Schlichtheit in seinem Handeln. Er war nur dann grausam, wenn sich die Grausamkeit aus der Notwendigkeit ergab, und hielt sich nicht für einen grausamen, sondern für einen praktischen Menschen. Wenn die Zeit von ihm entsprechende Ergebnisse forderte, beschleunigte er den Lauf der Dinge, ohne der Methoden zu achten. Wenn es jedoch möglich war, langsam vorzugehen, handelte er langsam, weil ihm dann das Leben mehr Bequemlichkeiten und Annehmlichkeiten bot.

Lomakin hatte längst seinen flüchtigen und flachen Glauben an die Ideale der Partei verloren. Im Grunde hatte er nie angenommen, irgendeiner seiner Vorgesetzten lege Wert auf diesen Glauben an die Ideale. Sie forderten von Lomakin wirksames Eingreifen, sie stellten ihm bestimmte Aufgaben und verlangten, daß er sie erfüllte. Sie erwarteten keine Beurteilungen und Analysen, die aus persönlichen Anschauungen und geistigen Erfahrungen hervorgegangen wären. In dieser Hinsicht waren sie autark. Von Leuten wie Lomakin verlangten sie nur, das Ziel zu erreichen. Folglich erreichte er die festgelegten Ziele und wandte dabei Methoden an, die ihm als die richtigsten und wirkungsvollsten erschienen. Er ließ sich von seiner eigenen, ziemlich reichen Erfahrung leiten, aber auch von der Praxis anderer, mit denen er auf dem Gebiet der Sonderdienste seit langem zusammenarbeitete.

Das war nicht das Gebiet der Ideologie oder der Politik. In Gedanken nannte Lomakin sich einen Bürokraten, empfand das aber nicht als unangenehm, denn diese besondere Bürokratie entwuchs dem Rhythmus der Welt und bildete das Resultat jener Weisheit, dank derer die Welt so und nicht anders eingerichtet wurde. Folglich hielt Lomakin sich nicht nur für einen Funktionär der Sonderdienste, sondern war auch – bis zu einem bestimmten Maße – der Repräsentant übergeordneter, die historische Wirklichkeit bestimmender Gesetze, er empfand sich als ein Element der Natur; weil er ein belesener Mensch war und unter seinen Lidern die russische Phantasie, Sensibilität und Naturliebe herumtrug, sagte er sich manchmal, er sei wie ein Schneesturm oder wie ein heißer Steppenwind oder wie eine dunkle Wolke über den Kuppeln Moskaus.

Die Schwierigkeit bestand darin, daß es in Polen so gut wie keine Kuppeln gab. Doch in diesem Land hatte er überhaupt wenig Zeit zum Überlegen. Am meisten störten ihn hier die Menschen, die immer noch den Wahnsinn der Idee verkörperten. Es waren doch seit der Revolution viele Jahre vergangen, die ehemaligen Revolutionäre unter sehr verschiedenen, manchmal recht seltsamen Umständen gestorben, man mußte etwas mehr gesunden Menschenverstand und Durchblick an den Tag legen, statt dessen benahmen sich die Leute hier – zum Glück nicht alle, zum Glück nur eine sehr kleine Minderheit –, als wären sie gerade erst von den Bäumen gestiegen und stünden nun Auge in Auge der Geschichte gegenüber, die man nach einer von der Partei erdachten Theorie oder einer wunderbaren Regel zu ändern habe. Fjodor Iwanowicz Lomakin wurde in ihren Augen zur Verkörperung der Weisheit der Partei, was ihn furchtbar irritierte und wehrlos und mißtrauisch machte, so als befände er sich ohne Hosen oder mit offenem Schlitz in einem Salon.

Es waren erwachsene Menschen, sie hatten im Leben ihren Teil abbekommen und trotzdem die einfache Tatsache nicht entdeckt, daß die Welt in ihren eigenen Bahnen verläuft, daß man sich damit abfinden, sich ihrem Rhythmus anpassen und ihr nach ihren ewigen Gesetzen dienen muß. Manche dieser Menschen machten den Eindruck von Inspirierten, doch für Lomakin bedeutete jede Inspiration eine Art Blindheit. In diesem Sinn zeigte er sich vernünftiger als jene, die ihn irritierten. Sie weckten keine Unruhe in ihm, eher schon träge Abneigung. Hundertmal lieber mochte er die kalten Karrieristen, die um ihre Zukunft fürchteten und zu allem bereit waren, um die eigene Haut zu retten. Sie konnten Lomakin nicht überraschen, die Mechanismen solcher Seelen kannte er, weil er seine eigene Seele kannte und mit ihr gut zurechtkam.

Er fühlte sich also in Polen ganz wohl und zugleich ziemlich schlecht, denn rund um sich bemerkte er ein bestimmtes Element, eine nebulöse Gefahr, vielleicht sogar einen Hinterhalt. Früher hatte er nie an Polen gedacht. Jetzt befand er sich mitten im Zentrum der polnischen Veränderungen und mußte dazu Stellung beziehen, nicht nur wegen seiner amtlichen Funktionen, sondern auch als Mensch, als Russe. Lomakin war ein auf seine Zugehörigkeit zur großen und in der Welt führenden russischen Nation stolzer Russe. Er hatte keine Berührung mit den Polen, wie sie früher und jetzt waren, wußte aber, daß es sie wirklich gab. Seine unmittelbare Umgebung war natürlich polnisch, doch glaubte er, daß es sich um ein krüppelhaftes und nicht authentisches Polentum handelte, weil diese Menschen Kommunisten waren oder Kommunisten zu sein vorgaben, für Lomakin aber mit seinem Wissen um das Leben eines Funktionärs der russischen politischen Polizei bildete der Kommunismus eine Art Tarnkappe, wenn jemand sie aufsetzte, so verbarg er fast restlos sein Polentum, Russentum, Deutschtum und vielleicht gar sein gesamtes Menschsein.

Lomakin hatte einen hellen Kopf, und in einer Ecke lauerte Durchtriebenheit, in der anderen Neugier. Er wollte Polen kennenlernen aus dem persönlichen Bedürfnis eines Menschen, der es schätzt, sich an der Wirklichkeit zu messen. Doch war es gar nicht leicht, sich mit Polen einzulassen. Wie denn? Wo denn? Wann denn? Für Lomakin blieben nur die Beziehungen per procuram übrig, er tastete die Seelen der krüppelhaften, lahmen, plumpen Polen ab, mit denen er täglich Kontakt hatte. Dazu gehörte beispielsweise Czarnocki! Wenn er mit ihm sprach, betrachtete Lomakin Polen in einem jüdischen Spiegel. Das war lehrreich. Czarnocki wirkte glaubwürdiger als andere, gerade wegen seines jüdischen Buckels. In ihm steckte eine skeptische Abneigung dem Polentum gegenüber, von dem er sich jedoch nicht freimachen konnte.

Dieser Gesichtspunkt kam Lomakin entgegen.

Czarnocki kannte keine Vorbehalte bezüglich der früheren Beziehungen zwischen Polen und Russen, er sprach darüber ungezwungen und flüssig, er fürchtete nicht, daß Lomakin ihn des polnischen Nationalismus verdächtigen könnte. Diese polnischen romantischen Patriotismen, diese nationalen Wahnideen waren nicht Czarnockis Pferd und Wagen, er hatte das für sich auf jüdische Weise objektiviert und konnte es auf objektivierte, ungefährliche Weise beschreiben.

So dachte Lomakin, während er Czarnockis Meinung anhörte, und er irrte sich gewiß nicht, denn, was die Sache selbst anging, war ein Jude hier ein besseres Medium des Polentums als die Mehrzahl der in Angst und Unterwürfigkeit befangenen polnischen Parteimitglieder.

Polen war mithin nicht Czarnockis Pferd und Wagen, wurde aber langsam Lomakins Pferd und Wagen.

Nach zahlreichen Gesprächen suchte Lomakin einmal der seltsame Gedanke heim, wenn Gott je überhaupt existiert habe oder existiere, dann habe er dieses Land zur Beleidigung des Menschengeschlechts geschaffen. Nicht weil Polen so schrecklich, sondern weil es so unverständlich war. Aber schrecklich war es auch.

Lomakin vermochte nicht anzugeben, was ihn an Polen eigentlich entsetzte, warum es Augenblicke gab, da er sich plötzlich unsicher und verstört fühlte. Irgendwo in der Nähe lauerte eine Gefahr ohne Namen und Gesicht. Sogar in den Augen seiner Mitarbeiter bemerkte er manchmal das Flämmchen eines Widerspruchs. Es waren unfreie Augen, und anders als in sowjetischen Augen bemerkte er diese Unfreiheit.

Er war nicht dumm, dieser Russe, erfüllt bis zum Rand von jenem geheimen Instinkt, der nicht nur klugen Tieren eigen ist, sondern auch unglücklichen, aber oft ihres Unglücks nicht bewußten Menschen. Darum wußte Lomakin oder ahnte vielmehr, daß dieses Flämmchen der Unfreiheit, wo immer es brennt, stets der Widerschein des im Menschen tobenden Feuers der Freiheit ist. Ein sehr großes Feuer, wenn in den Augen der dressierten, an Folgsamkeit gewöhnten, von der kalten Flamme der Illusion der Welterlösung erfaßten Augen dieser seltsame, schreckliche Funke bewußter Unfreiheit, der Selbstvernichtung, der Schande, des Hasses und der Knechtschaft glüht.

Lomakin besaß Instinkt, weit draußen in der Steppe gezeugt, zwischen den demutsvollen gottesfürchtigen Kaufleuten und der Wurfschlinge der Tataren, zwischen der orthodoxen Kirche und den Zelten der berittenen Asiaten, zwischen dem Schlafzimmer des Hoffräuleins und dem eisenbeschlagenen kaiserlichen Absatz, irgendwo auf halbem Weg zwischen der Pracht von Zarskoje Sselo und einem Potemkinschen Dorf, er besaß jenen strahlenden und einzigartigen Instinkt, von dem die Polen nur in Büchern gelesen haben als von der unerforschlichen, weiten, wilden und untertänigen russischen Seele, Lomakin besaß seinen untrüglichen Instinkt, der ihm einflüsterte, daß es einen großen Unterschied gibt zwischen der Seele des Unfreien und der Seele des Lakaien.

Vielleicht fürchtete er sogar diese Unfreien ringsum nicht, sie konnten ihn mit nichts bedrohen. Und wenn ihn mitunter die Angst heimsuchte, dann eine unbestimmte und geheimnisvolle – nicht so sehr Angst, eher ein ungewöhnlicher, erhabener und Entsetzen erregender Gedanke, daß der Unfreie menschlicher ist als der Lakai, weil er weiß, was Freiheit bedeutet und nichts Menschliches ihm versagt wird.

10

Szyja Gutmajer wohnte äußerst luxuriös. Er verfügte über vier Zimmer im zweiten Stock eines Jugendstil-Mietshauses.

Der Salon, wo er sich am liebsten aufhielt, war recht eigenartig, aber bequem möbliert. Dort stand ein ovaler Tisch, von dem Szyja sagte, er sei »kurländisches Mahagoni«, was merkwürdig, aber für Gutmajer sehr schön klang, denn dieser arme, analphabetische Jude aus Knyszyn konnte nicht wissen, daß in Kurland keine Mahagonibäume wachsen, dagegen wußte er, daß Kurland früher von begüterten Adligen bewohnt war, denn sein Großvater hatte in alten Zeiten mit einem kurländischen Kaufmann Geschäfte gemacht.

In dem Salon befanden sich außer dem Tisch aus kurländischem Mahagoni bequeme Sessel, ein dreisitziges Sofa, ferner ein hübsches Wandschränkchen im Stil Maria Theresias, wo hinter Glas allerlei Kleinigkeiten aus Silber und feinem Porzellan standen.

Szyja Gutmajer hatte die Wohnung von einem hohen Funktionär der SS übernommen, der aus der Stadt geflohen war, als sich das Donnern der Artillerie näherte, und nicht nur die bestimmt den Polen und den Juden geraubten Möbel und Preziosen zurückgelassen hatte, sondern auch die Winterbekleidung seiner Frau, Stöße von Bettwäsche, Schuhzeug sowie Bücher in deutscher Sprache.

Szyja Gutmajer, gewöhnlich »Kuhmist« genannt, handelte mit Devisen und Gold und schwamm in einem Überfluß, von dem andere Juden nicht einmal träumten. In Geschäften war er ein sehr entschiedener Mann ohne Herz und Erbarmen, sogar für seine jüdischen Mitbrüder, worüber man sich kaum wundern kann, da Szyja in Auschwitz gehärtet worden war. Niemand wäre an seiner Stelle besser gewesen, und die Menschen verstanden das, was sie im übrigen nicht daran hinderte, Gutmajer wegen seines Geizes und seines gefühllosen Herzens zu verwünschen.

Gutmajer arbeitete schwer, unter gesundheitsschädlichen Bedingungen. Stundenlang stand er an der Ecke Marien- und Kochanowski-Straße, nicht weit vom Café Savoy. Manchmal ging er auf dem Bürgersteig hin und her, das war monoton und unerfreulich, zehn Schritte nach links, zehn Schritte nach rechts, wieder nach links und wieder nach rechts, bei Regen und Hitze, im Winter wie im Sommer, morgens und abends. Gleich hinter der Ecke Kochanowski-Straße befand sich das sogar im Juli zur Mittagsstunde dämmrige Eingangstor eines alten Mietshauses. Im Tor stank es nach Katzen. Hier erledigte Szyja Gutmajer seine Transaktionen. Er kaufte und verkaufte Devisen, aber auch Siegelringe, Armbänder, Ohrringe und Altgold.

Gutmajer lebte allein, alle seine Nächsten hatte er im Krieg verloren, war aber noch ziemlich jung, erst vierzig Jahre alt, deshalb unterhielt er hübsche Frauen, wobei ihm besonders hochgewachsene Blondinen von slawischer Schönheit gefielen. Er galt als heftiger und anspruchsvoller Liebhaber, in männlicher Gesellschaft erzählte er gern von seinen Abenteuern und beklagte sich, daß er es nicht länger als fünfzehn Stunden ohne eine Frau aushalten könnte. Vermutlich stimmte das wirklich, denn manchmal eilte er während des Tages im Laufschritt in seine Wohnung in der

Kochanowski-Straße, wo bereits die nächste Geliebte auf ihn wartete, und kehrte nach drei Viertelstunden auf seinen Straßenposten zurück, etwas weniger lebhaft, doch bei guter Laune. Es gab Leute, die auf diesen Augenblick warteten, um mit Gutmajer ein Geschäft zu machen. Sie hielten sich in der Nähe auf, beobachteten ihn vom Bürgersteig gegenüber, sahen seine Unruhe. Schließlich konnte Gutmajer es nicht länger aushalten und lief heim.

»Soll er doch seinen Stoß machen«, sagte dann der geduldige Kunde. »Wenn er wiederkommt, ist er weich.«

Die Frauen, die mit Gutmajer lebten, beklagten sich nicht über ihn. Er konnte freigebig und gutmütig sein. Wenn er abends nach ganztägiger Arbeit heimkehrte, aß er erlesene Gerichte und hörte Musik von Schallplatten.

Denn Szyja Gutmajer liebte erstaunlicherweise Musik und Gesang. Er konnte sogar seine Geschäfte vernachlässigen, nur um eine begehrte Platte zu erwerben. Es war allerdings nicht die Zeit der Schallplatten, warum hätten ausgerechnet Schallplatten in einer Welt überdauern sollen, die zerfiel wie ein Kartenhaus, riesige Gebäude zerbarsten zu Staub, Marmor und Granit zersprangen, wie sollten Schallplatten unter besonderem Schutz stehen, nur damit Szyja Gutmajer abends dem Gesang von Caruso oder Schaljapin lauschen konnte?

Szyja reiste nach Lodz, Krakau, Lublin, weil dort noch Menschen lebten, die einst Grammophone besessen und Musik von Platten gehört hatten. Jetzt entsagten sie gewissen Liebhabereien, sie brauchten nämlich eine Hose, ein Kopfkissen, ein Brot, hatten aber kein Geld, nur die Schallplatten. Szyja dagegen besaß viel Geld, er zahlte gut und feilschte überhaupt nicht.

Kaum jemand wußte, daß Szyja wegen seiner Erinnerungen an Schlaflosigkeit litt. Szyjas jeweilige Geliebte wußte es auch nicht, weil er sie am späten Abend aus dem Haus jagte und allein blieb. Seine Geliebte kehrte am nächsten Morgen zurück, richtete in der Küche das Frühstück und trug dann, nackt ausgezogen, das Frühstück ins Schlafzimmer, wo Szyja in seinem großen, weichen Bett unter einem Federkissen lag, weil der begüterte Musiknarr keine Ahnung davon hatte, daß es auch Steppdecken auf dieser Welt gab. Szyja frühstückte, widmete sich dann dem Liebesspiel, um schließlich die Wohnung zu verlassen, während er die Hauswirtschaft der Obhut seiner slawischen Schönheit überließ.

Nachts schlief er überhaupt nicht. Er pflegte dann Umgang mit seiner Erinnerung. Er gedachte seines Heimatorts Knyszyn, der armen jüdischen Häuser, seiner Eltern und Großeltern, seiner Brüder und Schwestern, seiner Frau und seiner Kinder, aber auch verschiedener Einzelheiten, die gewiß im ganzen unwichtig waren, für Szyja jedoch sehr wesentlich, denn eben das war sein verbranntes Leben, das nicht einmal Gott ihm zurückgeben konnte.

Nachts pflegte er Umgang mit seiner Erinnerung. Sein großes rotes Gesicht wurde dann naß von Tränen.

Szyja Gutmajer war weder sentimental noch gefühlig, er gehörte zu den harten Menschen, er mochte die Welt nicht, die Menschen mochte er nicht, sogar Tiere und Pflanzen mochte Gutmajer nicht, er pflegte von allem zu sagen, das sei soviel wert wie Kuhmist, das Leben ist soviel wert wie Kuhmist, sagte er oft, oder er sagte zum Beispiel, die Menschen seien Kuhmist, er sagte das ungewöhnlich oft, fast jeden Tag, was bieten Sie mir da zum Kauf an, das soll ein Siegelring sein, das ist kein Siegelring, das ist Kuhmist, so drückte sich Szyja Gutmajer aus, deshalb nannte man ihn gewöhnlich »Kuhmist«, er war also überhaupt nicht sentimental und weinte doch bei Nacht, er zerfloß in Tränen der Trauer über den Verlust seiner eigenen Welt, die vor seinen Augen zu Kuhmist geworden war, und es stand außer Frage, daß Szyja Gutmajer subjektiv recht und sogar eine – um es so zu sagen – philosophische oder schlechthin metaphysische Begründung dafür hatte, die Nachkriegswelt als Kuhmist zu betrachten und nachts zu weinen, während er Umgang mit seiner Erinnerung pflegte.

Und nur Caruso, zum Teil auch Beniamino Gigli und Schaljapin, außerdem Brahms, Schumann, Schubert, Tschaikowsky wirkten lindernd auf ihn.

Nachts pflegte er Umgang mit der Erinnerung, der Musik und dem großen Kummer.

So war sein Leben, das ganz plötzlich und geheimnisvoll endete.

Szyja Gutmajer konnte Knoller nicht leiden. Das war verständlich. Es ist schwierig, einen Menschen zu mögen, mit dem gemeinsam man im Krematorium Leichen verbrannt hat. Während dieser gemeinsamen Beschäftigung erwiesen Gutmajer und Knoller einander eine gewisse Solidarität, sie waren sogar in einer Art schrecklichen Liebe verbunden, von der Adorno später schrieb, sie sei mit den Worten der Poesie niemals wieder auszudrücken. Fraglos ist es Adorno gelungen, eine Saite der menschlichen Seele zu entdecken, von der zuvor niemand eine Ahnung, die sogar niemand im voraus gespürt hatte, und Leute wie Knoller und Szyja Gutmajer wußten nicht einmal, daß in ihnen eine Melodie existierte und gespielt wurde, die kein Instrument zu wiederholen imstande ist.

Doch mit dem Augenblick des Kriegsendes zerfiel diese intime Beziehung zwischen Knoller und Gutmajer, und an ihrer Stelle erschien eine tiefe Abneigung, vielleicht gar Feindseligkeit. Sie gingen sich aus dem Weg, sie machten ihre Geschäfte sogar auf gegenüberliegenden Bürgersteigen. Selbstverständlich hätte einer von ihnen ganz an den entfernten Stadtrand umziehen können, doch gerade auf der Marien- und Kochanowski-Straße blühte der Devisenhandel, und sie beide beschäftigten sich nur damit.

Es kam vor, daß der über zwanzig Jahre jüngere Gutmajer einen heftigen Streit mit Knoller begann. Jenseits der Fahrbahn stehend, verfluchte er ihn laut.

»Daß du verreckst!« rief er plötzlich, ohne jeden Grund, »daß du hundertmal jede Nacht und jeden Tag verreckst!«

Knoller schrie dann mit heiserer Stimme: »Du bist schon verreckt, dich gibt es gar nicht mehr auf der Welt, du bist nur Kuhmist und mehr nicht ...«

Die Leute auf der Straße lachten dann, doch es lachten nur die Polen, für die ein solcher Streit so etwas bedeutete wie ein goldener Faden, ein silbernes Bächlein, ein diamantener Steg, die ihren Alltag mit der Erinnerung an die gestorbene Vergangenheit verbanden. Antoni, der sich oft zusammen mit Knoller an der Ecke Marien-Straße aufhielt, obgleich er selbst nicht mit Devisen handelte, sondern auf diese Weise ganz einfach die schrecklichen Stunden der Einsamkeit ausfüllte, die Stunden der Erwartung, die ihn von der abendlichen Begegnung mit Justyna trennten, Antoni veranlaßte Knoller manchmal, den Streit fortzusetzen.

»Sagen Sie ihm, Herr Knoller, daß er ein Gauner ist. Szyja ist doch der größte Gauner in der Stadt.«

»Ich weiß selbst, was ich zu sagen habe«, antwortete Knoller unfreundlich.

Antoni und ebenso die anderen Polen, die Zeugen dieser Streitigkeiten wurden, überschwemmte in solchen Augenblicken die fröhliche Welle des früheren Lebens. Sie lachten herzlich, sie gedachten der guten Zeiten, als jüdische Streitereien das normalste Geschehnis auf jeder Straße waren und Polen ganz einfach existierte. Darum konnte es in Augenblicken, da Gutmajer seine Flüche zu Knoller hinüberschrie, manchen Polen so vorkommen, als schwebte der Engel der Vergangenheit, untergehakt mit dem Engel des Glücks, über der Straße.

Die Juden aber lachten keineswegs. Sie standen schweigend, auf ihren Gesichtern lag Strenge, in ihren Augen die Qual. Für die Juden war das keine Erinnerung an alte Zeiten vor dem Krieg. Um sich herum spürten sie in diesen Momenten die heiße Flamme, die Gutmajers und Knollers Gesichter versengt hatte. Sie schätzten diese Streitereien nicht. Sie fingen dann mit heiseren Stimmen an, jiddisch zu sprechen, jemand hakte Gutmajer ein und führte ihn um die Ecke der Kochanowski-Straße, jemand trat auf Knoller zu, stieß ihm mit dem Zeigefinger gegen die Brust und sagte eilig ein paar Worte. Antoni bemerkte die schnelle Veränderung in Knollers Augen, Knoller schüttelte den Kopf und verfluchte Gutmajer nicht weiter.

So waren Gutmajer und Knoller ganz einfach Feinde.

Gutmajer konnte auch den Milizionär Kamaszek nicht leiden. Er verachtete ihn mit jener geheimen Kraft, mit der nur ein begüterter Jude einen armen Christen verachten kann. Der Milizionär Kamaszek seinerseits haßte Gutmajer mit jener geheimen Kraft, mit der nur ein armer Christ einen begüterten Juden hassen kann. Für Kamaszek hatte Szyja Gutmajers Haus zu hohe Schwellen. Szyja behandelte Kamaszek von oben herab, er verspottete ihn und führte seine illegalen Transaktionen beinahe unter dessen Augen aus, weil er wußte, daß dieser kleine Schnapper zu kurze Arme hatte, um ihm in die Tasche zu langen.

»Herr Kamaszek«, sagte Szyja manchmal, »wenn Sie ein bißchen Kleingeld brauchen, kommen Sie zu mir, ich werde Ihnen nichts abschlagen, weil ich ein Mensch bin, der Sie mag. Wenn Sie sich aber in meinem Toreingang herumtreiben, könnten Sie in Kuhmist treten.«

»Ich habe nichts gegen Sie«, antwortete Kamaszek und bot Szyja sofort eine Zigarette an, die Szyja nicht annahm, weil er Nichtraucher war.

Es bestand aber kein Zweifel, daß Kamaszek einen tief verborgenen Haß gegen Szyja hegte. Gutmajer war der einzige Jude, über den Kamaszek sich in Gesellschaft von Polen beleidigend und feindselig äußerte. Er sprach von Gutmajer als »dem räudigen Saujud« und bedauerte, daß Gutmajer nicht in den Ofen gekommen war. Diese Tatsache hielt er für den schwarzen Fleck in Gutmajers Biographie.

»Warum haben die Schwaben die anderen umgebracht und ihn nicht?« fragte Kamaszek bei Gesprächen mit Besuchern der Marien-Straße. »Was hat er in Auschwitz nur getan, daß die Schwaben ihn am Leben ließen?«

Seine Gesprächspartner antworteten, immerhin habe auch Knoller überlebt und der sei ein ganz ordentlicher Mensch, andere Juden von der Marien-Straße waren auch in Auschwitz gewesen, sicher nicht alle, denn manche hatten sich irgendwo versteckt oder den Krieg in Rußland überlebt, noch anderen war es wie durch ein Wunder gelungen, sich freizukaufen, folglich bildete Gutmajer keine Ausnahme.

Doch Kamaszek ließ mehrfach, unter verschiedenen Umständen und in Gegenwart verschiedener Personen durchblicken, daß die geduldige, heilige polnische Erde eigentlich solche räudigen Saujuden wie Gutmajer nicht tragen sollte.

Eines Tages im Frühherbst kam die Geliebte Szyja Gutmajers, »Kuhmist« genannt, wie üblich früh am Morgen, öffnete die Wohnung mit dem Schlüssel, der sich in ihrem Besitz befand, und machte sich in der Küche daran, ein schmackhaftes Frühstück herzurichten.

»Szyja!« rief sie von der Küche aus, »darf es heute ein schönes Stück kaltes Filet sein?«

Im Schlafzimmer herrschte Stille, und die Geliebte schloß daraus, Szyja Gutmajer schlafe noch. Sie konnte nicht wissen, daß Szyja Gutmajer an Schlaflosigkeit litt. Sie richtete weiter das Frühstück, und als sie fertig war und alle Leckerbissen auf ein silbernes Tablett gestellt hatte, zog sie ihr Kleid aus, die Strümpfe, den Unterrock und den Büstenhalter. Nur Schlüpfer und Pantoffeln behielt sie an, zog aber nach kurzem Bedenken noch ihre schwarzen Strumpfbänder über, weil sie wußte, daß Szyja Gutmajer morgens ein wenig Perversität schätzte, was sie übrigens stets verwunderte.

Als sie jedoch das Schlafzimmer betrat, erblickte sie Gutmajer leblos im Bett liegend. Das gesamte Bettzeug war mit Blut befleckt, und in Gutmajers Brust steckte ein Messer. Das Gesicht des Toten wies zahlreiche Kratzwunden auf, desgleichen seine Hände und Arme.

Die Frau, eine erfahrene Person, berührte nichts in der Wohnung, zog sich eilig an und benachrichtigte die Milizwache in der Marien-Straße. Als die Vertreter des Kriminaldienstes am Ort der Bluttat eingetroffen waren, stellten sie Gutmajers Tod fest; er war unzweifelhaft einem Mord zum Opfer gefallen. Zahlreiche Spuren schienen von einem

Kampf zu zeugen, den der Ermordete mit dem Angreifer oder den Angreifern ausgetragen hatte. Die Schlösser an der Eingangstür waren unbeschädigt, was die Vertreter des Kriminaldienstes in Verlegenheit brachte. Sie stellten auch fest, daß wahrscheinlich aus der Wohnung des Opfers nichts verschwunden war, denn es gab keine Spuren einer Plünderung, und wertvolle Gegenstände in Reichweite standen an Ort und Stelle.

Einer der Vertreter des Kriminaldienstes, der sich routinemäßig mit dem Verhör der Nachbarn und zufälligen Zeugen des Geschehens beschäftigte, erfuhr, daß gegen Mitternacht vor dem Haus auf der Kochanowski-Straße ein DKW gehalten hatte.

Bei genauerer Untersuchung des Tatorts fand jedoch ein anderer Vertreter des Kriminaldienstes unweit des Bettes, auf dem die Leiche lag, ein aus einem Notizblock gerissenes Blatt. Darauf hatte jemand mit Bleistift folgende Worte geschrieben: *Tod den Juden und den Sowjets! Polnische Nationalarmee.*

Diese Entdeckung bewirkte, daß der Kriminaldienst den Fall alsbald den hierfür zuständigen Sicherheitsorganen übergab.

Wenige Tage später spielte sich an der Kreuzung Marien- und Kochanowski-Straße eine ungewöhnliche Szene ab. Knoller stand wie üblich unweit des Cafés Savoy. Er wirkte etwas bedrückt, ja nervös, und konnte das nicht verbergen. Seit dem Tage des Mords an Szyja Gutmajer hatte Knoller sich rätselhaft verhalten. Er schien seine Selbstsicherheit verloren zu haben. Seine Geschäfte, immer schon recht kümmerlich, hatten jetzt völlig aufgehört.

Die ganze Straße war tief bewegt von Gutmajers Tod, die Transaktionen wurden in einer Atmosphäre von Unruhe und Verdächtigung abgewickelt, der Goldpreis schnellte empor, niemand wollte mehr Banknoten kaufen. Für die Marien-Straße war Gutmajers Tod so etwas wie der Schwarze Freitag an der New Yorker Börse, als im Herbst 1929 die große Wirtschaftskrise begann. Eigentlich gewann niemand etwas und verlor niemand etwas, denn Gutmajer hatte weder Schuldner noch Gläubiger. Doch seine Abwesenheit lähmte die Geschäftsleute.

Knoller indessen wirkte geradezu rätselhaft unruhig. Und plötzlich geschah etwas Eigenartiges. Die Marien-Straße und auch die Kochanowski-Straße wandten sich von Knoller ab. Manche flüsterten, Knoller habe im Fall von Gutmajers gewaltsamem Tod Dreck am Stecken.

Knoller spürte seine Isolierung. Schon zwei Tage nach dem Mord hatte er zu Antoni gesagt: »Das wird für mich schlecht enden ...«

»Unsinn!« rief Antoni. »Niemand bringt Sie doch mit dieser schrecklichen Geschichte in Verbindung.«

»Sie befinden sich in einem irrtümlichen Fehler«, entgegnete Knoller düster. »Und deshalb sage ich Ihnen, Herr Rudowski: Gehen Sie weg von Knoller, stehen Sie nicht auf der Straße mit Knoller, heute ist Knoller keine gute Gesellschaft für Sie.«

Natürlich nahm Antoni diese Worte als eine Art moralische Herausforderung und verließ Knoller nicht einmal für fünf Minuten.

Am Dienstag verschwand Kamaszek. Er löste sich in Luft auf wie schlechtes Toilettenwasser, er fiel wie ein Stein ins Wasser. Niemand wußte, was Kamaszek plötzlich zugestoßen war, hatte er doch seit vielen Monaten als unabtrennbares Element zur Landschaft der Marien-Straße gehört. Die jüdischen Devisenhändler fühlten sich bedroht, denn mit Kamaszek hatten sie leben können. Jetzt war er verschwunden, aber das bedeutete noch keine Besserung des Schicksals. Bald wird ein neuer Kamaszek auftauchen, weniger versöhnlich, brutaler und unbarmherziger. Vorläufig allerdings gab es überhaupt keinen Kamaszek. Die Geschäfte konnten blühen wie nie zuvor, und trotzdem kam die Krise.

Gerade da passierte etwas Unerhörtes. Genau zur Mittagsstunde hielten in der Marien-Straße, unmittelbar vor dem Eingang zum Café Savoy, drei schwarze Citroëns. Männer in dunkelblauen Zivilanzügen stiegen aus. Alle hielten schußbereite Pistolen in den Händen. Einer der Männer lief zu Knoller und rief: »Hände hoch!«

Knoller hob die Hände. Ein zweiter Mann durchsuchte ihn mit geschickten Bewegungen. Die drei anderen riefen: »Auseinandergehen, keinen Tumult machen!«

Niemand machte einen Tumult, denn die Menschen waren erschrocken, und jeder wollte möglichst weit weggehen von diesem merkwürdigen Ort. Die Leute waren nicht über die Verhaftung erstaunt, immerhin passierte so etwas beinahe täglich, sondern weil der Sicherheitsdienst gewöhnlich diskret und sozusagen auf zivilisierte Weise arbeitete. Ein Auto fuhr vor, jemand wurde hineingebeten, und das Auto verschwand hinter der nächsten Straßenecke. Jemand verließ sein Haus und kam nicht wieder. Jemand wurde auf eine Reise in die nächste Stadt geschickt und traf dort nie ein. So etwas geschah fast täglich, und die Leute hatten sich daran gewöhnt. Diesmal jedoch wurde die ganze Straße auf den Kopf gestellt. Die Geheimen riefen zornig, man solle auseinandergehen, aber das war nicht so einfach, weil der eine Geheime den Passanten nicht erlaubte, die Kochanowski-Straße zu betreten, und der andere ihnen den Weg zur Marien-Straße versperrte. Auf diese Weise bildete sich an der Kreuzung sogleich eine Menge von Zuschauern; die Geheimen drängten sie auseinander und riefen dabei laut: »Sofort auseinandergehen, sofort weitergehen!«

Knoller hielt einen Moment seine Arme über dem Kopf, dann befahl man ihm, sie herunterzunehmen, und führte ihn fort zu einem Auto. In diesem Auto saß ein Mann in Militäruniform, er hieß Glabusz und war in der Stadt als wichtiger Funktionär des Sicherheitsdienstes bekannt. Seine Anwesenheit erschreckte alle Zuschauer. Jemand schrie, gleich werde man die Juden totschlagen, ein anderer rief, eher wohl die Polen. Ein Tumult entstand, doch die Geheimen bekamen die Situation schnell in den Griff, indem sie endlich den Durchgang zu beiden Straßen freigaben. Das Auto mit Knoller fuhr ab, hinter ihm entschwanden die anderen Citroëns.

Die Straßen leerten sich. Vor dem Eingang zum Café Savoy stand der vereinsamte Antoni.

Seine Zeit hatte sich noch nicht erfüllt.

11

Diesen Augenblick merkte er sich. Er schrieb ihn auf, was gar nicht so einfach war. Er kratzte ihn mit dem Löffelstiel in die Wand dicht über dem Fußboden am Kopfende seiner Pritsche. Beim Einbruch der Nacht schrieb er das Datum mit Bleistift auf den Hemdsaum.

Es war im Morgengrauen geschehen. Noch hatte fast vollständige Dunkelheit geherrscht. Er war aufgewacht, weil er etwas Merkwürdiges geträumt, es aber nicht behalten hatte. Er lag im Dunkeln und atmete gleichmäßig wie bisher noch nie in der Zelle. Jahrelang hatte er immer einen kurzen Atem gehabt, das Atmen hatte ihn gequält. Jetzt war etwas Besonderes geschehen, denn er konnte Luft in die Lunge holen, bis es weh tat, er spürte seine gefüllte Brust, das machte ihn froh und euphorisch.

Er dachte, ich komme wieder zu Kräften, meine Gesundheit kehrt zurück. Er schloß die Augen und wollte wieder einschlafen, die Stunde des Morgenappells war noch nicht gekommen. Doch er döste nur.

Seine Frau fiel ihm ein, seine Tochter, auch die Wohnung in der Żelazna-Straße, Hinterhaus, vierter Stock, das Zimmer recht hübsch, wenn auch ziemlich dunkel, die Küche geräumig, in der Küche der Ausguß, der riesengroße Herd, auf dem immer die sauber gescheuerten Töpfe und Pfannen standen, über dem Herd hingen an Messinghaken Steingutkrüge mit hellblauem Muster. Er erinnerte sich an das Zimmer, den Tisch, die Stühle, das breite Bett, in dem er und seine Frau schliefen, ihre Tochter hatte kein Bett, jeden Abend stellte er ihr in der Küche das Feldbett auf, aber erst, als sie bereits erwachsen war, denn als Mädchen schlief sie bei ihrer Mutter, und er übernachtete in der Küche.

Er erinnerte sich an zahlreiche Einzelheiten der Möblierung, sogar an das Knirschen des Polsterstuhls, auf dem er abends gern saß. Der Blick aus dem Fenster auf den Hof fiel ihm ein, das Stückchen Himmel, durchschnitten vom Dach des Hauses gegenüber, die Katzen, die sich unten bei der Mülltonne in der Sonne wärmten.

Das alles war ihm genommen worden und existierte nicht mehr auf der Welt. Doch er spürte jetzt keinen großen Schmerz. Er lag reglos und atmete gleichmäßig. Er fühlte sich wohl unter dieser Decke, in dieser Zelle. Dabei wußte er doch, daß er im Gefängnis saß, daß gleich der nächste Tag beginnen würde, vielleicht ein schrecklicher Tag, grausamer als andere.

»Nun ja«, flüsterte er, »gleich wird es Tag. Und morgen wieder ein Tag. Nacht, Tag und Nacht. Und auch ich werde ...«

Das Leben, dachte er und erinnerte sich ein wenig gerührt, aber ohne Verzweiflung an seine frühere Wohnung auf der Żelazna-Straße.

Eines Tages kommt der Tod und holt mich. Ich werde sterben. Und erst dann wird jenes Zimmer nicht mehr sein, die Küche, der knirschende Stuhl, die Katzen im Hof. Dann gibt es keine Nacht mehr und keinen Tag.

Er erschrak vor dem Tode.

»Unaussprechlicher«, sagte er sehr leise, »laß mich noch leben. Sei mir gnädig, Unaussprechlicher!«

Der erste Strahl des Morgenlichts stahl sich schamhaft und ungewiß in die Zelle und ließ sich auf der Wand nieder.

Eine Ahnung von Morgenlicht, nicht das Morgenlicht selbst.

Noch das Morgenlicht sehen, dachte er, noch die Abenddämmerung sehen. Und dann wieder das Morgenlicht. »Unaussprechlicher«, flüsterte er, »sei mir gnädig.«

Er fürchtete sich sehr vor dem Tod, zum ersten Mal seit vielen Jahren. Er atmete tief und fühlte sich dabei glücklich. Unverhofft erinnerte er sich an die Sägemühle seines Vaters Haskiel Knoller und an dessen himbeerroten Schal, öffnete aber sogleich ängstlich die Augen, weil er wußte, daß er alsbald seinen mit einem Bajonett getöteten Vater auf der Brandstätte am Ufer der Pilica sehen würde und dann seine Frau und seine Tochter, während er in der Nähe des Ofens seine Suppe aß, und dann das Gesicht Trojans oder eines anderen Untersuchungsoffiziers – und die Kühle würde zurückkehren, der flache Atem und der Wunsch nach ewigem Schlaf, dabei wollte er doch nicht, daß sie zurückkehrten.

Schon war das Morgenlicht da. Der Fleck an der Wand, kaum greifbar noch, aber anwesend. Er betrachtete ihn und bebte vor Lebenshunger.

An diesem Tag kratzte er das Datum in die Wand. Es fiel ihm schwer, seine Augen tränten, seine Hand zitterte. Und er verbrachte den ganzen Tag mit einem Dankgebet.

Ein sehr schmerzhaftes Gebet, weil er wußte, daß durch ihn etwas sehr Schlimmes geschehen war.

Kamaszek vergaß er, denn Kamaszek hatte ihn ja hintergangen und betrogen, ihm unablässig Geld abgenommen, ihn ausgemolken wie das Euter einer Kuh, erbarmungslos, hartnäckig, beinahe jeden Tag. Einen Paß nach Amerika hatte er ihm versprochen, und Knoller sehnte sich unbeschreiblich, er war dem Wahnsinn nahe gewesen bei dem

Gedanken, die Abreise könnte sich verzögern oder überhaupt nicht zustande kommen.

Er konnte nicht mehr leben in diesem Lande, wo Millionen vor den Augen von Millionen gestorben waren. Entweder ich fahre oder ich sterbe, hatte er sich nachts gesagt. Ich lege mich ins Bett und stehe nicht mehr auf, weil ich keinen Grund mehr habe aufzustehen, es gibt keine Żelazna-Straße mehr, kein Warschau, keine Juden, wohl auch keine Polen mehr. Ich muß nach Amerika fahren, in Amerika gibt es angeblich alles, dort geht die Sonne auf und unter, dort gibt es Nacht und Tag und wieder Nacht.

So hatte er voll Verzweiflung und zerbrechlicher Hoffnung gedacht.

Als er nach drei Monaten Untersuchung das Gefängnis verließ, vergaß er Kamaszek, aber Antonis Los quälte ihn. Antoni Rudowski hatte ihm nichts getan, sie waren Nachbarn, Rudowski war ein anständiger Warschauer Goi, vermutlich glaubte er an all diese polnischen Dummheiten, die für Knoller nie eine Bedeutung gehabt hatten, aber Rudowski war Pole, und bei Polen weiß man nie, was ihnen durch den Kopf schießt, Hauptmann Trojan hatte oft gesagt, Rudowski habe gefährliche Ansichten, ein sehr unfreundliches Verhältnis zu den Juden, er sei geradezu Antisemit, und wenn Trojan das sagte, hatte er wohl Gründe, schließlich war er Offizier, eine Militärperson, gebildet, sehr sanft, anders als Glabusz, der direkt grausam war, unheilverkündend lächelte und unaufhörlich wiederholte: »Vergiß endlich dieses Amerika, Knoller, wir werden dir dieses Amerika aus dem Kopf prügeln!« Doch dann hatte sich Trojan eingemischt und gesagt: »Entschuldigen Sie, Herr Hauptmann, entschuldigen Sie bitte, aber ich kann nicht zulassen, daß Sie diesen älteren Mann so behandeln, er ist immerhin ein Mensch, der Schweres durchgemacht hat, seien Sie so freundlich, den Fall mir zu überlassen, Herr Knoller und ich, wir werden uns verständigen, habe ich nicht recht, Herr Knoller?«

Dann nickte Knoller und empfand Erleichterung, weil dieser Trojan, der anfangs keinen guten Eindruck gemacht hatte, später fast herzlich geworden war, auf jeden Fall aber viel Mitgefühl und Verständnis bekundet hatte.

»Herr Knoller«, sagte Trojan, »das hier ist ein entsetzliches Land, Sie sollten hier nicht bleiben. Ich sage noch mehr. Hier kommen schlechte Zeiten für Juden, Sie wissen sicher, daß ich ziemlich gut informiert bin, und wenn ich so etwas sage, sollte man meine Worte beachten. Rudowski muß so oder so sitzen. Haben Sie sich schon einmal überlegt, warum er Ihnen auf Schritt und Tritt gefolgt ist? Haben Sie, ein erfahrener Mann, nie daran gedacht, was sich dahinter verbirgt?«

»Der junge Mann, ich bitte Sie, kannte niemanden in der Stadt, er wohnte im selben Haus wie ich, unter dem Dach, Zeit hatte er im Überfluß, deshalb lungerte er auf der Straße herum. Heutzutage stehen doch viele Polen auf den Straßen herum und warten auf irgend etwas.«

Trojan lächelte und nickte. Er schwieg lange, und Knoller meinte schon, Hauptmann Trojan wüßte nicht weiter.

»Haben Sie ein bißchen Vertrauen zu mir, Herr Knoller?« fragte Trojan.

Knoller nickte leicht. Nicken konnte er schließlich, das war noch kein Wort und eigentlich keinerlei Bestätigung. So dachte er. Doch Trojan gab nicht nach.

»Sagen Sie klar und deutlich, Herr Knoller, können wir einander vertrauen?«

»Ja«, antwortete Knoller leise und hatte das unangenehme Gefühl, einen großen Fehler zu begehen. Doch in seiner Lage begehen die Menschen oft Fehler, die ihnen zunächst wie ein kleines Stolpern vorkommen, in Wirklichkeit aber einen Schritt ins Verbrechen bedeuten.

»Dann sage ich Ihnen, daß wir bei Rudowski das Messer gefunden haben, mit dem der Mord an Gutmajer begangen wurde. Eigentlich dürfte ich Ihnen das nicht weitergeben, sehe aber, daß Sie heftige Einwände haben. Das ist sehr moralisch von Ihnen, wird aber den weiteren Verlauf des Falles nicht beeinflussen. Sie haben doch Rudowski gesehen, wie er am Vortag des Verbrechens mit Kamaszek gesprochen hat.«

»Gesehen habe ich das nicht, Rudowski hat mir nur gesagt, daß er Kamaszek im Hauseingang getroffen hätte.«

»Na also? Herr Knoller, das war, wie wir ja wissen, im Eingang Ihres Hauses. Kamaszek kam von einem Gespräch mit Ihnen. Stimmt das?«

»Das stimmt«, entgegnete Knoller.

»Und gerade da hat Kamaszek gesagt, dieser Gutmajer ist ein Vieh, das nicht auf der heiligen polnischen Erde herumlaufen sollte.«

»Das hat er gesagt, aber er hat das oft gesagt, nicht nur zu mir, er hat das zu verschiedenen Juden gesagt, hundertmal am Tag.«

»Sie geben also zu Protokoll, daß Kamaszek Ihnen damals gesagt hat, Gutmajer sei nicht würdig, in Polen zu leben und polnisches Brot zu essen. Geben Sie das zu Protokoll, Herr Knoller?«

»Das kann ich aussagen«, antwortete Knoller, »aber wir haben damals von meiner Abreise nach Amerika gesprochen, er hat mir wieder zugesagt ...«

»Ihre Abreise nach Amerika ist eine offene und zu

prüfende Angelegenheit, Herr Knoller. Denken Sie jetzt genau nach, und erinnern Sie sich endlich an die Worte, die Sie gehört haben, als Sie im Treppenhaus vor Ihrer Wohnungstür standen, während Rudowski und Kamaszek im Hauseingang miteinander sprachen.«

»Ich habe nichts gehört«, sagte Knoller.

»Damals fielen die Worte: Hast du das Messer?«

»Was denn für Worte?« murmelte Knoller.

Trojan blickte in die Akten und sah eine Weile die Protokolle durch.

»Da ist es. Es lautete exakt so: Hast du das Messer? Das war Rudowskis Stimme. Darauf Kamaszeks Antwort: Ich hab's. Weiter Rudowski: Also wie abgemacht, in drei Tagen. Dann nach kurzer Stille Kamaszek: Ich habe noch keine Nachschlüssel zu Gutmajers Wohnung angefertigt. Dann wieder Rudowski: Wir müssen uns beeilen. Die Führung verlangt, daß die Sache auf der Stelle erledigt wird ...«

»Was soll das, was soll das?« rief Knoller entsetzt.

»Das haben Sie alles zu Protokoll gegeben, beim ersten Verhör, unmittelbar nachdem Sie unter dem Vorwurf der Mittäterschaft an einem Verbrechen festgenommen worden sind.«

»Sie haben mir doch gesagt, das war ein Irrtum des anderen Hauptmanns, ein schlimmer Fehler, ich hätte mit all dem überhaupt nichts zu tun.«

»Und ich bestätige das, Herr Knoller, in vollem Umfang. Mir würde nicht einfallen, Sie mit solchen Vorwürfen zu belasten. Aber verstehen Sie meine Lage. Wir haben jetzt einen schwierigen Abschnitt des politischen Kampfes, diese Institution ist stark ausgebaut, es gibt da allerlei Leute, die sehr unterschiedliche Ansichten haben. Der Hauptmann Glabusz zum Beispiel mit seiner starken Abneigung gegenüber der jüdischen Bevölkerung ist von Ihrer Mittäterschaft zutiefst überzeugt und hält mir ständig dieses vor ein paar Wochen aufgesetzte Protokoll unter die Nase.«

»Aber ich habe nichts davon gesagt, ich habe das nicht unterschrieben, dieser Herr hat mir das nur vorgelesen, damit ich es zur Kenntnis nehme. Und dann ...«

»Es geht darum, daß Sie es zur Kenntnis genommen haben, Herr Knoller, und die Situation hat sich jetzt außerordentlich kompliziert, weil Ihnen wegen Falschaussage eine schwere Strafe droht, falls Sie sich entschließen sollten, den in diesem Protokoll enthaltenen Inhalt zu widerrufen.«

Knoller schwieg. Wann wird das vorbei sein, dachte er, wann wird diese ganze Lügerei vorbei sein?

»Ich denke, Sie vertrauen mir und beweisen Ihren guten Willen. So oder so, wir beide wissen genau, wer Gutmajer ermordet hat. Rudowski und Kamaszek als Mitglieder einer antistaatlichen faschistischen Organisation namens Polnische Nationalarmee. Glauben Sie, Gutmajer sollte das einzige Opfer dieser schändlichen Verschwörung bleiben? Muß ich Sie an die jüngste Vergangenheit dieses Landes erinnern, Herr Knoller? Sprechen da nicht die nackten Tatsachen für sich? Das sind Tatsachen, Herr Knoller, und niemand kann sie bestreiten. Sie waren selbstverständlich nicht dabei, Sie betrifft das nicht. Aber es läßt sich nicht verheimlichen, daß Sie das Gespräch über das Messer und den Zeitpunkt der Durchführung des Verbrechens gehört haben. Mir scheint, die Bestätigung dieser Selbstverständlichkeit sollte für Sie kein Problem darstellen.«

»Ich kann nicht mehr«, stöhnte Knoller.

»Ich weiß, wie wenig angenehm das ist. Lassen Sie uns Folgendes vereinbaren: Sie bestätigen mir diese Tatsachen, ich lasse Sie sofort nach Hause gehen, zwei Wochen später erhalten Sie Ihren Paß nach Amerika, und damit ist Ihre Rolle beendet, Herr Knoller.«

»Ich kann nicht mehr«, wiederholte Knoller mit schmerzgeplagter Stimme. »Ich kann das alles ganz und gar nicht verstehen. Daß ein so anständiger Mensch wie dieser Rudowski Gutmajer ermordet haben soll, da hört für mich die Welt auf.«

»Hört die Welt erst jetzt für Sie auf, Herr Knoller?« sagte Trojan. »Mußten Sie bis zu Gutmajers Tod warten, damit die Welt für Sie aufhört? Ehrlich gesagt, ich wundere mich ein bißchen über Sie. Existiert hier überhaupt noch etwas für einen Juden wie Sie? Ich verstehe Ihre Traurigkeit und Enttäuschung. Ich teile sogar dieses Gefühl, Herr Knoller. Ich hoffe, in Amerika kommen Sie wieder zu sich.«

Trojan seufzte, lächelte aber sogleich.

»Na gut, Herr Knoller. Die Sache ist also abgesprochen. Bleiben Sie jetzt ruhig sitzen, ich setze eine entsprechende Notiz auf, das kommt auf keinen Fall ins Protokoll, aber die Notiz brauche ich, um Hauptmann Glabusz, mit dem wir beide so viel Schwierigkeiten hatten, endlich zu überzeugen. Ich beabsichtige nicht, ihn vor Ihnen zu rechtfertigen, füge aber hinzu, er ist ein unserem Staat sehr ergebener Mann, er hat zwar Vorurteile wie jeder, doch geht es ihm im Grunde nur um die Gerechtigkeit und die Einführung der Ordnung. Diese Notiz ist unerläßlich, weil Glabusz darüber entscheidet, daß Ihnen der Paß nach Amerika ausgehändigt wird, meine Kompetenzen sind ziemlich begrenzt, ich bin ein bescheidener Vollstrecker der Weisungen meiner Vorgesetzten.«

»Ja«, sagte Knoller.

Dann saß er bewegungslos auf dem Stuhl, und Trojan setzte den Rapport auf. Als er mit Schreiben fertig war, las er den Inhalt laut und deutlich vor. Knoller versuchte aufmerksam zuzuhören, zitterte jedoch sehr, das Herz hämmerte wie verrückt in seiner Brust, er spürte eine trockene Bitterkeit im Mund. Während er Trojan zuhörte, tröstete er sich damit, daß eigentlich in dieser Notiz nichts besonders Grausames stand, er merkte sogar in einem bestimmten Moment an, das Wort »Messer« habe womöglich ziemlich undeutlich geklungen, er sei gar nicht so sicher, ob dieses Wort »Messer« bedeuten sollte oder überhaupt eine Waffe, Trojan nickte und verbesserte sofort den Inhalt des Rapports, er fügte nämlich hinzu, das Wort »Messer« sei sehr leise und undeutlich ausgesprochen worden, daraufhin überkam Knoller ein Gefühl der Erleichterung und des Trostes, schließlich war er ein alter Mann, er hatte so viel erlebt und erlitten, sein Gehör war schwach, bei einem solchen Gehör konnte seine Aussage kein Beweis sein, jedes Gericht würde sie höhnisch verwerfen, der Richter wird dieses Blatt in die Hand nehmen, es betrachten, in Gelächter ausbrechen, das Blatt zusammenknüllen und es ohne weiteren Kommentar in den Papierkorb werfen.

Am Ende unterschrieb Knoller die Notiz, Trojan drückte ihm die Hand und sagte: »Nun sind Sie, Herr Knoller, ein freier Mann, der sich demnächst nach Amerika aufmacht. Gehen Sie heim, und packen Sie Ihre Sachen. Ich wünsche Ihnen eine glückliche Reise nach New York.«

12

Er stand mit dem Gesicht zum Fenster, blaß, bebend vor Zorn. Im Zimmer war es kühl; wenn er sprach, schlug sich der Atem als feiner Nebel auf der Fensterscheibe nieder.

»Es ist nicht zu fassen! Nicht zu fassen! Ich bin in eine niederträchtige, widerliche Geschichte verwickelt worden. Wie soll ich da jetzt rauskommen?«

Er merkte, daß sein Zorn halbherzig und verdorben war. Ich bin verdorben im Innern, dachte er. Wegen Gutmajers Tod empfand er weder Enttäuschung noch Verzweiflung, Gutmajer ging ihn nichts an, ihn leitete nur sein persönliches Interesse, die wilde Wut, daß man ihn da hineinmanövriert hatte.

»Was jetzt?« schrie er. »Wie stellt Ihr Euch das vor?«

»Nun ja«, entgegnete Trojan ruhig. »Ich bin für diese Dinge nicht zuständig.«

Czarnocki wandte sich um. Der feine Nebel auf der Scheibe verschwand.

»Ich bewundere Eure Ruhe!« schrie er.

»Es ist etwas Unangenehmes passiert, aber das betrifft uns gar nicht«, sagte Trojan.

Er saß in dem tiefen Sessel und rauchte eine Zigarette, wirklich erstaunlich heiter und frisch, war sorgsam rasiert, die Uniform paßte ihm großartig. Er sah sehr gut aus, sehr elegant, sehr europäisch.

»Was denn!? Was denn!?« brüllte Czarnocki. Seine

Stimme klang heiser, auf seinem schmalen Gesicht erschienen rote Flecken, er konnte das Zittern seiner Hände nicht verbergen.

»Nichts Besonderes«, entgegnete Trojan. »Solche Dinge passieren eben. Abrechnungen unter Verbrechern. Jemand hat ihn mit dem Messer...«

»Was wollt Ihr mir da einreden?« rief Czarnocki. »Ich bin kein Kind.«

Er fiel fast in den Sessel.

»Das ist unzulässig!« rief er, aber ein bißchen leiser. Langsam wurde er mürbe. Es läßt sich nichts mehr dagegen tun, dachte er. Sie haben mich in diese Gaunerei hineingeritten. Das hätte man voraussehen müssen. Ich kenne sie doch nicht erst seit gestern. Sie werfen ihr Netz immer im Tiefen. Jetzt bin ich reingefallen. Wissen möchte ich, wer in Warschau mich für diese Arbeit ausgesucht hat. Warum ausgerechnet mich?

Dann bemerkte er, daß Trojan ihn beinahe unverschämt musterte. Es kommen schlechte Zeiten, sagte er sich, wenn die Leute vom Sicherheitsdienst dreist genug sind, mich so zu behandeln. Noch vor einem Jahr wäre das unmöglich gewesen. Vor einem Jahr haben sie die Weisungen der Partei gehorsam ausgeführt. Heute fühlen sie sich als Herren im Land. Ob die ganz oben in Warschau sich dessen wohl bewußt sind?

»Kein Grund zur Sorge«, sagte Trojan höflich. »Ich kann Euch versichern, daß wir die Schuldigen finden werden. Die nennen sich Polnische Nationalarmee. Faschistenknechte, ganz einfach...«

»Wer von euch hat sich diesen Namen ausgedacht?« fragte Czarnocki. »Wer ist auf diesen idiotischen Gedanken gekommen? Das fehlt gerade noch zu unserem Glück, eine Nationalarmee. Haben wir nicht Mühe genug mit dem, was wirklich existiert?«

»Ihr schließt also die Möglichkeit aus, daß eine Polnische Nationalarmee existiert? Soll das heißen, daß Ihr nicht an die Existenz eines faschistischen Untergrunds glaubt?«

»Ich will Euch etwas sagen, und Ihr hört genau zu!« sagte Czarnocki. »Solchen Leuten wie Euch und Euresgleichen habe ich beigebracht, was die Partei, was die Revolution ist. Niemand wird mir vorschreiben, woran ich glauben soll und woran nicht. Da war der Fall der Heimatarmee, dieser Rudowski, Kamaszek, der ganze Ring. Das verstehe ich. Die muß man ein für allemal pazifizieren, man darf nicht zulassen, daß solche Gruppen, Menschen, die nichts verstehen, die auf dem Müllhaufen der Geschichte gelandet sind, den Wandlungsprozeß hemmen, die Festigung der Volksmacht erschweren. Solche Leute muß man isolieren, gegen sie muß man kämpfen, daran besteht kein Zweifel. Jede Methode ist dazu gut, niemand sollte sich mit falscher Sentimentalität abgeben. Wegen meiner Qualifikation, meiner politischen Erfahrung sollte ich an dieser Sache mitwirken. Klar, einfach, selbstverständlich! So wurde es beschlossen. Knoller, Rudowski, Kamaszek. Was Knoller angeht, habe ich die Weisung nicht verstanden. Dieser alte Warschauer Jude, der aus dem Lager kam und nach Amerika fahren wollte. Was sollte der für Verbindungen zum Fall Heimatarmee haben! Bei Gott, ich weiß es nicht. Aber ich habe mich an allerlei Rätsel gewöhnt. Nicht jeder muß alles wissen, es gibt bestimmte Dinge von großer Wichtigkeit, da fallen die Entscheidungen im engsten Kreis. Das liegt auf der Hand, daran habe ich mich gewöhnt. Die Partei hat mich gelehrt, daß die Führung uns nicht über alles informiert.

So muß es auch sein, das sind die Kosten der Übergangszeit, die Kosten der revolutionären Veränderungen, so möchte ich das bezeichnen!«

»So ist es!« sagte Trojan höflich und sanft.

»Idiotie!« schrie Czarnocki. Wieder spürte er seine Erregung. »Von irgendeinem Gutmajer war nie die Rede.«

»Warum nicht?« warf Trojan ein.

»Nicht in diesem Sinne, verdammt! Warum denn plötzlich die Leiche? Gibt es nicht Leichen genug in diesem Land?«

»Niemand konnte eine solche Wendung der Dinge voraussehen«, sagte Trojan. »Ich bin nicht der Herrgott, Genosse Czarnocki. Es ist eben passiert!«

»Passiert? Von selbst passiert?« Er schrie wieder.

»Soll ich das so verstehen, Genosse Czarnocki, daß Ihr den Verdacht hegt, der Sicherheitsdienst hätte den Mord in provokatorischer Absicht verübt?« fragte Trojan. Er sprach weiter in höflichem Ton und betrachtete Czarnocki gleichgültig und distanziert, er beugte sich ein wenig vor, weil er die Asche von seiner Zigarette abstreifen wollte.

»Das habe ich nicht gesagt«, knurrte Czarnocki.

»Dann bitte ich sehr um Entschuldigung«, sagte Trojan. »Meine Bemerkung war die Folge eines Mißverstehens Eurer Worte. Vergessen wir es. Wir sollten uns jetzt an die Entwirrung dieses Knotens machen.«

»Welcher Knoten?« fragte Czarnocki. Er fühlte sich schwach und schmählich behandelt. Warum ist es so weit gekommen, dachte er. Was geht mit mir vor? Sag mir, Lidka, was geht mit uns allen vor?

»Es ist, wie es ist«, sagte Trojan und drückte seine Zigarette aus. »Wir müssen damit fertig werden. Ohne Euch,

Genosse Czarnocki, schaffen wir das nicht. Diese Polnische Nationalarmee existiert, ich kann Euch Beweise vorlegen.«

»Das wäre nicht schlecht«, murmelte Czarnocki.

Er hatte das Gefühl, man müsse jetzt retten, was noch zu retten ist. Wachsam blickte er in Trojans Gesicht.

»Was ist das für ein DKW?« fragte er säuerlich. »Wißt Ihr darüber schon etwas?«

»Ein Auto? Die Leute vom Kriminaldienst wollten sich ganz einfach durch besonderen Eifer hervortun. Reiner Zufall, Genosse Czarnocki.«

»Wieviel Autos gibt es in der Stadt? Was erzählt Ihr mir da? Ist es denn so schwierig, einen DKW zu finden und diese Spur zu verfolgen?«

»Manchmal recht schwierig«, entgegnete Trojan. »Ich möchte auf dieses Thema nicht eingehen.«

»Was denn? Was habt Ihr im Sinn?«

»Ich bin durch bestimmte Anweisungen meiner Vorgesetzten gebunden, Genosse Czarnocki. Ich denke, wir verstehen uns, die haben das also getan, Genosse Czarnocki, und sie haben es kaltblütig getan. Aber zu welchem Zweck? Das ist nun die wesentliche Frage. Ein Akt, der gegen den Staat zielt, da gibt es keinen Zweifel. Die Provokation ist klar genug. Der antisemitische Akzent. Gut kalkuliert.«

»Warum gut kalkuliert?« fragte Czarnocki.

»Das ist nicht mehr meine Sache«, antwortete Trojan. »Für die Politik bin ich nicht zuständig, Genosse Czarnocki. Ich habe operative Aufgaben, das ist alles.«

»Verstehe«, sagte Czarnocki. Wieder dachte er, man müsse jetzt retten, was noch zu retten ist. Oder vielleicht noch etwas mehr?

Er hob den Kopf und blickte Trojan in die Augen. Eine unerhörte Geschichte haben sie da erfunden, dachte er mit einer gewissen Bewunderung, mit ein wenig Eifersucht. Sie sind auf eine Spur gestoßen und haben einen Weg eingeschlagen, der sich als äußerst wertvolle Abkürzung erweisen kann.

Er betrachtete Trojan mit einem Staunen, in dem Achtung und Angst lag. Der lächelte.

»Von Euch hängt jetzt sehr viel ab«, sagte er höflich. »Und wir rechnen sehr mit Euch, Genosse Czarnocki. Wir dürfen dieses Pulver nicht nutzlos verschießen. Ich glaube, die Leute in der Stadt sind sehr erregt. Wer weiß, worauf das hinausläuft. Es gibt doch allerlei Unrecht, Ressentiments, ich möchte sogar sagen, alte Rechnungen.«

»Redet nicht so viel, Hauptmann«, unterbrach ihn Czarnocki. »Ich weiß selber, was vorgeht. Also diese Nationalarmee existiert, stimmt das?«

»Und wie sie existiert«, sagte Trojan.

»Sehr antisemitisches politisches Profil?«

»Zweifellos.«

»Und bedeutende Einflüsse in bestimmten Kreisen, was?«

»Immer bedeutendere, Genosse Czarnocki. Leute von der Heimatarmee vor allem, aber nicht nur die. Auch ein völlig neues Element. Sie haben ihre Anführer, ihren alten und neuen theoretischen Hintergrund, Ihr versteht schon, nationaldemokratisch, klerikal, aber nicht nur. Auch Londoner Exilregierung, bitte schön.«

»Mikołajczyk wohl auch«, warf Czarnocki ein. Langsam kehrte seine Ruhe zurück. Jetzt war er in seinem Element, auf seinem Platz. Mit den Fingerspitzen berührte er die

Schreibtischplatte. Sie war hart. Wie die gesamte Wirklichkeit.

Aber auch solch einen Schreibtisch kann man zerhacken. Mit einem einzigen Hieb kann man ihn spalten, man muß nur wissen, wie und wo man zuschlägt.

13

»Ich denke nichts, ich denke gar nichts«, rief, außer Atem vom Laufen, der Mann in der grünen Joppe, den dunkelblauen fleckigen Hosen und den hohen Militärstiefeln. Über sein aufgedunsenes Gesicht lief der Schweiß in Bächen. »Ich weiß nur eines, es ist höchste Zeit, damit Ordnung zu machen.«

»Wo ist dieser Jude?!« schrie ein magerer, langer Bursche mit einer himbeerroten Mütze auf dem Kopf. »Wo ist dieser Knoller?!«

Die Leute standen an der Ecke Marien- und Kochanowski-Straße. Der Tag war bewölkt und kühl, Regen zog auf. Es war kurz vor fünf Uhr, die Dämmerung sank herab. Von der Kirche her näherte sich langsam ein DKW, er knatterte laut und zog einen dunklen Rauchstreifen dicht über der Fahrbahn hinter sich her. Am Steuer saß ein stämmiger, rotbäckiger, grauhaariger Mann, neben ihm ein blasser, kahl werdender mit Brille und hinten noch zwei andere. Alle trugen abgewetzte Jacken, Hosen und Hemden. Drei von ihnen waren arm, zornig und krank.

Aus dem Café Savoy trat eine Frau mittleren Alters, ordentlich gekleidet, im Herbstmantel, mit einem Fuchs über der rechten Schulter und grünen Schuhen mit hohem Korkabsatz, am Hut einen kleinen Schleier.

»Wo ist dieser Knoller?!« rief jetzt der Mann, der neben dem Fahrer im DKW saß. Direkt an der Kreuzung hielt das Auto an.

»Was ist los?« fragte die Frau in dem ordentlichen Herbstmantel.

»Das geht Sie nichts an«, rief aus der Menge der verschwitzte Mann.

»Hier hat jemand nach Knoller gefragt«, sagte sie. »Der hockt doch seit drei Tagen zu Hause und läßt nicht mal seine Nase auf der Straße blicken.«

»Richtig!« schrie der Fahrer des Autos.

»Aber worum geht es?« fragte sie.

Niemand antwortete. Die Leute verstummten plötzlich, als hätten ihre Schutzengel ihnen den Finger auf die Lippen gelegt.

Auf dem Bürgersteig ging ein Mann mit schwer erkennbaren, seltsam verschwommenen, unklaren Zügen am Café vorbei, sein Gesicht lag gleichsam hinter einem Schleier oder im Schatten, doch die Sonne schien nicht, über der Straße spannte sich ein wolkiger, düsterer Himmel.

Ein Herr mit Kneifer, groß, hager, blaß, verschwitzt und fast ohne Zähne, weil ein deutscher Gendarm ihm vor drei Jahren mit dem Kolben ins Gesicht geschlagen hatte, äußerte sich mit lispelnder Stimme: »Nun, was denn? Wie denn? Was soll geschehen?«

Sie standen reglos, der Automotor knatterte, durch die Marien-Straße blies ein heftiger Wind, Blätter glitten metallisch raschelnd den Bürgersteig entlang. Die Frau mit dem Fuchs über der Schulter trat auf die Fahrbahn. Der Bursche mit der himbeerroten Mütze ergriff sie am Ellbogen.

»Wohin?«

»Was heißt wohin? Nach Hause.«

»Sie wohnen in Nummer sieben wie Knoller. Nun, da werden Sie jetzt nicht hingehen ...«

»Sind Sie verrückt geworden?! Ich soll nicht heimgehen? Wer kann mir denn das verbieten?«

»Sie fragt, wer ihr das verbieten kann«, rief der lispelnde Herr.

»Jesus Maria«, schrie jemand aus der Menge.

Die beiden Männer, die hinten im DKW saßen, fingen plötzlich an zu rufen, so könne das nicht weitergehen.

»Die bringen sich um und sagen dann, wir waren's«, schrie einer der Männer.

»Soll das wirklich so sein, um Christi willen?!«

»Was will der eigentlich?« fragte ein Mann im löchrigen Militärmantel ohne Rangabzeichen. Dieser Mann kam aus der Haustür, wo Szyja Gutmajer seine Geschäfte gemacht hatte, als er noch am Leben war. »Sind denn alle betrunken?«

»Niemand ist betrunken«, schrie der beleibte, verschwitzte Mann, und die elegante Frau machte, um sich zu befreien, eine heftige Bewegung mit der Schulter, so daß der Fuchs auf den Bürgersteig fiel.

»Was haben Sie da angerichtet!« rief sie dem jungen Mann zu.

»Sie können mich mal«, schrie der. »Das geht nicht mehr so weiter. Wo ist dieser Knoller?«

»Ich hab's doch gesagt, er hockt bei sich daheim ...«, sagte die Frau und hob ihren Fuchs auf.

»Den werd' ich dort schon ausräuchern!« schrie der Fahrer des DKW.

Die Kirchturmuhr schlug. Jemand sagte leise: »So geht das doch nicht. Was wissen wir schon von dieser Sache?«

»Nichts wissen wir«, antwortete ein anderer.

»Wir wissen, wir wissen!« rief der Mann, dem man die Zähne ausgeschlagen hatte. »Wir wissen, wir wissen ...«

Mehr konnte er nicht sagen, weil er mehr nicht wußte. Er war benommen, in seinem Herzen nisteten Verzweiflung und Empörung. Wieder wehte der Wind heftig und kühl, und die Blätter fielen raschelnd auf die Bürgersteige zu beiden Seiten der Marien-Straße.

»Er hat seine Leute Gutmajer auf den Hals geschickt«, sagte der Bursche mit der himbeerroten Mütze.

»Sie sind wohl verrückt geworden«, sagte die Frau mit dem Fuchs.

»Es wird sich gleich zeigen, wer verrückt geworden ist, wer hier seine Art von Ordnung macht, wer uns hier so quält«, sagte der lispelnde Mann.

»Dieser Saujud hat alles auf unsere Leute abgewälzt«, schrie der Fahrer des DKW. »Lest ihr denn nicht Zeitung? Mal schreiben sie das, mal das Gegenteil. Lest, lest, dann erfahrt ihr es selber. Seht ihr nicht, was mit Polen geschieht? Es sollte ein Polen für Polen sein, aber jetzt ist es ein jüdisches Polen.«

Er brach ab, Husten schüttelte ihn. Da rief der neben ihm sitzende andere Mann verzweifelt: »So weit ist es mit diesem Land nach alledem gekommen, so weit, so weit...«

Der Mann neben dem Fahrer sprach wie im Fieber, wie ein Sterbender, weil er ein Sterbender war, sie alle starben an dieser Kreuzung, krank vor Qual, betrunken vor Verzweiflung und Hoffnungslosigkeit, verlassen von der Welt, vereinsamt – und nur der Teufel hatte sie im Unglück nicht verlassen.

»Wo sind sie denn alle?« fragte der verschwitzte, dicke Mann, der soeben von der Kochanowski-Straße herbeigelaufen war. »Sonst standen sie immer in Mengen hier, und jetzt haben sich alle versteckt. Warum haben sie sich versteckt? Was bedeutet das?«

»Es wird schon dunkel«, sagte jemand in der Menge. »Um diese Zeit treiben sie nie Handel.«

»Die handeln immer, bei Tag und bei Nacht, sie bilden sich ein, heute dürfte man in Polen alles, unter der Kommune dürften sie alles, so sind sie geworden, mein Gott, nicht mehr auszuhalten, ich sage euch, sie bereiten eine große Sache gegen uns vor.«

»Was können die schon vorbereiten, Mann? Sagen Sie doch selbst, können die überhaupt etwas?«

»Es scheint Ihnen nur so, als könnten sie nichts! Die Heimgekehrten werden ihre früheren Wohnungen wieder übernehmen. In der Zeitung habe ich gelesen, sie werden als erste berücksichtigt, weil sie viel gelitten haben. Und wir? Was wird aus uns? Wohin sollen wir gehen? Wo soll ich denn hingehen, vielleicht können Sie mir das sagen, wo sie mich völlig niedergebrannt haben, ohne Hemd stand ich da, völlig abgebrannt, das sage ich Ihnen, wie beim Jüngsten Gericht, und jetzt kommen die Juden, die früher hier gewohnt haben, und setzen dich wie 'nen Hund hinaus aufs Pflaster, sie werden sagen, das ist ihrs, alles soll jetzt ihrs sein, hören Sie, mein ganzes Eigentum haben sie mir niedergebrannt, nur die Lammfelljacke hab' ich aus dem Feuer gerettet, und am selben Tag gegen Abend haben mir die Deutschen die Lammfelljacke weggenommen, nichts ist mir geblieben, jetzt wird mir auch nichts bleiben, wir sind schon weg, mein Lieber, nichts ist mehr da, nur die Juden bleiben übrig, ich sag's Ihnen, wie ich persönlich denke, ich bin aus vollem Herzen für Polen, aber es wird wohl schon zu spät sein, so kommt's mir vor, bitte schön, zu spät für alles, da ist nichts zu machen.«

»Wo sind sie, frage ich!« rief der Fahrer des DKW. »Man muß sie ausräuchern, bei Gott!«

Wieder wehte der Wind, und die Menge wogte. Die Frau mit dem Fuchs über der Schulter schrie, sie wolle gehen, doch der junge Mann mit der Mütze packte sie am Arm und rief mit überschlagender Stimme: »Du Schabbesgoie! Die würde gleich zu Knoller laufen. Wieviel zahlt er dir für deinen Hintern?«

»Was ist los? Was ist los?« rief jemand aus der Menge. »Wo haben sich die Juden versteckt?«

»Der Szafran ist hier, er ist hier und hört alles.«

Ein Tumult entstand. Im Hauseingang hatte sich der Devisenhändler Szafran verborgen. Er war klein, mager und völlig kahl, etwa vierzig Jahre alt, sah aber aus wie ein Junge.

»Szafran«, rief jemand aus der Menge, »ihr habt Gutmajer erledigt und das später unseren Leuten in die Schuhe geschoben, ja! Was habe ich dir getan, Szafran, daß du mein Unglück willst?!«

»Was ist denn? Was ist denn?« schrie Szafran. Schon packten sie ihn, schon schlug ihm jemand ins Gesicht. Szafran schrie unaufhörlich: »Was ist denn? Was ist denn?«

»Wo ist Knoller?« riefen die Männer im Auto.

Plötzlich fuhr das Auto an und bog in die Kochanowski-Straße ein.

Szafran fiel auf das Pflaster. Man trat ihn. Jemand rief: »Schluß jetzt, Schluß jetzt!«

Der junge Mann schlug der Frau mit dem Fuchs ins Gesicht. Tränen rannen ihr über die Wangen.

»Was willst du denn, was denn?« rief sie. »Bin ich etwa eine Jüdin?«

»Ich weiß nicht, ich weiß nichts mehr«, rief der junge Mann und schlug ihr weiter ins Gesicht.

Szafran verstummte. Er lag still, das Blut sickerte ihm über den kahlen Kinderkopf. Die Leute liefen auseinander.

»Wo ist dieser Knoller«, rief der lispelnde Mann, »ich muß ihn noch heute in die Hände kriegen!«

Der beleibte Mann, der aus der Kochanowski-Straße herbeigelaufen war, sagte sehr undeutlich zu einer Gruppe Menschen, es sei höchste Zeit, etwas zu unternehmen, man dürfe nicht so hilflos herumstehen, vielleicht ließen sich doch einige Dinge erledigen, er betrachtete den dunkler werdenden Himmel und wiederholte hartnäckig, das Ende sei nahe, nie mehr werde es Polen geben, Juden, Russen und Kommunisten hätten sich gegen Polen verschworen, aber man müsse einen letzten Versuch machen, sie, die Abgebrannten und Beraubten, die Betrogenen und Erniedrigten, die wunderbar Auferstandenen und Verletzten, die Sprachlosen und Wahnsinnigen, man müsse etwas tun, um die Erlösung zu erlangen, das hätte der beleibte Mann wohl gesagt, wenn er noch irgend etwas mit Worten hätte ausdrücken können, Schweiß und Tränen liefen ihm über das Gesicht, niemand verstand seine fiebrigen, in der Kehle versteinerten Worte, aber alle verstanden den Sinn seiner tierischen Verzweiflung und Hilflosigkeit, denn alle empfanden ähnlich, wie eine Herde gehetzten Viehs, das von einer Stelle zur anderen getrieben wird, das betäubt ist und geblendet, ausgehungert und entsetzt, der Wind ging wieder heftiger, die Marien-Straße wurde dunkler, der Herbstabend sank herab, Sonnenfinsternis und Mondfinsternis traten ein über der Stadt, die Leute brachen auf, der DKW fuhr an der Spitze des Zuges, jemand schrie, die Frau mit dem Fuchs lag blutüberstömt auf der Straße, Szafran schwieg bereits, er sollte für immer schweigen, bis ans Ende der Welt, ähnlich wie der alte Knoller, den sie in seiner Wohnung erwischten, in der Küche, er saß am Herd, in dem ein abendliches Feuer brannte, sie erwischten ihn und erschlugen ihn schnell, schweigend, in der furchtbaren Scham und Schande ihrer eigenen Gedanken, ihrer wahnwitzigen und dummen Gedanken, denn irgendwo am Grunde ihres Bewußtseins oder an der Spitze ihres Unterbewußtseins, dort, wo das Wachsein sich mit dem Traum verflicht und der Traum zur Wirklichkeit wird, wußten sie ja, daß sie Polen endgültig begruben in ihrem Herzen, sie wollten seine Geburt, aber begruben es, sie stießen es in den Tag, der gerade verging, in die Jahre, die vergangen waren, sie stießen ihr Polen wieder in den Abgrund der Vergangenheit, die sie doch vergessen wollten.

14

Wissen Sie, es ist ein komisches Gefühl, aber wenn ich in letzter Zeit mein Spiegelbild betrachte, zum Beispiel morgens beim Rasieren, bei Gott, was sehe ich da?! Ich bemerke die Ähnlichkeit mit einem bestimmten alten Juden, den ich nach dem Krieg kennengelernt habe. Mein Freund, ein bedeutender katholischer Publizist, ja, stellen Sie sich vor, solche Freunde habe ich, denn ich bewege mich nicht nur in den Kreisen meines Berufs, mein Freund sagt, im Alter werden wir alle den Juden ähnlich. Wenn man annimmt, daß es das Paradies wirklich gegeben hat und wir infolge der Erbsünde daraus vertrieben wurden, dann ist die logische Folge dieser Anschauung der Schluß, daß wir alle ohne Ausnahme von unseren Vorvätern aus dem Alten Testament abstammen. Leuten meines Zuschnitts ist das ziemlich gleichgültig – aber welches Leiden für einen überzeugten Antisemiten, meinen Sie nicht auch ...

Er hieß Knoller. Um die Wahrheit zu sagen, ich weiß den Namen noch sehr gut, denn er hat in meinem Leben etwas bedeutet, ich möchte sogar behaupten, daß er in meinem Leben steckengeblieben ist wie ein Dorn in der Haut, oder noch anders, er hat mein Leben für längere Zeit vor Anker gelegt, darum ist der Name Knoller gewissermaßen mein Eigentum, er gehört mehr zu meiner Biographie als zu jenem Menschen, an den ich mich übrigens nur recht ungenau erinnere, nun ja, ein ganz gewöhnliches Gesicht, heute bin ich ihm ähnlich, nach so vielen Jahren bin ich diesem Toten ähnlich. Doch Knoller hatte blaue Augen. Und er trug stets Hosenträger, ich aber nicht.

Unter ganz gewöhnlichen Umständen habe ich ihn kennengelernt. Er war mein Nachbar, er wohnte in dem alten, baufälligen Mietshaus, in einer bescheidenen Wohnung, zwei Zimmer und Küche, für mich war das damals geradezu ein Appartement, denn ich nistete ein Stockwerk höher in einem kleinen Zimmer, vielleicht sollte ich besser sagen, in einer Kammer, wo es natürlich weder Wasser noch Heizung gab, wortwörtlich nichts. So waren damals die Zeiten.

Justyna hatte in dieser Stadt entfernte Verwandte, bei ihnen durfte sie schlafen, wir beide waren Gestrandete aus Warschau, aber jung und verliebt und aufeinander begierig. Wenn ich mich heute an jene Jahre erinnere, sind sie vor allem von Liebe erfüllt. Damals zählte sonst nichts für mich, so sehe ich das heute. Wie durch einen Nebel erinnere ich mich an die Kontakte mit den Menschen damals, ich nahm sie wohl alle nicht ernst. Von früh bis spät waren meine Gedanken bei Justyna, und sie bedeutete mir die Welt.

Aber ja doch, Sie haben recht, das waren fieberhafte Zeiten. Damals wurde die ganze kommunistische Nachkriegswirklichkeit aufgebaut. Aber ich nahm daran ganz einfach nicht teil. Ich dachte ziemlich naiv, ich hätte bereits getan, was ich tun müßte. Ich hatte am Aufstand teilgenommen. Und dort, im zugrundegehenden Warschau hatte ich meine Hoffnungen auf eine bessere Zukunft begraben. Wie ich vermute, ein in meiner Generation weitverbreitetes Gefühl. Es stimmt, ein Teil der jungen Leute hatte beschlossen, weiter zu kämpfen, sich den Kommunisten entgegenzustellen. Doch nur eine Minderheit, eine

Handvoll im Vergleich mit der riesengroßen Mehrheit, die genug hatte vom Krieg und endlich den Frieden genießen wollte. Ich flüchtete mich in die Liebe, wenn man so sagen darf.

Fast jeden Abend kam ich mit Justyna zusammen. In der Nähe meiner Kammer gab es das Café Savoy. Ähnliche Räume existieren in Polen seit Jahren nicht mehr. Der Kommunismus hat auch diese Landschaften vernichtet, sogar die ganz und gar bedeutungslosen. Im Café Savoy standen Marmortischchen, die Stühle, wenn ich mich recht erinnere, weiß, gepolstert und mit blauem, rot gestreiftem Stoff bezogen, die Kellner trugen blau-rot gestreifte Westen.

Dort trafen wir uns. Weit hinten im Café befand sich ein Tischchen, das wir als das unsere ansahen. Es gab im Savoy einen Kellner, er hieß wohl Tadeusz, so ist es, ganz bestimmt, Herr Tadzio, er trug einen kleinen Backenbart und erinnerte ein wenig an Kaiser Franz Joseph, der hatte uns außerordentlich lieb gewonnen, er verhielt sich zu uns wie ein Vater. Es kam vor, daß jemand vor sieben Uhr abends unser Tischchen besetzt hatte, nun ja, da war nichts zu machen, wir setzten uns an ein anderes. Aber wenn Herr Tadzio Dienst hatte, hielt er unser Tischchen frei. Zufallsgästen sagte er, dieser Platz sei für sehr verliebte Menschen reserviert, und die Zufallsgäste – stellen Sie sich vor – akzeptierten das.

In diesem Café verbrachten wir lange Abende, und dann, fast schon um Mitternacht, begleitete ich Justyna zum Haus ihrer Verwandten. Der Weg war weit, sie wohnten in der Vorstadt, wir kamen an Waldstücken vorbei, dann – das weiß ich noch genau – folgte eine kleine, verlassene Fabrik. Wenn wir so langsam, aneinandergeschmiegt dahingingen, hörte ich das ferne Schnaufen einer Lokomotive und das Stuckern rangierender Güterwagen, manchmal ertönte Hundegebell, sonst herrschte Stille, über unseren Köpfen der Himmel mit unwahrscheinlich vielen Sternen, es waren die August- und Septembernächte, dann sieht man am polnischen Himmel die meisten Sterne.

Ein heißer Sommer, kurze Nächte, am Morgen dann ein heftiger Regenguß, schließlich im Laufe des Tages die schwer zu ertragende Hitze. Den Tag verbrachte ich ohne sie, ich trieb mich in der Stadt herum, eine feste Arbeit hatte ich nicht, in jenen Zeiten konnte man schwer Arbeit finden, ich verdiente darum nur gelegentlich etwas, mal hier, mal dort, einige Wochen lang schleppte ich in einer Druckerei Papierballen, später fegte ich den Boden in einer Bleistiftfabrik, ich mochte dieses Aufräumen in der großen, hellen Halle, wo es nach Holz und Sägemehl roch, auch arbeitete ich auf dem Güterbahnhof beim Ausladen der Waren.

Aber ich sage es Ihnen offen, Einzelheiten habe ich nicht behalten, mehr die allgemeine Stimmung, Ungewißheit und Abwarten. Die Tage vergingen mir in Einsamkeit. Natürlich übertreibe ich, denn ich hatte Kontakt mit Menschen, zum Beispiel mit dem bereits erwähnten Knoller, meinem Nachbarn. Manchmal leistete ich ihm auf der Straße Gesellschaft. Bitte lächeln Sie nicht, unser Leben spielte sich damals auf der Straße ab, wie seit Jahrhunderten in den Ländern des Südens. Ich denke, das war alter jüdischer Brauch. Aber erst nach dem Krieg bin ich Juden begegnet, früher sind sie mir fremd gewesen, sie gehörten eher als ein Element zur Landschaft, ich wußte wenig von ihnen, wir lebten getrennt, ich hatte erst nach dem Krieg, gerade in den Zeiten, von denen ich jetzt erzähle, flüchtigen Umgang mit dem jüdischen Milieu, kleine Kaufleute, Händler, sie lebten auf der Straße, hauptsächlich unter sich, ich war für sie ein Zugewanderter, aber toleriert, weil mein Nachbar sich wegen seines fortgeschrittenen Alters und irgendwelcher schrecklichen, sogar für Juden außergewöhnlichen Kriegserlebnisse einer gewissen Autorität erfreute.

Mein Abenteuer endete ziemlich schnell, es kam zu tragischen Ereignissen. Einer der ansässigen jüdischen Kaufleute wurde unter geheimnisvollen Umständen ermordet, bald darauf verhaftete man den alten Knoller, meinen Nachbarn. Damals entschwand er für immer aus meinen Augen. Nach Jahren hörte ich, daß er auf entsetzliche Weise von Polen erschlagen worden war. Unter ihnen gab es Leute, die ich persönlich gekannt haben muß, denn alles ereignete sich in der Nähe des Hauses, wo ich wohnte, wo auch der alte Knoller wohnte. Furchtbare Abrechnungen, die Sie nie verstehen werden, es ist schwierig, das zu beschreiben. Verzweiflung und Provokation, der leichte Umgang mit dem Tod – das ist für Ihre Generation, für Menschen aus Ihrer Welt unbegreiflich. Als diese Morde geschahen, saß ich bereits im Gefängnis, aber ich wurde hineingezogen.

Wie das möglich war? Liebe Freundin, in der Welt, aus der ich aufgetaucht bin, war alles möglich. Doch davon erzähle ich später, jetzt gestatten Sie mir, zu meiner Liebe zurückzukehren.

Justyna war zu jener Zeit abwechselnd sanft und zornig. Ich fürchte, die Ursache dieser heftigen Wandlungen war ich. Justyna entdeckte in der Liebe eine Bedrohung ihrer Freiheit, mehr noch, sie fürchtete meine erotischen Begierden. Das waren Zeiten, an die sich heute niemand mehr erinnert, denn damals gaben sich junge Frauen nicht so schnell hin. Und es handelte sich keineswegs um altmodische, provinzielle, katholische Gewohnheiten, sondern um das simple Gefühl der Würde. Sich einem Mann hinzugeben bedeutete damals viel mehr als heute, weil man sich damit zum gemeinsamen Tragen bestimmter Lasten verpflichtete. Und eine Frau zu haben, bedeutete soviel, wie einen Teil der Verantwortung für ihr Schicksal zu tragen. Wir irren uns, wenn wir annehmen, die Liebesdramen der damaligen Zeiten seien hauptsächlich durch Voreingenommenheit und Vorurteile entstanden. Sie resultierten vielmehr aus einer großen Unruhe des Gewissens. Gewissensfragen sind heute ziemlich anachronistisch, darum wirken auch die Tränen der Liebenden von damals melodramatisch. Aber es waren echte Tränen, glauben Sie mir.

Sie fragen, wie sie damals ausgesehen hat. Sie trug ihre Haare glatt gekämmt und steckte sie am Hinterkopf, über dem Nacken, zu einem Knoten auf. Sie waren weich und machten ihr viel Mühe, jeder Windstoß verwehte sie. Geschminkt hat sie sich zu jener Zeit überhaupt nicht. Ihr Gesicht war hell und blaß, der Mund nicht groß, wie ein Hufeisen gebogen, was ihr einen Ausdruck von Traurigkeit verlieh, dafür hatte sie einen entschlossenen, stets ein wenig befehlenden Blick, als ertrüge sie Widerspruch von seiten der Welt nicht, als wollte sie diese Welt auf die Knie zwingen.

Das Gegenteil geschah. Die Welt zwang sie auf die Knie, obwohl sie viele Jahre lang ihre Niederlage nicht zugeben wollte.

Da fällt mir der Wasserfleck an der Wand ein, ach ja!

Der Wasserfleck an der Wand. Das ist mir im Gedächtnis geblieben.

An jenem Abend kehrte ich sehr spät heim. Die Nacht war warm, aber man spürte bereits in der Luft den Beginn des Herbstes. Ich kehrte heim, begeistert von der Welt, unendlich froh. Abends waren wir wie gewöhnlich im Café Savoy gewesen. Justyna wirkte vergnügt, ich hatte schon lange nicht mehr eine solche Ungezwungenheit an ihr verspürt, am Tischchen streichelte sie mir Gesicht und Haare. Augenblicke eines großen Glücks.

Dann gingen wir unseren üblichen Weg zum Haus ihrer Verwandten. Es war schon lange nach Mitternacht. Ich küßte Justyna im Dunkel der hohen Kiefern, an der alten, stillgelegten Fabrik. In den Fenstern der Wohnung ihrer Verwandten brannte noch Licht, das verwirrte Justyna ein wenig, wir trennten uns deshalb irgendwie abrupt und eilig, ein flüchtiger Kuß an der Pforte, das Klirren des Schlosses, ihre Schritte auf dem Kies, das Quietschen der Eingangstür, Laute im Hausinnern, ein paar undeutliche Worte.

Dann ging ich fort. Wir wollten uns wie gewöhnlich am nächsten Abend gegen sieben Uhr im Café Savoy treffen.

Seltsam glücklich kehrte ich heim, vielleicht habe ich aber nur heute diesen Eindruck, es war ja unsere letzte Nacht, so bewahre ich sie im Gedächtnis. In jener Nacht rannte ich durch das Waldstück, bis ich außer Atem geriet. Ich rannte, mein Herz hämmerte in der Brust, ich mußte den Überschuß an Kraft loswerden, den Überschuß an Freude, vielleicht einfach den Überschuß an Leben.

Dabei hatte ich schon damals Grund, mich zu beunruhigen. Seit einigen Tagen ging rund um mich etwas vor. Auf dem Weg durch die Stadt hatte ich das Gefühl, von wachsamen Augen beobachtet zu werden. Ich schaute mich unsicher um, doch gelang es mir nicht, etwas Verdächtiges festzustellen. Und dennoch fühlte ich mich umzingelt. An diesem Abend hatte ich Justyna gesagt, irgend etwas sei nicht in Ordnung, doch sie nahm das als eine Art Herausforderung auf. Immer verdächtigte sie mich kleiner Betrügereien, des Versuchs einer sanften Erpressung. War ich vom Lauf der Ereignisse bedroht, sollte ich unter den Rädern des rasenden Wagens der Geschichte zugrunde gehen – so wäre es richtig, mir ein bißchen mehr Liebe zu erweisen, an dieser Kehre der Geschichte, in diesem Vorhof des Gefängnisses, zu Füßen des Galgens mit mir zu schlafen. Sie spottete gern über meine Ängste, die sie für die simplen Waffen eines simplen Verführers hielt. Sie hatte ein Recht, so zu urteilen, denn in jener Zeit war das ziemlich verbreitet, sogar der Besitzer einer gutgehenden Kneipe sagte der Frau, auf die er Appetit hatte, die Kommunisten verfolgten ihn auf Schritt und Tritt. Mich verfolgte niemand auf Schritt und Tritt. Justyna glaubte an meine Liebe, um so mehr verhielt sie sich unwillig derartigen Bekenntnissen gegenüber.

Ich lief also nach Hause, froh, aber auch wachsamer als gewöhnlich. In dieser Nacht jedoch geschah nichts.

Morgens ging ich in die Stadt. Weil ich mich immer gern in der Nähe unseres kleinen Cafés herumtrieb, stand ich auch an jenem Vormittag vor dem Eingang zum Savoy. Auf dem Bürgersteig gegenüber erblickte ich einen Devisenhändler, er hieß Cynamon oder auch Szafran, irgendwas in der Art, ein unendlich mageres, winziges Menschlein mit riesengroßem, völlig kahlem Kopf, deshalb sah er aus wie ein Kind. Dieser Cynamon schien mir geheime Zeichen zu geben, als versuchte er, mich auf etwas hinzuweisen, mich vor etwas zu warnen, doch aus der Entfernung begriff ich nicht, worum es ihm eigentlich ging, und nahm diese Pantomime nicht ernst.

Was hätte ich auch tun können angesichts der Ereignisse, die sich im nächsten Augenblick abspielten?

Aus dem Café sprangen zwei stämmige Geheime und packten mich bei den Schultern. Im gleichen Moment hielt unmittelbar vor mir am Bürgersteig ein Personenauto, die Tür ging auf, und ich wurde hineingestoßen. Ich spürte einen Schlag im Gesicht, einen trockenen, kräftigen Hieb mit geübter Faust. Ich glitt auf den Sitz des schnell anfahrenden Autos.

Meine Gedanken, chaotisch und unklar, kreisten um Justyna. Das entsprach den Regeln jener Epoche. Ich wußte sehr wohl, ich hatte eine saubere Weste. Aber ich konnte damals noch nicht die absurde Schlußfolgerung akzeptieren, daß sie völlig unschuldige Menschen ins Gefängnis sperrten. Das geschah erst später, zusammen mit einer noch schmerzhafteren Erfahrung. Vorläufig versuchte ich in diesem rasenden Auto, eine rationale Begründung für meine Situation zu finden. Also Justyna! Mein Gott, dachte ich, sie muß sich in irgend etwas verstrickt haben. Kürzlich war sie zwei- oder dreimal nach Warschau gefahren und hatte meine eindringlichen Fragen nach dem Zweck dieser Reisen mit der ironischen Versicherung abgefertigt, ich hätte keinerlei Grund zur Eifersucht und dürfte auch keine haben.

Immer hatte sie sich öffentlichen Angelegenheiten intensiver gewidmet als ich. Ich bin ein Einzelgänger, ich behandle die Welt als notwendiges Übel, ich mag weder die geheimen Ränke mit der Welt noch die Vertraulichkeit mit ihr. Sie – genau das Gegenteil! Die ganze Nachkriegszeit hindurch, bereits unter den neuen Bedingungen, als Polen auf den Ruinen entstand, lebte Justyna für die Probleme der Allgemeinheit. Sie war voller Ängste, Ahnungen, Nervosität und Vorurteil. Der Gedanke an die Zukunft quälte sie. In mir fand sie keinen Verbündeten. Ich gehörte zu denen, die sich bewußt machten, daß wir verloren hatten. Ich hegte keine Illusionen und fürchtete darum auch keine Enttäuschungen. Rußland – das war Rußland, so hatte man es mich in den Jahren der Kindheit und Jugend gelehrt. Die Konspiration hielt ich für reine Idiotie. Angesichts der sowjetischen Macht, hinter der fast die ganze Welt stand, schien Konspiration Selbstmord zu sein. Ich aber wollte leben. Selbstverständlich nicht um jeden Preis, gewiß gab es eine Schwelle, die ich nicht hätte überschreiten können, doch es fügte sich sehr gut, daß mir solche Prüfungen erspart blieben.

Das stärkste, ja vielleicht geradezu das einzige Motiv meiner Existenz war damals die Liebe zu dieser schönen, eigenwilligen und sich stets entziehenden Frau.

Darum tat sich vor mir eine Hölle der Furcht, des Hasses und wütenden Widerstands auf. Ich zitterte um ihr Los, und diese Angst war meine Waffe. Wenn Justyna in irgendeine Geschichte verstrickt ist, muß ich sie schützen. Die beste Methode im Kampf mit diesen Menschen war das Schweigen. Schweigend wurde ich zu ihrem Gegner, konzentrierte ich ihre Aufmerksamkeit und Anstrengung auf mich. Mein Schweigen war für sie der Ansporn, das Terrain meines Geheimnisses zu durchforschen. Vor allem aber – ich konnte anderen, auch Justyna nicht schaden.

Als sie mich zum Gefängnis im Gebäude des Sicherheitsdienstes brachten, fiel zwischen uns kein einziges Wort. Ich denke, der Mann, der mich festgenommen hatte, war ein bißchen enttäuscht. Er hatte sicher Proteste erwartet oder Widerstand oder vielleicht eine flehentliche Litanei. Ich schwieg jedoch. Dieser Offizier hieß Glabusz. Ein dunkler, mürrischer, düsterer Jude, einer der perfidesten Menschen, auf die ich im Leben gestoßen bin. Aus einem ostpolnischen Ghetto stammend, war er zusammengeleimt aus Haß und Vorurteil. Aber es handelte sich nicht nur um

Klassenvorurteile, dieser Buckel aus Elend, Unwissenheit und Rückständigkeit bewirkte auch, daß manche Menschen so leicht der bolschewistischen Losung erlagen: Raube das Geraubte! Letzten Endes hatte Lenin in einer Welt kaum zu beschreibenden Elends und Unwissens die Macht ergriffen. Woanders hätte er sie nicht ergreifen können.

Doch Glabusz hegte auch nationale Vorurteile. Es gab Juden in Polen, die aus tiefster Seele die Polen haßten, es gab Juden in Rußland, die aus tiefster Seele die Russen haßten. Vermutlich die Opfer furchtbarer Verfolgungen und Mißverständnisse, Kinder der Finsternis.

Er war ein solches Kind der Finsternis. Schon im Auto, noch ehe er das erste Wort hatte sagen können, schlug er mich mit der Faust ins Gesicht, eine Art Vergeltung, ein Ausgleich der Rechnung für das, was ich hatte und was er nie haben würde.

Lange habe ich über diesen Mangel bei ihm nachgedacht, denn wir stießen einige Jahre lang unter verschiedenen Umständen aufeinander, und immer suchte ich in seinen Zügen, seinem Blick, seinen Worten eine Antwort auf das mich peinigende Rätsel, was ihm denn fehlte, was mir zu eigen war, Teil meiner Existenz, und was er nicht besaß.

Schließlich entdeckte ich die Wahrheit. Glabusz litt an Vaterlandsmangel. So etwas gab es in meinem Teil Europas. Vielleicht gibt es das sogar heute noch bei uns. Manchen Menschen fehlt das Vaterlandsgefühl, und andere tragen es im Übermaß auf ihren Schultern, als gäbe es für sie nichts mehr außer dem Vaterland – eine gewöhnliche Lüge, eine leere Phrase, eine Art Selbstbetrug und Selbstverstümmelung.

Was Ihre Frage betrifft, wie ich mir den Augenblick meiner Verhaftung gemerkt hätte, antworte ich direkt: der Wasserfleck an der Zellenwand. Seine Form glich dem Umriß einer Südamerikakarte. Das war meine erste Zelle in der großen, reichhaltigen Sammlung. Aber die erste Zelle ist die wichtigste. Ich erinnere mich auch an einen Menschen, auf den ich fast unmittelbar nach meiner Verhaftung stieß, doch war es – ich möchte sagen – eine flüchtige Bekanntschaft. Erst nach einigen Jahren spielte er mir übel mit. Er war ein russischer Berater, ein höherer Sowjetfunktionär.

Nein, warum denn? Seinen Namen habe ich nie erfahren. Eine völlig anonyme Gestalt. Und desto entsetzlicher. Derartige Menschen haben seltsame Gesichter. Ich kann heute nicht sagen, wie er eigentlich ausgesehen hat. Die Farbe seiner Augen, die Form seiner Nase? Nur an seinen Schädel erinnere ich mich genau. Geradezu indianisch! Absolut kahl, überzogen mit glatter, glänzender, kupferfarbener Haut.

Ein sehr schöner, ein schrecklicher Kopf. Wie aus einem gespenstischen Traum.

Aber damals, in den ersten Tagen nach der Verhaftung, begegnete ich ihm nur flüchtig. Es war ein Routineverhör. Mein Betreuer, Hauptmann Glabusz, zeichnete gerade träge etwas auf einen Papierfetzen und stellte mir immer wieder, bis zur Erschöpfung, dieselbe absurde Frage, als sich plötzlich sein Gesicht belebte und sein Blick einen wachsamen Glanz bekam. Hinter mir hörte ich ein Rascheln, jemand hatte das Verhörzimmer betreten. Glabusz erhob sich ein wenig steif hinter seinem Schreibtisch und lächelte. Er hatte das anziehende, etwas wehrlose Lächeln eines kleinen Jungen, das vorzüglich zu ihm paßte. Denn es ist gar nicht wahr, daß das Böse die Gesichter der Menschen prägt. Die Natur ist manchmal hinterlistig. Bei Glabusz paßte das nette, anziehende Lächeln sehr gut zu seinen kalten, grausamen Augen.

Damals lächelte er, und ich spürte im gleichen Moment eine Männerhand auf meiner Schulter. Ich hob ein wenig den Kopf, sah nach oben, weil ich auf einem niedrigen Metallhocker saß, und erblickte das wohlgeformte, sozusagen ein bißchen goldene Gesicht eines kahlköpfigen Menschen. Es war dieser Russe, dieser sowjetische Berater, der später in meinem Fall eine recht wesentliche Rolle spielen sollte. Damals jedoch betrachtete er mich nur. Er blickte mich an mit leicht zusammengekniffenen Augen, schweigend und konzentriert, wie man eine Pflanze oder ein seltenes Insekt betrachtet.

Ein geradezu mörderischer Schrecken durchfuhr mich – und das beabsichtigte dieser Mann vermutlich. Mein Schrecken war im übrigen recht verständlich, ich möchte sagen, natürlich. In so einer Situation kann man nicht voraussehen, was sogleich geschehen wird, und Unsicherheit lähmt den Menschen. Er hielt die flache Hand auf meiner Schulter, sie lag dort reglos und wirkte überhaupt nicht schwer, von ihm aus war das eine vertrauliche, sogar freundschaftliche Geste, doch konnte er mich sogleich bei den Haaren packen, mir das Ohr abreißen, mich mit einem einzigen, heftigen Schlag dieser Hand, die sich scheinbar so freundschaftlich auf meine Schulter stützte, zu Boden werfen.

Ich preßte meine Kiefer fest zusammen, weil ich fürchtete, ich würde im Moment des Schmerzes zu schreien beginnen. Und in seiner Gegenwart wollte ich nicht schreien. Ich hätte zur Not bei Glabusz vor Schmerz geheult, denn das war ein elender, schmieriger Jude – so dachte ich über ihn, genau so, beleidigend und erniedrigend, ein elender, schmieriger Jude, der mir nicht das Wasser reichen kann und, verglichen mit mir, immer eine unselige Kreatur bleiben wird, ein ostpolnischer Saujud, ein Auswurf der Gesellschaft – in seiner Anwesenheit kann ich sogar brüllen vor Schmerz oder vor Angst oder vor Verzweiflung, weil mein Schrei immer Verachtung enthalten wird – doch vor diesem sowjetischen Offizier wollte ich mich um keinen Preis demütigen, so wie ich mich nie in Gegenwart eines SS-Mannes gedemütigt hätte.

Darum fürchtete ich mich vor jedem Wort und jeder Geste dieses kahlköpfigen Russen. Doch dauerte alles nur kurz und endete nach wenigen Sätzen, die er mit Glabusz wechselte, und das auf so gleichgültige Weise, als existierte ich für ihn überhaupt nicht, als wäre meine Schulter nur eine tote Stütze für seine Hand. Er ging ebenso lautlos hinaus, wie er erschienen war.

Ich glaube, auch Glabusz empfand Erleichterung.

Ich traf den Sowjetfunktionär erst Jahre später wieder, als die Sache mit Arens aufkam.

15

Haltet hier an«, sagte er zu dem Fahrer.

Vor den Autofenstern erstreckten sich ein schütteres Kiefernwäldchen und ein noch nicht gemähtes Lupinenfeld, weiter einige Katen, aus den Schornsteinen stieg der Rauch senkrecht zum Himmel und verkündete schönes Wetter. Der Himmel hell wie im Mai, aber erhitzt und am Horizont rostrot von der Glut.

Czarnocki stieg aus dem Auto und ging auf einem Pfad in den Wald, er spürte im Rücken den etwas schläfrigen, etwas verwunderten Blick des Fahrers.

Trockene, schwüle Hitze stand zwischen den Bäumen. Unter seinen Füßen knirschte der Sand und das immer noch braune, nur hier und da schwarz gewordene Nadelwerk des Vorjahrs.

Dieses Nadelwerk erinnert sich noch der Deutschen, dachte er. Gewiß sind sie hier auf ihrem Rückzug nach Westen auch vorbeigekommen. Damals herrschte furchtbare Kälte. Er und Lidka hatten gerade ein paar hundert Kilometer östlich dieses Kiefernwäldchens den ersten Nachkriegswinter ihrer Liebe begonnen.

Jetzt blieb er zwischen den Bäumen stehen. Erneut empfand er den Wirrwarr rundum. Sein ganzes Leben war ein großer Strudel, ein Chaos, ein Tumult. Er hatte sich sehr nach Stille gesehnt, doch als er sie jetzt in der Nähe vernahm, überfiel ihn die Angst. Er fürchtete sich sehr vor tieferen Gedanken. Eine glatte Oberfläche sollte ihn wie eine Segeltuchhaube vor der Welt schützen. Er wollte sich nicht selbst ergründen, sondern fürchtete sich vor dem, was er finden würde.

Die Kiefern standen reglos, nur irgendwo durch die Wipfel streifte ein leichter Wind wie der Hauch aus einem offenen Ofen. Ein furchtbarer Tag, dachte Czarnocki.

Dann ging er weiter in den Wald. Als er den Kopf umwandte, sah er das Auto nicht mehr. Eine grüne Wand trennte ihn von der Chaussee. Ich bin allein, dachte er, und das erleichterte ihn. Er setzte sich auf die blanke Erde, lehnte sich an einen Baumstamm und ließ den Kopf sinken wie zum Schlaf.

Wieder dachte er, das ist ein furchtbarer Tag. Er wurde an diesem Tag fünfzig. Genau fünfzig Jahre sind seit dem Augenblick vergangen, als ich aus dem Nichts aufgetaucht bin, aus der dunklen, roten Höhle, aus dem Bauch meiner beleibten, rotbackigen, aber trotzdem immer kränklichen Mutter.

Doch an sie dachte er jetzt nicht. Er rief sich den Tag vor fünfundzwanzig Jahren, seinen fünfundzwanzigsten Geburtstag, ins Gedächtnis und erinnerte sich genau an sich selbst, an jede Geste, jedes Wort, jeden Gedanken von damals. Das war im Jahr 1921 gewesen, bald nach der Beendigung des schrecklichen Krieges, an dem er glücklicherweise nicht teilgenommen hatte. Noch lebten seine beiden Eltern, noch wohnten sie alle in Enge und Lärm in der Karmelicka-Straße, sie hatten dort eine kleine Wohnung im Hinterhaus, drei Zimmer und Küche, Kachelöfen, hohe Fensterbretter, durch die Wände und die halboffenen Fenster drangen erregte Stimmen herein, zornige Schreie und Rufe um Erbarmen, Liebesgeflüster oder die leisen Worte der Vergebung. Man hörte auch ständig, wie unten im Hof

Decken geklopft wurden, ringsherum zogen Gerüche von Zwiebeln, frischem Brot und Waschlauge, und inmitten dieser kleinen Welt beging Chaim Szwarcblat, ein Mann der Empörung, der Feuersbrunst und der Uneinigkeit, ein Wahrheitssucher und Fechter für das Menschenglück, seinen fünfundzwanzigsten Geburtstag.

Damals hatte er überlegt, was ihm wohl an seinem fünfzigsten Geburtstag widerfahren würde. Er saß vor dem Küchenfenster, blickte hinunter auf den belebten Hof des Hauses und überlegte, was wohl in fünfundzwanzig Jahren geschehen würde, wenn er, Chaim Szwarcblat, ein halbes Jahrhundert hinter sich gebracht hätte.

Die Sonne erhitzte ihm die Backen, der Tag war heiter und warm, die Kinder riefen auf dem Hof, eine Frau sang das Lied »Ach komm, mein Liebster, komm zurück!«, ein leichter Windhauch bewegte die Gardine im Fenster gegenüber, wo Chaim die Gestalt einer jungen Frau wahrnahm, doch er dachte an keine Frau, nicht einmal an die Weltrevolution dachte er damals, sondern nur an sich, an seine Zukunft in fünfundzwanzig Jahren, für sich schuf er den Tag, der in fünfundzwanzig Jahren kommen sollte, und nun war er da, warm und heiter, nach Wind von der Weichsel her riechend, nach Pferdedung, nach dem Rauch der fernen Fabriken von Wola, der Tag mit dem vertrauten Lärm der Karmelicka-, Gęsia- und Pawia-Straße, aber der Lärm gedämpft, diskret, vielleicht sogar elegant, immerhin der fünfzigste Geburtstag eines achtens- und liebenswerten Menschen, der viel für andere getan hat, selbstverständlich alles auf der Karmelicka-Straße, mit dem hochbetagten Vater an seiner Seite, mit der alten Mutter an seiner Seite, mit der Pferdedroschke, die Chaim Szwarcblat bestellt hat, um in das Restaurant Oaza zu fahren, wo bereits ein reserviertes Tischchen wartet.

Jetzt aber kam er sich für eine ganze Weile fast verdreifacht vor wie noch nie bisher, fast wie der christliche Gott, der Eine in drei Personen, eine seltsame und schreckliche, bezaubernde und sündige Angelegenheit, denn die Zeit ist stehengeblieben oder aus dem Takt geraten in ihrem Galopp, im schrecklichen Wahnsinn des Vergehens, und plötzlich sitzt Czarnocki unter der Kiefer, der heiße Sand rinnt um seine Füße, über seinem Kopf regen sich träge die Kiefernwipfel vor dem rötlichen, erhitzten Himmel, daneben aber sitzt Chaim Szwarcblat, zum Fenster geneigt, jung, im kragenlosen Hemd mit hochgekrempelten Ärmeln, in grauen abgetragenen Drillichhosen, in abgenutzten Schuhen, der junge, fünfundzwanzigjährige Szwarcblat, aber neben ihm auch der andere oder vielleicht gar der dritte, teils Szwarcblat, teils Czarnocki, kahlköpfig, mit dunklem Teint, fast identisch mit jenem, der am Fenster sitzt, etwas älter nur, gleichsam von der Zeit berührt, doch nur wenig verändert, Szwarcblat in der Pferdedroschke, in tabakbraunem Anzug und Melone, in weißem Hemd mit Stehkragen, sehr elegant, sogar etwas teuer gekleidet, neben ihm seine Mutter mit der Perücke, sein Vater, noch ganz rüstig, die Droschke rollt durch die Straßen, die Pferdehufe klappern auf dem Pflaster, der erste Szwarcblat sitzt am Fenster und schaut in den Hof an der Karmelicka-Straße, der zweite, etwas ältere, aber immer noch junge, hat sich in der Droschke breitgemacht, schließlich der dritte unter der Kiefer, der zerstörte, der wahre, der betrogene, bestohlene, verwaiste, verspottete, einsame, er allein existiert, wenn überhaupt irgend etwas existiert, dann nur er allein, die beiden anderen leben nicht mehr, sie haben wohl nie existiert, immer gab es nur ihn allein.

Ein furchtbarer Tag, dachte Czarnocki wieder. Die Hitze würgte ihn. Er wollte sich erheben und zum Auto zurückkehren, hatte aber nicht genug Kraft, um auf die Beine zu kommen, ein Weilchen rang er mit sich, doch ohne Glauben und Willen, deshalb glitt er zum Schluß am Stamm hinunter und setzte sich wieder in den Sand.

Ein furchtbarer Tag, dachte er von neuem. Nicht die Hitze würgte ihn, sondern die Angst. Vor einer Stunde hatte Lomakin ihn besucht. Er war in die Redaktion gekommen, um Czarnocki zum fünfzigsten Geburtstag seine Sympathie auszudrücken. Er war überaus freundlich gewesen. Sein Kahlkopf nickte. Er lächelte mit einer gewissen Herzlichkeit. Wie gewöhnlich sprach er in singendem Tonfall sein gebrochenes, wildes Polnisch, es lag ein Zauber darin, eine Leichtigkeit und eine morbide, verführerische Pikanterie. In Lomakins sonst reglosen Augen tanzten Fünkchen, fahle Pünktchen auf der blauen Iris, seine schmalen Lippen öffneten sich leicht beim Lächeln, dann wurden seine sehr weißen Zähne – wie bei einem bösen Hund – sichtbar. Genaugenommen war Lomakins Gesicht herzlich und ruhig, es wirkte nicht unangenehm, regelmäßige Züge, eine warme Stimme, anscheinend alles in bester Ordnung, und dennoch schwitzte Czarnocki.

Warum fürchte ich ihn? fragte er sich. Immerhin ein Genosse, Kommunist wie ich. Warum fürchte ich mich?

Er wußte, warum, denn er war nicht dumm, schämte sich aber, vor sich selber zuzugeben, daß etwas Schreckliches lauerte, weniger in Lomakin als in ihm selbst, in Czarnocki, eine dunkle, dichte, reglose, glitschige Lava der Angst,

Unterwürfigkeit, Nachgiebigkeit, eine Schwäche, die ihn in seinen eigenen Augen fast zum Schuft machte, unseligerweise aber zu einem Schuft, der mit seiner eigenen Schuftigkeit zufrieden ist.

Lomakin kannte nicht genug der anerkennenden Worte für die Feinarbeit, die Czarnocki seiner Meinung nach in der Stadt, natürlich gemeinsam mit dem Sicherheitsapparat, vorbereitete. Czarnocki wollte zunächst richtigstellen, er habe mit dem Sicherheitsapparat wenig zu tun, bei uns, wollte er Lomakin erklären, ist die Situation etwas anders, doch die Wörter blieben ihm im Hals stecken, er stotterte nur. Sie tranken jeder ein Gläschen Kognak, Lomakin lachte warm, sein Goldzahn blinkte, sein Gesicht war sogar – könnte man sagen – schön, aber durch irgend etwas von innen her vergiftet, wie von einer verletzten Seele, von einem Leiden, das mochte Czarnocki nicht ergründen, genug, daß er diesen Lomakin für stark hielt, tapfer, scharfsinnig und abscheulich, doch vor diesem letzten Gedanken erschrak er, biß sich auf die Lippen und dachte weiter, nun schon leise, denn man kann leise denken, wenn man nur genug innere Disziplin hat oder die nötige innere Angst.

Endlich ging Lomakin, da kippte Czarnocki nacheinander drei Kognaks, es drehte sich ihm im Kopf, er rief seinen Fahrer und ließ sich vor die Stadt fahren, Hauptsache schnell.

Jetzt saß er unter der Kiefer und zerfloß. Vor Angst und Verzweiflung. Und wußte sehr genau, worum es ging. Eben das entsetzte ihn.

Früher war alles klar und einfach gewesen. Doch diese Zeit ist unwiederbringlich vergangen. Lidka, dachte er, weißt du noch, unsere Gespräche hinter dem Schrank?

Diese Geräusche der Welt, die sich damals gegen uns verschworen hatte? Ja, damals war alles selbstverständlich. Ein liberales und demokratisches Europa, der große Traum der rückständigen polnischen Intellektuellen, die auf Paris, London und Rom starrten wie der Ochse auf das neue Scheunentor, dieses kluge Europa der Professoren in Gehröcken, Marburg, Heidelberg, Tübingen, Göttingen, dies gelobte Land jedes polnischen Geschichts- oder Physikstudenten, das heilige Europa des Fortschritts, der Freiheit, der Achtung vor der menschlichen Persönlichkeit – sie alle hatte in knapp fünf Jahren der Schlag getroffen. Und nun gab es nichts mehr außer der Vernichtung. Wo waren sie damals, diese feinsinnigen Gentlemen in Gehröcken und Melonen, wo waren die analytischen Geister hingekommen, wohin die Sensibilität der Poeten vom Montparnasse, als Hitler Österreich und die Tschechoslowakei unterwarf? Und die ganze Spanienerfahrung?

Europa war der Herausforderung nicht gewachsen. Es erwies sich als träge, käuflich, feige, dumm. Es verkaufte seine Ehre für die lügnerischen Versicherungen Hitlers.

Dann aber verbrannte er ganze Nationen in den Öfen, und nichts geschah. Die beschissene, individualistische Zivilisation erwies sich als keinen Pfifferling wert. Und bei Gott, wer hat uns schließlich aus dem Abgrund gezogen?! Wer hat uns aus der Tiefe geholt und dem Leben wiedergegeben? Darf man sich wundern, daß Millionen Menschen ›Heil Stalin!‹ riefen? Er allein zeigte sich stark genug, um die Hitlertyrannei von der Erdoberfläche zu fegen, die Mörder zu fassen und im Namen der erniedrigten Menschheit an ihnen Rache zu nehmen. Hatte er die Liebe und Achtung der Geretteten nicht verdient? Hatten Millionen nicht während des Krieges in der entsetzlichen Überzeugung gelebt, wenn Stalin sich verspätet oder zögert oder resigniert, ja womöglich verliert, dann hört Europa für alle Ewigkeit auf zu existieren. Was gab es also für eine Wahl? Wer die gotischen Kathedralen und Rembrandt, Mozart und Goethe liebte, betete für Stalins Gesundheit und wartete auf das Eintreffen der Russen. Denn es gab keinen anderen Weg zur Freiheit – und auch nicht zu Gott – als den gemeinsamen Weg mit dem bolschewistischen Kommissar.

Czarnocki saß reglos da. Die Sonne wärmte ihm die Schultern, er spürte, wie Schweißbäche ihm über den Nacken unter den Hemdkragen rannen. Der Sand unter seinen Füßen war heiß, der rötliche Himmel schnaufte vor Glut.

Diese Frau, dachte er, diese arme Witwe in Otwock. Er erinnerte sich an ihr tränenüberströmtes Gesicht, als sie die Sowjetpanzer begrüßte. Den Mann dieser Frau, Schmied im nächsten Dorf, hatten die Hitlerleute an einem Chausseebaum aufgehängt. Sie begrüßte die Russen wie den wiederkehrenden Christus.

Wir hatten kein Recht, anders zu denken, wiederholte Czarnocki für sich, denn die Russen, das war das Leben, das Lebenswasser, das Lebensbrot.

Ein furchtbarer Tag, dachte er wieder und fühlte, wie die Verzweiflung ihm nach der Kehle griff. Denn er wußte bereits, daß es ringsum kein Lebenswasser gab und kein Lebensbrot, daß die Pforten der Hölle offenstanden.

Ich bin ein elender Lump, dachte er. Und ich werde es in Ewigkeit bleiben. Denn jetzt gibt es keinen anderen Ausweg aus der Folterkammer als den direkt zum Schafott. Wenn es Gott gäbe über dieser Welt, wenn es irgendeinen Gott gäbe, einen jüdischen, christlichen Gott oder gar einen heidnischen Götzen – dann entstünde ein gewisser Raum für die Wahrheit. Doch es gibt keinen Gott, es gibt nur diese Welt und mich mitten in der Lüge, verlassen von der Frau, die das Schweigen gewählt hat, weil sie nicht mitwirken wollte an dem, was zum reinen Betrug geworden ist.

16

Das Zimmer war nicht groß und fast leer. Nahe beim Fenster stand ein Schreibtisch, an der Wand ein Aktenschrank, zweitürig, dunkel, mit hübschen, holzgeschnitzten Verzierungen. Das Fenster breit, von außen vergittert, fest geschlossen, darum hielt sich im Zimmer saure, stickige Hitze, wie sie typisch ist für alle ungelüfteten Innenräume der Welt. Antoni saß auf einem kleinen Metallhocker, den man mitten ins Zimmer gestellt hatte. Hauptmann Glabusz, mager, vorgebeugt, wie ein jüdischer Verkäufer in einer provinziellen Obst- und Gemüsehandlung, säuberte sich mit einer Büroklammer die Fingernägel.

Glabusz säuberte sich schon fast drei Viertelstunden lang die Fingernägel und war ein bißchen gelangweilt. Deshalb sagte er zu Antoni: »Ich überlege und überlege, was ich eigentlich mit Euch machen soll. Und mir fällt nichts ein. Ich wollte Euch sagen, daß in diesem Gebäude verschiedene Leute auf verschiedene Weise mit verschiedenen Kerlen reden. Auch ich habe meine langjährige Praxis. Aber ich will vor Euch nichts verbergen. Ihr seid ein gebildeter Mensch. Ich könnte mich Eurer Bildung anpassen, und wir könnten miteinander plaudern, zum Beispiel über das sozialistische System der sozialen Gerechtigkeit und die kapitalistische Ausbeutung. In diesem Gebäude reden verschiedene Kollegen von mir über dieses Thema mit verschiedenen Kerlen Euren Zuschnitts. Sie haben auch verschiedene Gesprächsmethoden, manchmal sehr nette, manchmal entsetzliche.

Ich beherrsche die einen wie die anderen. Ich kann hier mit Euch jahrelang sitzen, wenn das nötig ist, weil ich meine Kräfte für die Revolution nicht geschont habe und sie für Polen nicht schonen werde, für das arbeitende Volk der Städte und Dörfer. Ich denke, Euer Zögern ist ein Beweis der Dummheit, denn früher oder später werdet Ihr doch alles unterschreiben, was ich von Euch verlange, es gibt keinen Grund, den Helden zu spielen oder mit einer wunderbaren Befreiung zu rechnen. Ich kann hier mit Euch hocken und dreißig Tage und Nächte lang pausenlos über den Weiberarsch reden, ich habe einen stahlharten Organismus, außerdem kann ich stets einen kleinen Schlummer einschieben, dann vertritt mich ein Kollege, für Euch aber gibt es keine Sekunde Pause, man muß den Menschen gar nicht schlagen, die Deutschen waren Dummköpfe, als sie den Leuten die Knochen brachen, das sollte man nicht tun, ich gehe human vor, ich lasse Euch ganz einfach hier an der Zimmerwand strammstehen, da steht Ihr drei Tage und drei Nächte, die Füße werden Euch aufschwellen, daß sie geradezu aus den Schuhen quellen, und dann bitte ich Euch, im Korridor ein bißchen hin und her zu laufen, das läßt sich immer machen, sogar bei beschränktem Raum, wozu also den Menschen schlagen, frage ich, außerdem habe ich Zeit, ich habe diesen Krieg gewonnen, niemand wird herkommen, um Euch zu befreien, ich bin gekommen, um Euch zu befreien, ich stehe Euch hier zu Diensten, vor Polen liegen gute hundert oder zweihundert Jahre Volksherrschaft, wir haben deshalb Zeit, es lohnt sich nicht, mit irgend etwas zu rechnen, das sage ich Euch, Rudowski, und ich habe doppelt soviel politische Erfahrung wie Ihr, denn Ihr seid, ehrlich gesagt, ein politischer Pimmel, der Untergrund spukt Euch im Kopf herum, die Konspiration gegen die Staatsmacht, aber diese Macht hat noch niemand schwächen können, lest nach in der Geschichte, die imperialistische Intervention, die weißgardistischen Generäle, die Maulwurfsarbeit der Spione und Saboteure während der langen Jahre der Sowjetmacht, schließlich hat sich Hitler trotz seiner ganzen Machtfülle die Zähne am Sozialismus ausgebissen, was also könnt Ihr tun, faß Euch doch an den Kopf, was helfen Euch die Wunschträume, wirklich, faßt Euch an den Kopf, sonst fasse ich Euch da, und das solltet Ihr vermeiden, Ihr seid noch jung, Ihr könnt dem Lande noch nützlich sein ...«

So redete Glabusz; und Antoni hörte ihm aufmerksam zu, weil er wußte, das Spiel drehte sich hier um sein eigenes Leben, keine Politik, keine Dialektik, keine Weltgeschichte, sondern menschliches Fleisch und Blut, sein eigenes Fleisch, sein eigenes Blut, langsam begann er, die Hölle zu erkennen, die Hölle ist das Sterben, dachte er, nichts anderes als das Sterben, nicht die bösen Taten, nicht die bösen Gedanken, nicht die Sünden sind die Hölle, denn aus der Sünde kann man sich noch befreien, das Gebet, die Beichte, die Buße, die Sünde ist noch nicht die Hölle, sondern erst die halbe Hölle.

Er fürchtete sich. Wovor fürchte ich mich, dachte er, von Ungewißheit zerfressen, wovor fürchte ich mich eigentlich so sehr? Es stimmte, er fürchtete um Justynas Schicksal. Doch irgendwo in der Tiefe seiner Existenz – und die Existenz hält sich beim Verhör gewöhnlich im Bereich des Bauches auf, im allgemeinen zwischen Magen und Därmen, an einem feinfühligen Punkt, der unablässig zum Menschen redet, wie eine Maus quietscht, wie ein junger Hund winselt, wie ein Kätzchen miaut – in der Tiefe seiner Existenz, an diesem geschwätzigen Punkt seines Daseins fand Antoni noch eine andere Furcht, bei der es nicht um Justynas Leben und Schicksal ging, sondern um sein eigenes Los, das Glabusz' Absätzen zum Opfer gefallen ist, auch wenn nicht die Absätze das entsetzlichste waren, sondern der Blick, denn nur im Blick finden wir den Tod wieder, genauer gesagt: seine Ankündigung, und um die Ankündigung des Todes geht es, nicht um ihn selbst, wenn er kommt, ist er doch und ist gleichzeitig nicht, er ist nur in einem solchen Sekundenbruchteil, daß man ihn nicht bemerken, daß man sich an ihn nicht gewöhnen kann, gleich darauf ist es nach dem Tode, da gibt es den Menschen in seiner bekannten und vernünftigen Existenz nicht mehr, das heißt nicht, die Ankunft des Todes ist schrecklich, sondern seine Ankündigung, nicht das Geschoß aus der Pistole macht den Menschen zum Toten, sondern der Gedanke an das Geschoß, die Pistolentasche, den Lauf, den Zeigefinger, der sich um den Abzug biegt, vor allem aber der Blick, das Auge des anderen Menschen, in dem man die Ankündigung des Todes sieht, sein langsames Näherkommen, seine erste Begrüßungsgeste, der erste Schritt auf uns zu, da naht er, klopft an die Tür, steht auf der Schwelle, der Tod aus Blut und Knochen, der wahre Tod, vor allem Glabusz' Blicke, dies ist schlimmer als Schläge, Fußtritte, Schimpfwörter, Drohungen, die Hölle in Glabusz' Augen, Glabusz' tigerhafte, gelbe, goldene, smaragdgrüne, prophetische Augen; wenn sie sich Antonis Gesicht nähern, fällt der Hocker sofort zu Boden, völlige Dunkelheit, Rauschen, Stimmen, Weinen, Getöse, schwarze und gleißende Nacht, kalte und glühende Nacht, er erwacht in der Zelle, sterbend, aber glücklich, daß er noch lebt.

Und gerade weil er immer noch Glück empfand, sobald er den eigenen Atem hörte, war er zum Kampf mit Glabusz nicht bereit, und Glabusz wußte das nur zu gut. Denn erst muß man die Gleichgültigkeit erfahren. Dann kommt die Abneigung gegen das Leben, der Haß auf das Leben, und erst danach kann man auf gleicher Ebene sprechen, während man auf dem Metallhocker sitzt. Man muß genug haben von sich selbst, bis in alle Zeiten, bis zum Ende der Welt – erst dann ist man bereit.

17

Das ist, ich bitte Sie, eine sehr einfache Frage. Alle, absolut alle, wurden beantwortet. Es gibt keine, die bis heute in der Sphäre der Wünsche, Sehnsüchte, Träume geblieben wäre. Deshalb bin ich ein Mensch ohne Ansprüche. Ein glücklicheres Ende kann man sich kaum vorstellen. Es stellt sich nur die Frage, wann sich diese Wunschträume erfüllt haben, ob diese Erfüllung nicht zuviel gekostet hat. Man kann auch fragen, ob ich damals wirklich derselbe Mensch gewesen bin. Man muß sogar danach fragen. Wer bist du, der du die Freiheit geschmeckt, das Abenteuer erlebt und die Liebe erfahren hast? Bist du derselbe Mensch, der von der Freiheit, dem Abenteuer, der Liebe träumte? Ohne Antwort auf diese Frage bleiben wir weiter im Ungewissen über den Sinn unseres Lebens.

Als ich zehn Jahre alt war, lernte ich eine Frau kennen, die erste Liebe meines Lebens. Die Tante oder auch Betreuerin eines Schulkameraden, eine ziemlich korpulente Figur, blond, mit großen, ausdruckslosen blauen Augen. Lange Zeit träumte ich davon, sie zu berühren. Das dauerte wohl ein ganzes Jahr. Dann vergaß ich sie. Und schließlich kam der Tag, da ich sie in die Arme nahm. Sie lag tot auf dem Bürgersteig. Ein deutscher Scharfschütze, der auf dem Dach eines benachbarten Hauses lauerte, hatte sie erschossen. Damals war ich über zwanzig Jahre alt. Ich beerdigte die Frau in einem provisorischen Grab auf einem Warschauer Hinterhof.

Alles ist eine Frage der Umstände.

Damals im Gefängnis dachte ich sehr oft an Justyna. An meine zweite Frau habe ich nie so intensiv gedacht, obwohl ich sie *wirklich* liebe. Doch die Sehnsucht hat nur mit Justyna zu tun. Nach meiner gegenwärtigen Frau habe ich mich nie gesehnt, weil das Leben uns die Dramen der Trennung erspart hat. Wir überlegen manchmal, ob im Zusammenhang damit unsere Liebe wirklich vollkommen ist, ob sie nicht unter diesem unablässigen Dasein zu zweit leidet. Denn womöglich hat die Liebe Ausgang, Urlaub nötig? So wie die Freiheit.

Liebe Freundin, bitte verzeihen Sie mir meine brutale Offenheit, ich sage jetzt etwas Unangenehmes, man muß gewisse Notwendigkeiten verstehen, manchmal beiße ich um mich wie ein tollwütiger Hund, ich möchte sagen, daß Sie, ich schwör's bei Gott, daß Sie keine Ahnung davon haben, was Freiheit ist! Woher sollten Sie auch? Wenn hier jemand verletzt ist, unvollendet, von Gott und dem Schicksal bestohlen, dann gewiß eher Sie als ich! Ich bin derart voll, daß ich überlaufe von dem Teufelszeug, das der Mensch ins Leben gerufen, geschaffen, zärtlich aufgezogen und geformt hat nach seinem Ebenbild.

Was wissen Sie schon, verdammt nochmal, von der Wahrheit? Was wissen Sie überhaupt? Sie sitzen da mit dem Notizbuch in der Hand, den Kugelschreiber gezückt, für alle Fälle, nämlich wenn das Tonbandgerät von Sony versagt, das sich so lautlos dreht und vor sich hin summt wie ein merkwürdiges Tier, wie ein giftiger Wurm, und daneben liegt stets Ihre Kamera, selbstverständlich Farbfotos, wie sich das gehört, alles sinnlos, alles Schein, ich aber spreche hier vom Blut, haben Sie je Blut gesehen, das aus einem Menschen sprudelt, das man nicht stillen kann, Blut, überall Blut? Schalten Sie doch das Tonband aus, sonst schmeiße ich es auf die Erde und zertrete es, ich habe genug von Ihrer Geschwätzigkeit, von Ihren glatten, oberflächlichen, hohlen Fragen ...

Notieren Sie, das steckt sehr tief im Menschen. So viele Jahre sind vergangen, und dennoch kehrt etwas zurück, eine schwarze Welle, weder Traurigkeit noch Verzweiflung, es ist die schwarze Welle der Demütigung und des Zorns, mehr nicht.

Morgen setzen wir das Gespräch fort. Jetzt gehen wir zu dritt spazieren. Meine Frau ist gleich fertig. Wir gehen an das Seeufer. Dort gibt es ein bezauberndes kleines Café. Es heißt Café Dante.

Lasciate ogni speranza ...

Nun ja, das mußte einmal passieren in unserem Gespräch. Ich bin nicht aus Stahl, liebe Freundin. Ich habe das Gedächtnis nicht verloren. Gerade um das Gedächtnis geht es. Wie gesagt, Verzweiflung ist es nicht, auch nicht Zorn. Eher schon Demütigung, das schmerzliche Bewußtsein dessen, was geschehen ist, dieser Ereignisse, die nichts auslöschen wird, weil die gute Fee nie kommen und nie sagen wird, wir hätten das alles nur geträumt, es sei nur ein böser Traum, denn die Wirklichkeit kann solche Situationen nicht ertragen ... Die Fee wird nie kommen, damit muß man ganz einfach leben, solange uns zu leben bestimmt ist.

Um auf die Sache selbst zurückzukommen, möchte ich klarstellen, daß etwas ganz Banales die Ursache meiner Unhöflichkeit war. Ich kann einfach eine bestimmte Sorte Leichtgläubigkeit nicht ertragen. Seinerzeit hat Koestler eine gigantische Mystifikation ersonnen. Er hat in die Köpfe der Europäer die Überzeugung oder vielmehr die Illusion eingepflanzt, der Stalinismus sei ein intellektuelles

Spiel gewesen, ein schrecklicher, erregender, überwältigender Streit unter Menschen mit verschiedenen Ideen. Das Rubaschow-Syndrom, liebe Freundin! Ein Mensch der Idee überwindet einen anderen Menschen der Idee. Das ist ein Zweikampf, ein wenig philosophische Scharade, ein wenig Tanz der Paradoxe, ein sehr schönes, sehr edles Abenteuer, nicht ohne Grausamkeiten, doch das alles betrifft emporstrebende Seelen, etwas unendlich Würdiges, gewissermaßen eine Fortsetzung des *Zauberbergs*, Settembrini und Naphta, immerhin, wie wir wissen, begeht unser teurer Naphta, dieser rebellische und kompromißlose Geist, Selbstmord, denn das sind ehrenhafte Leute, es geschieht unter ehrenhaften Leuten, Koestler selbst ließ sich irreführen und spottete dann, irregeführt, betrogen, verspottet, über andere, er betrog andere guten Glaubens, indem er nachwies, es sei ein Zweikampf weltanschaulicher Konzeptionen ausgetragen worden, ein schöner Zweikampf, sage ich Ihnen, ich habe daran teilgenommen, ich saß zwanzig Stunden lang auf dem Metallhocker, ein gewöhnlicher, unschuldiger Mensch, ich war noch keine dreißig Jahre alt, nie hatte es Politik gegeben in meinem Leben, alle ideologischen Streitigkeiten sind Abrakadabra für mich gewesen, ich hatte während des Aufstands auf die Deutschen geschossen, weil ich ein freies Polen wollte, das ist wortwörtlich alles gewesen, was ich im politischen, nationalen oder sozialen Sinn getan hatte. Ich liebte eine junge und schöne Frau, ich wollte mit ihr zusammensein und für sie leben, das war der ganze Sinn meiner Existenz nach dem Kriege. Ich rührte keinen Finger gegen die Leute, die regierten, schließlich gab es damals ein neues Polen, der Krieg war zu Ende, wir waren gerettet, vielleicht empfand ich sogar Dankbarkeit den Russen gegenüber, denn sie hatten mich vor den Deutschen gerettet, sie hatten mich nach den schrecklichen Jahren der Okkupation befreit, darum war ich wahrlich kein Feind und noch weniger ein ideologischer Gegner dieser Leute, glauben Sie nur nicht an die Märchen in der weltanschaulichen Polemik, wer sollte denn wohl mit mir polemisieren und warum, in wessen Namen sollten sie mich von ihrer Sicht Polens und der Welt überzeugen, das fiel ihnen gar nicht ein, sie setzten mich einfach auf diesen Hocker, und da saß ich so lange, bis ich das Bewußtsein verlor, dann bekam ich zur Ernüchterung einen Fußtritt in den Bauch oder einen Faustschlag ins Gesicht, und dann saß ich wieder auf dem Hocker – bis ans Ende der Welt.

Wundern Sie sich also nicht, daß ich manchmal die Beherrschung verliere, immer noch fehlt es mir an Distanz zu meinem eigenen Leben.

Und immer noch fasziniert mich eines. Warum Europa bis heute das Wesen des Kommunismus nicht verstanden hat. Keine Illusionen in bezug auf Hitler und so viele Illusionen in bezug auf Stalin. Wie ist das möglich, sagen Sie mir das ...

18

Es war am Silvesterabend. Der alte Hryniewicz döste auf seiner oberen Pritsche und beschirmte rhythmisch mit der flachen Hand seine Augen.

Hryniewicz beherrschte diese Kunst meisterlich. Präzise wie eine Schweizer Uhr setzte er jeweils nach einigen Sekunden seinen rechten Arm in Bewegung, der sich ein wenig hob, damit seine Hand schnell auf die Lider fallen, dann über das ganze Gesicht gleiten und wieder an ihren vorgeschriebenen Platz in Brusthöhe zurückkehren konnte. Und die ganze Zeit über schlief er, in das grelle Licht der Glühbirne getaucht, fest.

Arens gelang das nicht. Er bemühte sich, Hryniewicz nachzuahmen, aber ohne Erfolg. Jede Bewegung des Arms riß ihn aus dem Schlaf. Eines Tages fragte er den Alten, wie er diese Kunst gelernt habe.

»Ich habe im Montelupi-Gefängnis in Krakau gesessen«, antwortete Hryniewicz, »danach in Moabit. In Berlin hatten sie noch stärkere Birnen als hier. Man mußte sich gewöhnen.«

»Haben sie auch nachts das Licht nie ausgemacht?« fragte Arens.

»Nein. Das wissen Sie doch.«

»Ich habe es nicht gewußt.«

Er wußte es tatsächlich nicht. In einem deutschen Gefängnis war er nie gewesen. Seine Arbeit hatte auf einem anderen Gebiet gelegen. Die Sitten in deutschen Gefängnissen kannte er nicht. In dieser Hinsicht war Hryniewicz mit dem Dritten Reich besser vertraut.

Schon zwei Jahre lang saßen sie in der gemeinsamen Zelle, waren sich aber immer noch fremd.

»Ich verachte Sie«, hatte Hryniewicz am Tag nach seiner Ankunft gesagt. »Und ich werde Sie immer verachten. Bitte wenden Sie sich an mich nur, wenn es wirklich notwendig ist.«

Anfangs schwiegen sie. Das dauerte einige Wochen. Später machte Arens den Versuch, das Eis zu brechen. Das Resultat war jedoch gering, weil Hryniewicz zu den harten und trotzigen Menschen gehörte. Doch im Sommer kam er einmal völlig zusammengeschlagen vom nächtlichen Verhör, Arens wusch ihm das aufgedunsene Gesicht und befeuchtete ihm die von Schlägen geschwollenen Lippen. Da sagte Hryniewicz »Danke!«

Danach schwieg er wieder einige Tage, doch die guten Gefängnissitten geboten ihm ein wenig Nachsicht mit Arens, deshalb waren sie sich von nun an nicht mehr gänzlich fremd.

Während Hryniewicz am Silvesterabend vor sich hin döste, öffnete sich leise die Zellentür, und der Wärter, der Miglanc genannt wurde, weil er wahnsinnig elegant und pomadisiert war und nach billigem Toilettenwasser roch, sagte zu Arens: »Wir gehen!«

»Mit Sachen?« fragte Arens.

Als erfahrener Häftling, der mehrere Wanderjahre durch Zellen und Gefängnisgebäude hinter sich hatte, wußte er, wonach man auf einen solchen Befehl fragen mußte. Miglanc antwortete ungewöhnlich zuvorkommend, es handle sich nur um einen kurzen Meinungsaustausch.

Sie gingen durch einen hell erleuchteten Korridor, dann

eine Treppe hinunter, wieder ein Stockwerk höher und erneut durch einen langen Korridor. Rundum absolute Stille. Dieser zweite Korridor wirkte elegant, zu beiden Seiten honigfarbene Türen, unter den Füßen ein weicher Läufer, in der Ferne erblickte Arens ein breites, gitterloses Fenster, draußen aber dichte Schneeflocken und den bläulichen Schein einer Straßenlaterne.

Unruhe überfiel ihn, denn wie jeder Häftling fürchtete er panisch eine Veränderung, weil jede Veränderung Ungewißheit in sich barg, ein neu zu lösendes Rätsel.

Plötzlich verschwand Miglanc lautlos, wie vom Erdboden verschluckt. Vor Arens stand ein junger Offizier, hellblond, mit freundlichem, anziehendem Äußeren, und das versetzte Arens wieder in Unruhe, seit langem wußte er, daß man freundlichen, sympathischen Gesichtern nicht trauen durfte.

Der Offizier sagte: »Folgen Sie mir bitte!«

Er öffnete eine Tür zur Linken und bat Arens einzutreten. Sie befanden sich in einem großen, ziemlich dunklen Arbeitszimmer. Es roch nach Zigarettenrauch, Kaffee und Obst. Arens zögerte auf der Schwelle, doch der Offizier sagte leise: »Bitte weiter.«

Er machte drei, vielleicht vier Schritte und blieb auf dem Teppich stehen, dicht neben einem breiten, lederbezogenen Sofa. Es gab noch einen ovalen Tisch, darauf eine Schale mit Obst, eine Kaffeekanne, Tassen, eine silberne Zuckerdose, Gebäck. Rund um den Tisch saßen vier Männer in tiefen Sesseln. Nur einen kannte Arens, einen hochgewachsenen, schlanken Offizier namens Trojan, der seit langem seinen Fall bearbeitete.

In dem Sessel rechts vom Tisch saß ein breitschultriger, großer, etwas kahlköpfiger Mann in sowjetischer Militäruniform. Er rauchte eine Zigarette und war mit seinen eigenen Gedanken beschäftigt. Neben ihm bemerkte Arens einen zweiten in dunklem Anzug, hellblauem Hemd und dunkelblauer, häßlich gebundener Krawatte. Dieser Mensch trug schwarze Halbschuhe mit dicker Sohle, was auffiel, weil er ziemlich nonchalant die Beine vorstreckte und die Füße auf dem Teppich kreuzte.

Weiter hinten, im Schatten, in einem an die Wand geschobenen Sessel saß jemand mit kaum erkennbarem Gesicht und wenig einprägsamer Silhouette, dennoch hatte Arens den Eindruck, daß er diesen Menschen kannte. Er sah den Umriß seines Kopfes, die schlanke Gestalt und die Hände, die der Mann auf seine Oberschenkel gelegt hatte, heller vor dem dunklen Hintergrund, in merkwürdiger, unnatürlicher Haltung.

»Setzen Sie sich, Herr Arens«, sagte der Mann mit der schlecht gebundenen Krawatte. »Trinken Sie eine Tasse Kaffee?«

Wieder empfand Arens Furcht. Zum ersten Mal seit Jahren sagte jemand zu ihm »Herr Arens« statt »Hört mal, Arens«, und das war schreckenerregend, denn diese Leute gaben einem Mann wie Arens seine Persönlichkeit und Individualität erst im allerletzten Augenblick zurück, direkt am Abgrund.

Arens warf einen Blick auf Trojan. Die gepflegte Erscheinung des Offiziers verband ihn jetzt mit der Welt. Sie hatten viele Tage und Nächte lang miteinander gesprochen, im Sommer und im Winter, in besseren und schlechteren Zeiten. Sie kannten sich wie ein Gespann Pferde, denn nicht nur Trojan war auf Arens' Spuren durch die Jahrzehnte seines Lebens geschritten, sondern auch Arens hatte Trojan begleitet in seiner verworrenen, schwarzen Biographie, die sich während ihrer Gespräche enthüllte; sie tauchte auf aus dem Dickicht der manchmal kühlen, mit leiser Stimme beim Licht der hellen Schreibtischlampe gestellten, manchmal heftigen, atemlosen und verzweifelten Fragen.

Beide waren sie durch die Stille und den Lärm ihrer gemeinsamen Geschichte gegangen. Sie kannten sich seit Jahren, Zorn und Angst hatten sie einander nähergebracht. Jetzt suchte Arens Unterstützung in Trojans Gesicht. Der aber lehnte den Kopf zurück, seine Augen blickten zur Seite, und Arens fühlte sich total verlassen.

»Herr Arens«, sagte der Mann im dunklen Anzug, »Sie sind hergebracht worden, um bestimmte Fragen endgültig zu klären. Wie Sie wissen, wurde in Sachen der niederträchtigen Verbrechen, die Sie gegenüber dem polnischen Volk begangen haben, ein peinlich genaues Untersuchungsverfahren durchgeführt. Sind Sie sich dessen bewußt?«

»Ja«, antwortete Arens leise.

»Die Untersuchung dauert schon sehr lange, denn wir sind außerordentlich sorgfältig und um Objektivität bemüht. Bestimmte Dinge haben viel Mühe verursacht und viel Zeit gekostet. Drücke ich mich klar genug aus, Herr Arens?«

»Ja«, sagte Arens. Er spürte Trockenheit in der Kehle.

»Sind Sie bereit, das Gespräch heute ohne Dolmetscher zu führen? Es wird nicht protokolliert und dient nicht als Material im Untersuchungsverfahren.«

»Ja«, sagte Arens.

»Sollten gewisse Dinge für Sie nicht klar genug sein, kann Ihnen auf der Stelle ein Dolmetscher zu Hilfe kommen.«

Der junge Offizier, der Arens in den Arbeitsraum geführt hatte, räusperte sich bestätigend.

»Ich verstehe alles«, sagte Arens.

»Das ist gut«, sprach der Mann im dunklen Anzug. »Ich möchte Ihnen Ihre derzeitige Lage bewußt machen. Ich werde mich bemühen, langsam und deutlich zu sprechen. Gießen Sie sich Kaffee ein. Sie dürfen rauchen. Hier sind die Zigaretten.«

Er zeigte ein emailliertes Kästchen auf dem Tisch. Arens nickte, griff aber nicht danach.

»Herr Arens«, nahm der Mann den Faden wieder auf, »die Akten des Falls sind Ihnen genau bekannt. Wir nähern uns dem Finale. Ihr Anwalt, Dr. Paszek, hat viele Gespräche mit Ihnen geführt. Oder irre ich mich da?«

Arens nickte.

»Man kann die Untersuchung darum als abgeschlossen betrachten. Aus den Akten des Falls geht hervor, daß Sie zahlreiche Kriegsverbrechen begangen haben und auch Verbrechen gegen die Menschlichkeit. Ich nehme nicht an, daß Sie das bestreiten.«

Arens schwieg.

»Ich will die Formulierungen der Anklageschrift nicht anführen, sie ist Ihnen seit einiger Zeit bekannt. Ich möchte jetzt hören, ob Sie zugeben, daß die Untersuchung in Übereinstimmung mit den Rechtsvorschriften durchgeführt wurde und daß man Ihnen gegenüber keine unerlaubten Methoden angewandt hat, zum Beispiel physische Gewalt.«

»Alles stimmte mit dem Recht überein«, sagte Arens.

»Wurden Sie geschlagen?«

»Nein«, sagte Arens.

»Hat man Sie gefoltert?«

»Nein«, sagte Arens.

»Halten Sie es für angebracht, sich über schlechte Behandlung während der Untersuchung zu beschweren?«

»Nein«, sagte Arens.

Der Mann nickte.

»Herr Arens«, sprach er langsam, deutlich und kühl, »Ihnen droht die Todesstrafe durch den Strang, weil Sie sich schrecklicher Verbrechen gegen die Menschlichkeit schuldig gemacht haben. Sie haben Hunderte von unschuldigen Opfern auf dem Gewissen, Personen polnischer, jüdischer und russischer Herkunft. Sie haben diese Menschen unter ganz verschiedenen Umständen und unter Anwendung ganz verschiedener Methoden getötet, angefangen mit Erhängen und Erschießen und endend mit der Zusammenstellung von Transporten in die Vernichtungslager, wo diese Menschen in extra dafür konstruierten Kammern mit Hilfe von Gas getötet wurden. Sind Sie sich dessen bewußt, Herr Arens?«

»Ja«, sagte Arens.

Der Mann griff nach einer Zigarette, entzündete sie sorgfältig und sog den Rauch tief ein. Das dauerte eine Weile.

»Der Galgen befindet sich in diesem Hause, Herr Arens. Ich kann mich mit Ihnen hinbemühen, es ist nicht besonders weit. Sollten Sie den Wunsch haben, bin ich bereit, Sie gleich hinzuführen, damit Sie ihn anschauen können.«

Arens vernahm einen Lärm. Es war der Lärm von tausend Stimmen der Welt. Er schloß die Augen.

Damals hatte es auch geschneit. Strenger Frost. Es war wohl im Dezember 1942 gewesen, in der Nähe von Witebsk. Damals nahm er zum ersten Mal an einer Exekution teil. Er näherte sich dem Galgen, hob leicht den Kopf und betrachtete die Verurteilten. Langsam betraten sie das Podest. Einige hatten gefesselte Füße und mußten ungeschickt und komisch die Stufen hinaufhüpfen. Wie Vögel, hatte Arens damals gedacht und sich die schwitzende Hand am rauhen Mantelstoff trocken gerieben. Doch sie schwitzte weiter. Die Männer dort auf dem Podest schwitzten auch, nur anders. Trotz des scharfen Frostes wirkten sie erhitzt wie nach langem Laufen. Sie keuchten mit offenem Mund, Dampfwolken umhüllten ihre Köpfe. Über die gedunsenen und seltsam reglosen Gesichter liefen Schweißbäche. Rundum war es sehr still, die um den Galgen versammelte Menschenmenge, die man mit Gebrüll und unter dem Gestöhn und Klagegeschrei der vor Verzweiflung wahnsinnigen Frauen hergetrieben hatte, stand jetzt starr und schweigend da. Manche Menschen in der Menge hielten die Augen geschlossen, aber den Mund weit geöffnet, und keuchten ebenso flach wie die anderen dort unter den Galgen.

Arens gab ein Zeichen mit dem Arm, es war eine trokkene, heftige und kurze Bewegung wie ein Schuß. Sehr laut ertönte das Krachen der hölzernen Falltüren, die Fünf fielen plötzlich herab, und ihre eben noch unbewegten Silhouetten erhielten einen lebendigen Rhythmus, sie begannen, sich an den Stricken langsam zu drehen, der Querbalken knarrte kläglich, sie drehten sich langsam, sehr langsam, ein bißchen nach links, dann nach rechts und wieder nach links, als suchten diese Menschen den goldenen Mittelweg, sie alle blickten nach unten, vor die eigenen Füße, zur Erde, sie hielten dort nach etwas Ausschau, sie suchten dort etwas, sie wirkten wie große, traurige und verwunderte Vögel, die Menge stand starr und schweigend, nur die auf dem Podest rührten sich und erzeugten einen kläglichen Laut, die ganze Welt außer ihnen war starr und still, sie aber drehten sich zögernd und unsicher, nach links und nach rechts, und schauten hinunter, als suchten sie eine Antwort auf die wichtigste Frage.

Als Arens eine Viertelstunde später in seinem Quartier

auf dem hölzernen Bett saß, wurde ihm übel, er sprang auf, eilte in die Ecke und kotzte in den Eimer.

Später erbrach er sich nicht mehr. Er hatte sich in der Gewalt und nahm teil. Vielleicht sogar mit einer gewissen Befriedigung, weil er wußte, daß er seine eigene Schwäche überwunden hatte. Er konnte sich nicht davor drücken, er war der Anführer. Wenn seine Leute das tun mußten, hatte er ihnen ein Beispiel zu geben.

Jetzt hörte er den seltsamen, unangenehmen Laut. Er hatte verschwitzte Hände und hechelte wie ein Hund. Er hob den Blick und begegnete Trojans Augen. Dort entzündete sich das winzige Lämpchen des Hasses und verlosch sofort.

»Werde ich heute hingerichtet?« fragte Arens heiser.

Der Mann im dunkelblauen Anzug schlug mit der flachen Hand auf den Tisch. Die Tassen klirrten.

»Wie können Sie es wagen, Arens!« schrie der Mann. »Ich beabsichtige nicht, mir solche Verleumdungen anzuhören! Wir sind ein rechtsstaatliches Land, die Prinzipien der Gerechtigkeit verpflichten uns. Sie haben noch nicht vor Gericht gestanden. Ihre Verhandlung hat noch nicht stattgefunden. Das Urteil in Ihrem Fall ist noch nicht gesprochen. Wie können Sie es wagen zu behaupten, Sie würden ohne Gerichtsurteil hingerichtet?!«

Arens schwieg. Er atmete schon etwas freier und dachte, er würde sich mit ihnen nicht über ihr Gefühl für Recht und Gerechtigkeit streiten. Er wußte von allerlei menschlichen Schicksalen in diesem Gefängnis. Es stimmte, gegenüber solchen wie ihm hielten sie die Grundsätze ein. Solche wie ich, dachte Arens mit einer gewissen Erleichterung und der ewigen Verwunderung, die ihn nie verließ, sooft er die Gefängniswirklichkeit erwog – sie schlagen mich nicht und behandeln mich nach Vorschrift. Sogar mein Essen ist besser als das des alten Hryniewicz. Trojan hat nie seine Hand gegen mich erhoben. Doch die Polen schonten sie nicht. Soll ich ihnen jetzt sagen, sie könnten sich ihre Rechtsstaatlichkeit in den Arsch stecken, nur weil ich Leute kannte, die sie hier irgendwo unten ohne Gericht erschlagen haben oder im Keller mit einem Genickschuß erledigt? Gib zu, Trojan, wie viele du in deinem Verhörzimmer massakriert hast. Und du, großmäuliger Cato? Und du, russischer Henkersknecht, mit dem ich auf gleicher Ebene konkurrieren könnte? Redet nicht so viel von Gerechtigkeit, mit mir braucht ihr nicht davon zu reden, wir stammen von einer Mutter ab, meine geliebten Kameraden ...

Plötzlich ließ sich Trojan vernehmen, als hätte er Arens' Gedanken gehört: »Allem Anschein zum Trotz sind wir uns nicht ähnlich, Arens. Und nicht etwa, weil wir diesen Krieg gewonnen haben. Es gibt tiefere Ursachen. Ich könnte sie darlegen, sehe aber jetzt keinen sinnvollen Grund dafür. Wir können später darüber sprechen. Eine Gelegenheit wird sich noch bieten.«

»Wir haben wichtigere Fragen«, fuhr der Mann im dunklen Anzug fort. »Ich möchte zur Sache kommen. Wie bereits erwähnt, ist das Urteil in Ihrem Prozeß noch nicht gesprochen. Die Verhandlung wird demnächst stattfinden. Alles weist darauf hin, daß die Todesstrafe unvermeidlich ist. Aber unser Staat kann Nachsicht üben gegenüber einem Menschen, der tiefe Reue beweist. Ich meine ein Problem, bei dem Sie uns zu Hilfe kommen könnten, Herr Arens.«

Wieder vernahm Arens den Tumult. Die innere Spannung vibrierte lärmend in ihm, er hatte das eigenartige Gefühl, daß seine Hände schrien und seine Arme bellten wie wütende Hunde. Er hatte nicht gewußt, wie schamlos laut die Hoffnung sein kann.

»Jawohl«, sagte er leise, aber deutlich. Wieder war er heiser.

Der junge Offizier begann, den Fall vorzutragen. Er sprach lange, monoton, ungewöhnlich ruhig. Arens hörte mit gesenktem Kopf zu, nun inwendig still und gesammelt wie ein Mensch im Beichtstuhl. Er dachte nicht an sich, sondern an diesen neuen Fall, er merkte sich die Einzelheiten, wachsam und kühl, auf die Worte des Offiziers konzentriert, auf diese neuen, eigenartigen, lächerlichen Tatsachen, Namen, Daten, Adressen, Ereignisse, die neue Welt, die neue Wirklichkeit, den großen Ausweg aus den dunklen und feuchten Wäldern auf die sonnige Lichtung, aus dem stürmischen Meer aufs trockene Land, aus den dunklen Kulissen auf die helle Bühne des Lebens.

Die Wanduhr zeigte Mitternacht und dann ein Viertel nach Mitternacht. Das alte Jahr war zu Ende, das neue hatte begonnen, doch der Offizier sprach immer noch.

Als er endlich fertig war, wußte Arens bereits, daß er nicht umgebracht würde.

Da goß er sich Kaffee ein und griff nach einer Zigarette.

Der russische Offizier lachte laut.

Es herrschte eine eigenartige Stimmung in diesem dunklen und stickigen Zimmer, vielleicht eher schrecklich als eigenartig, denn plötzlich wußten alle, daß einige Menschen in Kürze sterben würden, einige andere vor Schmerz stöhnen, einige Frauen an Einsamkeit und Hoffnungslosigkeit leiden, daß jemand sich vielleicht vor Verzweiflung aufhängen würde, ein anderer von der Brücke springen, daß sich in diesem Land wieder frische Gräber öffnen würden, um menschliche Überreste aufzunehmen. Doch wird das die Männer im dunklen Arbeitszimmer, wo es nach Kaffee und Todesangst roch, nicht unmittelbar berühren.

Denn sie alle hatten große Angst vor dem Tod. In diesem Augenblick jedoch wußte nur Arens um seine Angst und war bereit, die Hölle erneut zu betreten, wenn er nur weiter Kaffee trinken und mit den Fingerspitzen das glatte Leder des Sessels berühren durfte.

Er hob ein wenig den Kopf und blickte zur Seite, wo der schweigende Mann saß mit dem Gesicht im Dunkeln. Er konnte jedoch seine Züge nicht erkennen. Heftig schloß er die Lider.

Irgendwann müssen wir alle sterben, dachte er.

Er öffnete die Augen und sah Trojan an. Trojan sah ihn an.

Ihre Blicke trafen sich in einer Sekunde der Verzweiflung.

19

Das Abteil stank. Es handelte sich um den Geruch von Ruß, Staub, überhitzten Körpern, Zigaretten, Brand und Unglück. Das Abteil stank und bebte. Die Gleise waren abgenutzt, die Schwellen brüchig, die Waggons verbraucht.

Draußen glitt die Landschaft vorüber. Grüne Wiesen und gelbe oder braune, kleine bestellte Felder, die schwarzweißen Punkte der Kühe irgendwo am Waldrand. Ein heller Himmel, darauf weiße Wolkentupfen. Rachitische Bäume unweit des Bahngleises, eine alte Kate, scheinbar verlassen, trotzdem von Menschen bewohnt, denn aus dem Schornstein stieg Rauch auf.

Die Landschaft glitt vorüber. Die Leute im Abteil schwiegen. Sie saßen dicht gedrängt, ihre Schultern berührten sich, die Köpfe waren auf die Brust gesenkt. Sie dösten. Jemand schnarchte laut, ein anderer schnaufte stöhnend durch die Nase. Sie hatten ungesunde, vor Erschöpfung aufgedunsene Gesichter, ihre abgetragene und staubige Kleidung sandte den säuerlichen Geruch von Armut und Hilflosigkeit aus.

Ein Mann döste an der Tür zum Gang, seine Backe lehnte an der verstaubten Scheibe; blaß und verschwitzt vom Mief flüsterte er im Schlaf hartnäckig vor sich hin: »Nein, nein, nein ...«

Vielleicht gelang es ihm, die Wirklichkeit des Wachseins, der er entflohen war, zu verneinen.

Justyna blickte durch das Fenster auf Wiesen und Felder, ferne Häuser, den dunklen Wald und den Weg, der am Wald entlangführte. Auf dem Weg fuhr jetzt ein Geländeauto, es hüpfte über die Schlaglöcher, rutschte in die Wagengleise, verschwand unter dem Rand des Haferfeldes und tauchte wieder auf. Hinter dem Auto erhob sich eine geballte Staubwolke. Dann verschwand es endgültig wie fortgeblasen.

Das Abteil stank und bebte. Justyna fuhr zu Antoni. Ihre Fahrt dauerte schon sieben Jahre. Sie durchquerte das Land der Länge und Breite nach, mit Bahn, Bus und per Anhalter. Sie hatte lange und lehrreiche landeskundliche Ausflüge hinter sich. Doch die Städte kannte sie nicht. Nur die Gefängnisse.

Antoni war ein Pechvogel, und dieses Pech belastete auch Justyna. Andere saßen ruhig Jahre hindurch in ein und demselben Gefängnis, ihre Frauen hatten sich an einen gewissen Lebensrhythmus gewöhnt, sie kannten den Fahrplan auswendig, hatten ihre bevorzugten Strecken, ihre Aufenthalts- und Übernachtungsorte, ihre Bekanntschaften unterwegs, gute, hilfsbereite Menschen.

Doch Antoni war ein Pechvogel. Als ewiger Wanderer reiste er in Etappen von einem Gefängnis zum anderen, jeweils nach einigen Monaten mußte er seinen vorübergehenden Aufenthaltsort wechseln. Das bedeutete für sie große Städte und kleine, weit abgelegene Nester, internationale Schnellzüge und klapprige Autobusse, Hotels, wo im Foyer Palmen in Kübeln standen, und Zimmer als Nachtlager für viele mit einer Toilette auf dem Gang, Betrüger, die ein zusätzliches Lebensmittelpaket zuzustellen versprachen, weil sie angeblich vortreffliche Beziehungen zum Gefängnisdirektor hatten, lästige Spitzel des Sicherheitsamtes, immer wieder andere, schwer erkennbare, Gelegenheitsverführer auf der Bahn, unablässig neue Gesichter, neue Situationen, Landschaften, Menschen und Ereignisse. Ja, Antoni war ein großer Pechvogel. Man erlaubte ihm nicht, still auf seinem Hintern zu sitzen, nirgendwo durfte er länger bleiben, immerzu trieb es ihn von einem Ende Polens zum anderen, und Justyna trat in seine Fußstapfen, verbrachte Nächte über den Fahrplänen, suchte Bekanntschaften in fremden Städten, knüpfte Beziehungen, die alsbald ergebnislos abbrachen, und legte sich diese unablässige Reise zurecht, bei der es keine Gegenwart gab, sondern nur Vergangenheit und Zukunft, nur Erinnerung und Illusion.

Sie entdeckte immer wieder von neuem Polen, ihr Minenfeld der Hoffnungen und Enttäuschungen.

Sie war unbeschreiblich schön, von dieser seltsamen Schönheit, die hoffnungsvolle, aber unwirkliche Liebe einer Frau verleiht. Sie war traurig und neurotisch, bedrängt und erschöpft, vernachlässigt, inwendig ausgebrannt, krank vor Sehnsucht und Hoffnung, krank vor Verzweiflung und hilfloser Vereinsamung, wütend, zornig, streitsüchtig, frech und verführerisch, subtil wie eine Rokoko-Kamee und vulgär wie die Dirnen vor dem Hotel Polonia auf den Warschauer Aleje Jerozolimskie. Sie war so schön wie Polen, das sie unaufhörlich der Länge und Breite nach auf Antonis Spuren durchquerte.

Manchmal, wenn sie nach einer schlimmen Nacht im überfüllten Eisenbahnabteil an Ort und Stelle eintraf, war Antoni bereits nicht mehr in diesem Gefängnis.

»Sie erhalten Nachricht über seinen neuen Aufenthaltsort«, informierte sie der Gefängnisfunktionär.

Ruhig ging sie fort und sagte sich im Geiste, ich werde

auch das überstehen, ich werde alles überstehen, weil das meine Pflicht ist.

Sie hatte anderthalb Jahre Gefängnis und ein träges Untersuchungsverfahren hinter sich, das ebenso plötzlich und launenhaft endete, wie es begonnen hatte. Man hatte sie Ende 1948 geholt, unmittelbar vor Weihnachten. Die Männer verhielten sich ruhig, sogar recht höflich, denn als sie sagte, sie müsse sich umziehen, protestierten sie nicht, während das doch zu jener Zeit üblich war.

Man nahm sie mit in einem schwarzen Citroën, sie betrachtete mit einer gewissen Kühle und Gleichgültigkeit die Warschauer Ruinen durch die Scheibe des fahrenden Autos, sie spürte keine Angst, vielleicht war sie auf den Moment vorbereitet gewesen, vielleicht hatte sie ihn gar erwartet. Man wußte ja von ihrer Beziehung zu Antoni, und seit Antoni verhaftet war, wußte sie, daß ihr ein ähnliches Los bevorstand.

Sie hatte anderthalb Jahre gesessen, völlig sinnlos. Von Zeit zu Zeit brachte man sie aus der Zelle zum Verhör, zigmal schrieb sie ihren Lebenslauf, antwortete auf immer dieselben Fragen, die Zeit verging träge, das scharfe Licht der Glühbirne, die Erschöpfung durch die Absurdität, in die sie zusammen mit ganz Polen verstrickt war, die schreckliche Müdigkeit, sie kehrte in ihre Zelle zurück wie ins Paradies, hier hatte sie ihre eigene Ecke, hier konnte sie dem ruhigen Rhythmus ihrer Gedanken lauschen, zu denen ihre Peiniger keinen Zutritt hatten.

Sie wußte, daß diese Vorgänge auf der Kraft des Absurden beruhten. Die Menschen meinen oft, das Absurde sei nur Dummheit, Verlust, Leere. Sie irren sich sehr. Im Absurden steckt Grausamkeit, so wie in der Stille und der Einsamkeit. Sie lernte Frauen kennen, die nicht imstande waren, die scheinbare, träge Ergebnislosigkeit unbestimmter Fragen und unbestimmter Antworten zu ertragen, die endlich irgendwo ankommen, eine Grenze überschreiten, eine Entscheidung erreichen wollten. Sie lernte Frauen kennen, die davon träumten, daß beim Verhör gebrüllt würde, daß der Untersuchungsoffizier endlich hinter seinem Schreibtisch aufspränge, sie ins Gesicht schlüge, träte, sie mit dem Hocker zu Boden würfe. Das ereignete sich gelegentlich, dann setzte ein Moment innerer Spannung ein, es war eine Herausforderung, der Beweis, daß es die Wirklichkeit noch gab, daß die Welt noch fortdauerte.

Doch Justyna erlebte keine Herausforderung. Zellentür, Korridor, Verhörzimmer, Hocker, die matte Stimme jenes Menschen, Frage und Antwort, Frage und Antwort, Tür, Korridor, Zelle, eine fast absolute Leere, das Absurde, die Sinnlosigkeit, eine immer stärker lähmende Schwäche, das wollten sie, darauf zielten sie ab, aber weil sie das wußte, konnte sie sich beherrschen.

Dumm waren sie keineswegs, sie kannten diese Mechanismen und wußten sie in Gang zu setzen. Manchmal beschleunigten sie den Rhythmus, manchmal fiel eine neue, überraschende Frage. Als Justyna glaubte, die ganze Unwirklichkeit dieser Welt bereits erfaßt zu haben, gaben sie plötzlich auf diesem verschlafenen Teich, über diesem stehenden Sumpf, in dieser Reglosigkeit der Gedanken einen treffsicheren Schuß ab. Der Schwarm Wildenten flog auf. Justynas Gedanken wurden aufgescheucht, sie flatterten, ein Gedanke war tödlich getroffen, er fiel herab, bewußtlos, schwer, unfähig aufzusteigen und zu entfliehen.

Sie fragten nach Grzegorz. Während der Okkupation, im Jahr 1943, war sie mit ihm für eine Woche nach Zakopane geflohen. Sie hatte sich ihm hingegeben, im Zimmer der Pension, am hellichten Tag. Durch das Fenster hatte sie den Umriß des Giewont betrachtet und ganz und gar nicht jenes Glück empfunden, von dem sie zuvor geträumt hatte. Einen heftigen Schmerz hatte sie gespürt und sich dann geschämt, daß auf dem Laken Blutspuren zu sehen waren. Grzegorz sagte zu ihr: »Dummchen, reg dich nicht auf, niemand kennt uns hier!« Aber sie regte sich sehr auf. Noch am gleichen Tag mußte er einen Platz in einer anderen Pension suchen. Doch morgens wiederholte sich dasselbe.

Grzegorz verschwand bald, später hörte sie, er sei im Wald gefallen, während eines Gefechts mit einer Abteilung Gendarmerie, einige Monate vor dem Aufstand.

Viele Jahre lang hatte sie nicht an ihn gedacht. Und gerade darum geriet sie nun in Panik. Die Frage nach Grzegorz hatte in ihr das Uhrwerk der Unsicherheit in Gang gesetzt, das war ihr verlassenes und unfruchtbares Niemandsland, der Schatten der fernen Vergangenheit, das Haus ihrer Mutter, das seltsame Haus, dessen Erwähnung Justyna mit Angst erfüllte und ihr die innere Reinheit nahm, die hier, hinter den Mauern, so notwendig war.

Sie erwiesen sich als klug genug, sie zu beunruhigen, aber nicht klug genug, um diese Unruhe zu vertiefen und auszunützen. Im Grunde wußten sie wenig. Entsprechend übrigens der Sentenz einer Mitgefangenen, die in der ersten Woche ihrer gemeinsamen Existenz zu Justyna gesagt hatte: »Meine Liebe, die wissen nur, was man ihnen sagt. Woher sollten sie auch mehr wissen?«

Diese Mitgefangene war erfahren und klug. Angeblich hatte sie sowjetische Gefängnisse und Deportationen hinter sich. Sie hatte graues Haar, ein strenges Gesicht und einen heiteren Blick. Bei den Verhören schwieg sie hartnäckig. Kein Untersuchungsoffizier hatte Lust auf ihren Fall, wenn es überhaupt einen Fall dieser Frau gab.

Sie fragten also damals nach Grzegorz, zogen leicht an dem Faden und ließen ihn sofort wieder fallen. Gewiß wußten sie, daß dieser Mensch seit langem nicht mehr lebte, und Verstorbene weckten bei ihnen nur ein mäßiges und flüchtiges Interesse. Verstorbene konnten sie nicht mehr greifen.

Mit einer anderen Frage störten sie Monate später wieder Justynas Ruhe.

»Den Namen kenne ich nicht«, sagte sie.

»Erinnert Euch«, drängte der Untersuchungsoffizier.

Er hatte runde braune Augen wie reife Pflaumen.

»Ich kenne ihn nicht«, wiederholte sie.

»Wir haben Zeit«, sagte er. »Denkt in Ruhe nach.«

Aus der Schreibtischschublade nahm er ein sauberes Blatt Papier und einen hübschen, dunklen Füllfederhalter und machte sich ans Schreiben.

Die Zeit verging. Der Untersuchungsoffizier schrieb ein Blatt voll, dann ein zweites und ein drittes. Justyna überlegte, was er wohl schrieb, was hinter diesem neuen Schachzug steckte.

»Nun, also?« fragte er nach einer Viertelstunde.

»Ich kenne diesen Namen nicht«, entgegnete sie.

»Das heißt, man muß noch nachdenken«, sagte er, holte ein neues Blatt Papier hervor und schrieb wieder.

Sie hatte diesen Namen noch nie gehört. Wie denn auch? Aber genau das beunruhigte sie. Worauf zielten sie ab? In der dunklen, glatten, undurchdringlichen Wand des Absurden zeigte sich plötzlich ein Spalt. Was war hinter dieser Wand?

Sie wollte schreien, sie hätte diesen Namen noch nie gehört, doch konnte sie sich noch beherrschen und antwortete wieder in gleichgültigem Ton, den Namen Arens kenne sie nicht. Später, bereits in der Zelle, wurde ihr klar, daß ein Aufschrei ihr Verderben bedeutet hätte.

»Also doch«, hätte der Untersuchungsoffizier gesagt und bestimmt die beschriebenen Blätter in den Papierkorb geworfen. »Nun denn, wenn Ihr Arens nicht kennt, wollen wir von ihm reden ...«

Doch sie hatte nicht geschrien. Sie hatte ruhig, mit gewöhnlicher, erschöpfter Stimme, der Wahrheit entsprechend gesagt, diesen Namen hätte sie noch nie gehört. Noch zwei Stunden lang schrieb er, stellte mit träger, unbeugsamer Hartnäckigkeit dieselbe Frage und sagte dann: »Wir kommen ein anderes Mal darauf zurück.«

Und das geschah nie. Vermutlich brauchten sie Justyna nicht im Fall dieses Arens. Vermutlich vernichteten sie ihn ohne ihr Mitwirken. So dachte sie manchmal im Gefängnis.

Einige Zeit später setzte man sie, ohne Grund, ohne ein Wort, in ein Auto, brachte sie nach Młociny und befahl ihr auf freiem Feld auszusteigen. Es war ein früher Herbstabend, der Tag kühl und wolkig. Sie stieg aus. Eine Weile hatte sie Angst, jetzt erschossen zu werden, auf ebenso absurde und dumme Weise wie alles, was zwischen ihr und ihnen im Verlauf der letzten fünfzehn Monate vorgefallen war.

Sie dachte, nur nicht schreien. Gleich danach hörte sie das leichte Klappen einer Tür und das Brummen des sich entfernenden Autos.

Als sie sich in der Gegend umblickte, war sie völlig allein.

Langsam ging sie zur nächsten Autobus-Haltestelle und fuhr heim. Fräulein Brzostowska, mit der sie zum Zeitpunkt ihrer Verhaftung zusammen gewohnt hatte, empfing sie zu Hause. Sie weinten die ganze Nacht. Am frühen Morgen aß Justyna einen Teller Rührei, mehrere Brötchen, trank ein Glas Tee und legte sich schlafen. Sie schlief bis zum späten Nachmittag. Fräulein Brzostowska hatte angeblich bei ihr gewacht, gelähmt von Angst und Mitgefühl.

Eine Woche später fing Justyna an, Antoni zu suchen, und fand ihn bald in einem Gefängnis am anderen Ende Polens.

Manchmal verfiel sie auf diesen Reisen in Halbschlaf. Dann hatte sie seltsame Träume. Sie träumte von Antoni, sie selbst war ausgeglichen und ruhig. Manchmal starb er auf einer Barrikade des Aufstands, dann empfand Justyna im Schlaf große Befriedigung, weil sie wußte, daß ihm viel erspart bliebe. Er lag auf der Barrikade mit einem kleinen Fleck auf der Stirn, und sie wußte, daß eine deutsche Kugel ihn getötet hatte. Er starb auch infolge einer schweren Krankheit, aber weil Justyna ihn pflegte, litt er nicht, sondern erlosch ziemlich heiter, den Kopf in ihren Armen.

Es waren traurige Träume, und dennoch – sobald sie erwachte, sehnte sie sich nach ihnen. Sie liefen in einem ruhigen Rhythmus, in Schweigen und Versöhnlichkeit ab. Doch dann öffnete sie die Augen und wußte wieder, daß sie beide lebten, sich in Kürze gegenüberstünden, daß sie einander so nah und doch so fern seien, daß ihnen eine Stunde der Blicke und der Worte gegeben würde, eine Stunde verzweifelter Trennung. Denn sie trennten sich doch genau in dem Augenblick, da Antoni in Begleitung des Wärters erschien, sich Justyna gegenüber hinsetzte und lächelte. Es war das erste Abschiedslächeln.

Nie fühlte sie sich so sehr von ihm getrennt wie gerade während dieser Begegnungen im Gefängnis. Nie empfand sie eine solche Einsamkeit wie im Verlauf dieser Stunde eines chaotischen Gesprächs, langer Momente des Schweigens, der Blicke und schüchternen Liebesgesten. Sie tauschten unwichtige Bemerkungen aus, sie erzählte ihm von Alltagsdingen, beschrieb Gegenstände, Ereignisse und Menschen, die ihr begegnet waren, er hörte mit konzentrierter Aufmerksamkeit zu, nickte mit dem Kopf, stellte Fragen zu Vorgängen, die sie beide überhaupt nicht betrafen, interessierte sich für Personen, die er nie gesehen hatte und nur aus Justynas flüchtigen Erwähnungen kannte.

Nie waren sie allein, der Wärter nahm schweigend an dem Gespräch teil, Justyna spürte, wie sein scheinbar abwesender, träger Blick auf ihr ruhte.

Sie wußten beide, wie unmöglich es war, wirklich wichtige Dinge zu besprechen. Im übrigen gab es solche Dinge nicht. Der ganze Sinn dieser Begegnungen lag darin, daß sie sich anschauen, beieinander sein, miteinander reden konnten, und es war gänzlich ohne Bedeutung, daß sie von Dingen ohne Bedeutung sprachen, weil die Welt keine Bedeutung hatte, mit Ausnahme der Bedeutung ihrer gegenseitigen Nähe.

Justyna gewann den Eindruck, sie würde nie wieder derart intime Augenblicke mit diesem Menschen erleben und nie so eindringlich seine Nähe spüren. Sie wünschte keineswegs, daß er sie an sich drückte, küßte, ihr Haar streichelte, ihre Schulter berührte. Sie wünschte eine solche Annäherung nicht, und zwar nicht, weil es unmöglich war, und nicht, weil er trotz aller Nähe unerreichbar blieb, sondern weil er gar nicht näher sein konnte. Diese Nähe wurde schmerzhaft, doch Justyna wußte, daß ihre Liebe ein großes Unglück war.

Dieses Unglück war um so größer, als es Antoni unglücklich machte. Justyna wollte ihm Leiden ersparen und steigerte sein Leiden, weil sie eben darin den Sinn ihrer Liebe fand.

Ihre Begegnungen waren ein großes Übel, waren Schmerz und Qual, und darum begehrte sie sie unablässig. Die stärkste Sehnsucht nach Antoni empfand sie in seiner Gegenwart, dann waren sie endgültig getrennt, weil sie einander am nächsten waren.

Ich kann ihn nicht berühren, dachte sie, ich kann sein Gesicht nicht streicheln, und doch berühre ich ihn, und er umarmt mich. Das bereitet uns den größten Schmerz, den wir so sehr wünschen.

Nur die letzten Minuten pflegten banal zu sein in ihrem Pathos. In den letzten Minuten eines Wiedersehens redeten sie schnell und heftig, ein feindlicher Ton schwang in ihren Stimmen, plötzlich ergaben sich wichtige Dinge, die keine Verzögerung duldeten, für die aber nicht mehr genug Zeit blieb, darum sprachen sie fieberhaft chaotisch, Aufträge wurden erteilt, irgendwelche Vorwürfe tauchten auf, Spannung und Lärm, sie waren einander nicht mehr so nah und so fern, die Welt drängte sich bereits zwischen sie, die Welt der Dinge, an die sie zuvor nicht gedacht, der Angelegenheiten, die sie zuvor voller Verachtung verschwiegen hatten, ein Winterpullover, ein Päckchen Kaffee, eine Tüte Bonbons, die Adresse einer Person, die am Rande ihres Lebens entlangschritt, ein Gespräch mit dem Rechtsanwalt, ein Brief, eine Rechnung, ein Gruß, der unerläßliche Besuch irgendwo und irgendwann, die Alltäglichkeit ihres Ringens mit dem Mangel und der Erschöpfung, die Alltäglichkeit seiner Gefängnis-Klaustrophobie, aber auch die Spur der Angst, der Ungewißheit über ihr und sein weiteres Schicksal, woran sie nicht denken wollten, wenn sie die eine Stunde beisammen waren, und was sie trotzdem verfolgte in dieser ewigen Einsamkeit, zu der sie verurteilt waren; trotzdem fingen sie an, von alledem fieberhaft, zornig und bösartig zu reden, jetzt taten sie einander bewußt weh, um den echten Schmerz zu übertönen, den Gott ihnen gegeben hatte, den unschätzbaren Schmerz, der ihnen gebot, allen Widrigkeiten zum Trotz zu existieren.

Wenn er fortging und mit dem begleitenden Wärter irgendwo hinten verschwand, hinter der Tür dieses häßlichen Zimmers mit den vergitterten Fenstern, in denen sich ein Stück kümmerlicher Himmel ausbreitete, begann Justyna, sich ganz gewöhnlich zu sehnen, so wie eine Frau sich immer nach dem geliebten Mann sehnt. Er ist fort und nicht mehr da, doch wird er wiederkommen, er muß sehr bald wiederkommen, ich kann nicht ohne ihn sein, aber tröstlich ist der Gedanke, es wird bald ein Ende haben, er wird wieder bei mir sein ...

In einer gewissen Erregung kehrte sie nach Warschau zurück, sie erlebte das Wiedersehen noch einmal, aber anders als in Wirklichkeit, sie erinnerte sich an Antonis Gesten und Worte, an sein Gesicht, seine Hände, seine Blicke. Wie gut, denn Justynas Schmerz war der gute Schmerz der Sehnsucht, Einsamkeit und Enttäuschung durch eine Welt, die sich wiederum als grausam erwiesen hatte.

Während der Rückreise rüstete sich Justyna für den Kampf um Antoni. Sie warf sich allerlei Versäumnisse vor, sie mußte sofort dies oder das tun, ihr Verstand war klar, ihre Gedanken praktisch und kühn. Sie mußte irgendwelche Schritte unternehmen, Protektion gewinnen, ein notwendiges Gespräch führen. Jemand, von dem sie zufällig gehört hatte, war einflußreich und nicht abgeneigt, Hilfe zu gewähren. Gewiß, das wird Kosten nach sich ziehen, zusätzliche Arbeit ist unvermeidlich, doch um sie zu bekommen, muß man unverzüglich mit diesem oder jenem sprechen, einfach wird das nicht sein, man muß eine andere Protektion suchen und Bekanntschaften mobilisieren. Sie blätterte im Zug ihr schon vielfach fruchtlos benutztes Adressen- und Telefonverzeichnis durch, jetzt stieg aber erneut die Hoffnung in ihr auf, man darf nicht resignieren, eine Absage bedeutet noch keine Niederlage, zwei Absagen streichen noch nicht alle Chancen durch.

Kühl und methodisch plante sie die nächsten Schritte, die sie gleich nach der Rückkehr tun mußte. Beim nächsten Wiedersehen wird sie gute Nachrichten für Antoni haben, sein Gesicht wird sich erhellen, in seinen Augen wird Hoffnung erwachen, keine illusorische und flüchtige, sondern eine auf konkrete Grundlagen gestützte, doch darf man nicht zuviel sagen, besser ist sogar eine gewisse Verzögerung, wie oft hat Justyna Antoni schon enttäuscht, er machte ihr zwar keine Vorwürfe, sondern versuchte seinerseits, sie zu trösten, er bagatellisierte seine Lage, doch wußte sie, daß er gequält und verzweifelt war, trotzdem mußte man vorsichtig vorgehen, man durfte keine Illusionen wecken, erst wenn die Situation völlig geklärt, die Nachricht konkret und absolut sicher ist, ganz einfach eine Entscheidung, ein definitiver Bescheid, erst dann wird man Antoni die freudige Nachricht übermitteln können.

Auf der Rückfahrt nach Warschau zweifelte sie nie, daß es so kommen würde. Immerhin, das ist doch Polen, wir sprechen dieselbe Sprache, leben in unserem eigenen Land. Polnische und sowjetische Verhältnisse lassen sich einfach nicht vergleichen. Es geschehen schreckliche Dinge, doch die Leute kehren heim, das hört man unaufhörlich, in letzter Zeit hat eine gewisse Nachsicht eingesetzt, oben sind angeblich wichtige Entscheidungen gefallen, eine Lockerung, die Staatsmacht fühlt sich sicherer, man kann ihre Strenge und Unnachgiebigkeit in letzter Zeit verstehen, damals wußten sie um ihre eigene Schwäche, es war eine Zeit heftiger Umgestaltungen gewesen, sie fürchteten sich vor Mißerfolgen, vielleicht mußten sie deshalb mit harter Hand regieren, aber das geht allmählich vorüber, man sieht auf Schritt und Tritt einen neuen Stil, man hört einen neuen Ton, sie lassen sogar eine gewisse Kritik, zunächst eine sehr vorsichtige, in der Presse zu, aber irgend etwas ändert sich doch, man erkennt eine gewisse Sorge um den Gesundheitszustand der Menschen, um die Wohnungen, Fürsorge für Kinder und alleinstehende Frauen, vor kurzem noch hatte Justyna Schwierigkeiten am Arbeitsplatz, jetzt ist das vorbei, eigentlich spürt sie keinerlei Schikanen mehr, und wenn sie passieren, sind es vorübergehende Dinge, die Worte und Gesten schlechter Menschen, Zeugnisse von Feigheit und Opportunismus, keine Rede davon, daß es sich um Empfehlungen von oben handelt, folglich wird man diesmal bei den entscheidenden Gesprächen mit Wohlwollen rechnen können, man muß nur an den Richtigen geraten und darf angesichts kleiner Mißerfolge nicht resignieren.

So dachte sie auf der Rückfahrt und legte sich neue Pläne für den Kampf um Antonis Freiheit zurecht.

Das waren Justynas glückliche Stunden. Dann ließ sie den Gedanken nicht zu, daß morgen oder übermorgen ihr Kreuzweg der Demütigungen wieder begann.

Sie hatten gleichgültige Gesichter und blickten Justyna nicht in die Augen. Sie schauten die Papiere durch. Gewiß lasen sie sie nicht einmal richtig. Wenn sie leise, ruhig, mit sicherer Stimme ihre nachts eingelernten Sätze sprach, galten die unbeweglichen Blicke dieser Leute einer anderen

Welt. Sie vernahmen Justynas Worte nicht. Sie befanden sich in einer anderen Dimension des Lebens, das wußte sie vom ersten Augenblick an, in der Sekunde, da sie nach einstündigem Warten auf dem Korridor endlich die Schwelle des Amtszimmers überschreiten durfte.

Nicht immer gelang es ihr, diese Schwelle zu überschreiten. Man schickte sie fort ohne ein erklärendes Wort oder mit der Empfehlung, sich in einem Monat wieder zu melden. Solche Momente machten sie bitter und hoffnungsvoll zugleich. Die Festlegung des nächsten Termins bedeutete keinen Strich durch sämtliche Chancen, im Lauf eines Monats konnte manches passieren, ein Todesfall, ein Erdbeben, ein Weltkrieg.

Diese amtlichen Gespräche waren für Justyna das schlimmste, so wie die Erfüllung schlimmer ist als die Sehnsucht. In der Nacht vor dem Gespräch schlief sie nicht. Sie übte die Situation ein, die auf sie wartete. Dann fühlte sie sich sehr stark, voller Vertrauen, diesmal würde es ihr gelingen, etwas zu erreichen. Wenn sie nach einer Viertelstunde das Amtszimmer verließ, wußte sie bereits, daß sie wieder eine Niederlage erlitten hatte.

Doch das dauerte nicht lange. Denn sofort begann sie, bestimmte Tatsachen zusammenzufügen, ein Wort ihres Gesprächspartners zu analysieren, eine Geste seiner Hand, einen Blick, er hatte gerade aufgeschaut, als sie von dieser Tatsache redete, sein Blick und diese Tatsache, warum hatte er nicht später aufgeschaut, sondern gerade in diesem Moment, das hat seine verborgene Bedeutung, das muß man durchdenken, ein Blick hat immer seine Aussage, darum schaute er gerade in diesem Moment auf, ihre Worte und sein Blick, endlich war der Moment von fast entscheidender Bedeutung gekommen, selbstverständlich konnte er nichts sagen, Worte haben ihr Gewicht, solche Leute werfen nicht mit Worten um sich, die Sache war noch nicht reif, sie in Worten auszudrücken, doch er wußte, mit wem er sprach, er hatte vor sich eine Frau, sensibel wie ein Seismograph, deshalb blickte er nur auf, das dauerte den Bruchteil einer Sekunde, dann begann er, mit den Fingern auf die Schreibtischplatte zu trommeln, das hätte Ungeduld bedeuten können, wäre dem nicht das Zeichen mit den Augen vorangegangen, seine Augen und seine Finger, es öffnete sich ein neuer Bereich für Überlegungen und weitere Handlungen, Justyna kehrte eilig nach Hause zurück, die Passanten rempelten sie an, doch sie befand sich in einer anderen Welt, zusammen mit jenem Mann im Amtszimmer, sie versuchte, sich vorzustellen, was er gesehen hatte, als er so gleichgültig dreinzuschauen schien, so unpersönlich, so abwesend während des ganzen Gesprächs, bis zu dem kurzem Augenblick. Noch begriff sie den Sinn ihres ganzen Besuchs in jenem Amtszimmer nicht, aber sie verfolgte schon eine neue Spur und war entschlossen, den richtigen Weg für ihre weiteren Handlungen aufzufinden.

Später folgten die Stunden der großen Verzweiflung. Sie wußte, sie war betrogen, einsam und wehrlos. Das ganze Land war betrogen, einsam und wehrlos. Sogar die Vögel und die Bäume, sogar die Steine auf den Gräbern derer, die einst hier gestorben und in der Erde begraben worden waren.

Justyna begriff, daß nichts Antonis Schicksal ändern würde, daß alle Berechnungen nur Einbildungen ihres bedrückten Herzens waren, die schrecklichsten Stunden ihres Lebens. Aber sie dauerten nicht lange. Man kann nicht lieben ohne Hoffnung. Justyna liebte Antoni und wußte, daß diese Liebe nicht nur ihre höchste Schuldigkeit war, sondern ganz einfach das Leben selbst.

Manchmal scheint der Kampf eine gewöhnliche Dummheit zu sein, weil man unmöglich mit einem Sieg rechnen kann. So sehen das glückliche Augen. Justyna aber hatte polnische Augen, sie sah ganz andere Landschaften.

Ihr Kampf war ihr Leben und sogar noch etwas mehr. Letzten Endes kann der Mensch auf das Leben verzichten, sich unterwerfen, sterben. Das ist eine Frage seiner Wahl. Doch Justyna konnte nicht sterben, weil Antoni am Leben blieb.

Nichts war ihr gegeben als der Kampf.

20

Mehrere Nächte lang ließ er ihn nicht schlafen. Das war die schwerste Zeit in Arens' Gefängnisleben. Pausenlos flüsterte der schreckliche Hryniewicz ihm seine flehentlichen Bitten ins Ohr.

Sie sprachen miteinander wie zwei Verschwörer, und das waren sie auch. Hryniewicz' Lippen näherten sich Arens' Ohr, sein Flüstern war heiß, die Köpfe beider Männer berührten sich, Arens spürte auf seiner Backe die scharfen Bartstoppeln des anderen, dann der Wechsel, Arens' Lippen an Hryniewicz' Ohr, dabei sah Arens die grauen Stoppelhaare an Hryniewicz' Schläfe und die Falten unter seinem Ohr, dann roch er Hryniewicz' Greisenhaut, und manchmal überkam Arens ein seltsamer Schauder wie in nächster Nähe einer Frau, sie litten beide, sie flohen auf ihre Pritschen, doch dauerte das nicht lange, wieder beugten sie sich zueinander, raschelndes Geflüster wie das Zischen einer trockenen, brennenden Lunte, dieses Feuer drang bis ins Innere ihrer Köpfe, sie litten beide, sie haßten sich, zwei Mörder, zwei Henker ohne das geringste Erbarmen.

»Ich spiele um mein Leben, ich spiele um mein Leben«, wiederholte Arens unermüdlich.

»Judas«, sagte Hryniewicz, »du lieferst sie ans Messer! Kaltblütig wie nie zuvor lieferst du Menschen ans Messer.«

»Das habe ich schon getan. Das habe ich schon hinter mir. Halte mir hier gefälligst keine Predigten!«

»Jetzt ist es an der Zeit, Buße zu tun und die Sünden zu

bereuen, du Mörder... Damals? Damals, das war etwas ganz anderes. Krieg, Arens! Er hat dich gewissermaßen entschuldigt. Heute aber haben wir eine andere Welt. Die Welt ist in ihr Flußbett zurückgekehrt.«

»Was redest du da, du Schuft? Also hat mich der Krieg doch entschuldigt! Seit wann glaubst du das? Noch vor einer Woche hätte ich solche Worte nicht aus dir herauspressen können. Ungewöhnlich großmütig bist du geworden. Die Welt ist in ihr altes Flußbett zurückgekehrt, sagst du! Und die da? Ist das deine Welt im gesegneten alten Flußbett?«

Er weinte fast, weil er wußte, daß die Welt doch anders war, jedenfalls seine eigene Welt, dieser abgeschlossene, mit der versteinerten Zeit angefüllte Raum. Er weinte fast, während er Flüche und Beschimpfungen in Hryniewicz' Ohr flüsterte.

Doch nach zwei Tagen wurde ihr Gespräch ruhiger. Ihr Geflüster zischte monoton und gleichmäßig wie eine Kerzenflamme.

»So ist das also«, sagte Hryniewicz, »Geschichte nennen Sie das? Wir sind gefangen in der Geschichte, sagen Sie. Denken Sie mal an die Vergangenheit Deutschlands. Das ist doch Ihr Land, bei Gott. War es etwa immer in Händen von Banditen? In meiner Jugend hörte ich gern Schumann. Er rührte mich sehr an. Auch Mozart. Ein Gefühl wie aus lauter Spitzen, möchte ich sagen... Solche Spitzen trug meine Großmutter um den Hals.«

Er fing an, von seiner Großmutter zu erzählen, einer Frau von Welt, die in die deutsche Musik und Literatur verliebt war.

Arens unterbrach ihn schroff: »Ihre Großmutter geht mich nichts an. Zurück zur Sache.«

»Was soll das?« fragte Hryniewicz. »Kommen Sie zurück auf das Deutschland von damals, Arens. Strengen Sie sich an!«

»Wo ist denn mein Deutschland?« antwortete Arens, und eine Sekunde lang erfaßte ihn Verzweiflung. »Ich bin völlig allein auf der Welt.«

»Ich bin bei Ihnen.«

»O ja. Um mich zu quälen. Was wollen Sie von mir? Was gehen mich diese Menschen an? Irgendein Aufständischer aus Warschau und seine Geliebte, irgendein Polizist, der in eine Konspiration gegen die Kommune verwickelt ist. Im übrigen sind das Mörder! Sie haben diesen Gutmajer abgeschlachtet. Nachts sind sie gekommen und haben ihn ebenso erbarmungslos umgebracht, wie andere Mörder das tun. Wen also bedauern Sie am Ende?«

Hryniewicz schnaufte wütend.

»Was schwatzen Sie da, Arens? Haben Sie denn das Gefühl für die Wirklichkeit schon völlig verloren? Glauben Sie etwa dieser Anklage?«

»Es ist unwichtig, was ich glaube und was ich nicht glaube. Das sind für mich fremde, geheimnisvolle Dinge. Kommunistische Intrigen, schreckliche kommunistische Spielchen. Davon verstehe ich wenig. Ich bin nie so vorgegangen, auch im Krieg nicht. Ich war geradlinig. Stimmt, ich habe Juden umgebracht. Vielleicht war das nicht anständig, aber nicht ich habe den Entschluß gefaßt. Das haben andere getan, in Berlin. Ich habe Juden umgebracht. Das Umbringen von Juden gehörte zu meinen Pflichten. Jetzt werden andere dasselbe tun, versichere ich Ihnen. In wessen Namen sollte ich mich widersetzen? In wessen Namen sollte ich meinen eigenen Kopf für einen Verschwörer opfern, den ich nie gesehen habe, und hätte ich ihn vor wenigen Jahren gesehen, wäre er sofort liquidiert worden. In meinem Auftrag übrigens. Zum Teufel, worüber reden Sie mit mir, Sie wahnsinniger Mensch? Diese Leute sind angeklagt wegen Mordes an einem jüdischen Devisenhändler, angeklagt wegen Verschwörung gegen die Kommune in Polen. Was hat das alles mit mir zu tun? Und wenn ich meinen Kopf mit der banalen Aussage retten kann, diese Leute hätten schon im Krieg mit mir Kontakt gepflegt, hätten schon damals einen unglaublichen Antisemitismus an den Tag gelegt und bei der Jagd auf Juden mitgeholfen, was ist daran Böses? Gab es denn nicht solche Leute in diesem Lande? Können Sie behaupten, hier seien alle rein gewesen wie eine Träne, niemand hätte sich durch Zusammenarbeit mit dem Dritten Reich beschmutzt, niemand hätte unerfreuliche Geschichten auf dem Gewissen? Vielleicht nicht diese Menschen, aber es gab ja andere. Vielleicht sind sie überhaupt nicht schuldig, vielleicht haben sie diesen Gutmajer gar nicht totgeschlagen ... Das ist nicht mehr meine Sache! Nicht ich verurteile diese Menschen. Es sind Polen – die dort oben. Ihr Blut, Hryniewicz, Fleisch und Blut der polnischen Nation. Die sitzen dort wie die Spinne im Netz und lauern auf uns. Auf Sie, auf mich, auf tausend andere. Alle diese Polen, Juden, Russen. Gemeinsam machen sie ihre beschissene Revolution. Wenn sie irgendwen etwas angeht, dann bestimmt nicht mich. Viel eher gerade Sie. Eine äußerst unangenehme Erfahrung, Hryniewicz. Ich kann nur das eine sagen, nämlich: Man hätte nicht gegen uns kämpfen sollen. Wenn schon kämpfen, dann hätte man uns helfen müssen.«

»Ich höre mir das nicht länger an«, sagte Hryniewicz.

»Sie haben Ihre polnische, bekackte Ehre, was? Meinen Sie, ich kenne Ihre Vergangenheit nicht? Sie haben doch gegen uns gekämpft. Sie haben im Montelupi-Gefängnis in Krakau gesessen, eine Niere haben Ihnen die Deutschen kaputtgeschlagen, die andere die Polen, und zwar hier, in Ihrem geliebten Vaterland. Was steckt nur in Ihnen, Hryniewicz, daß Sie sich nie mit der Welt abfinden können? Wieso dieser Wahnsinn? Es gab doch eine Alternative. Sie hatten sie vor sich. Für Euch gibt es keinen anderen Ausweg als mit mir gegen den Iwan oder mit dem Iwan gegen mich! Sie haben immer falsch gewählt, Hryniewicz. Sie haben Jesus Christus gewählt, aber Jesus Christus ist kein guter Gefährte an dieser Stelle Europas. Das gekreuzigte Polen. Wenn Polen das will, mögen sie es kreuzigen . . .«

Hryniewicz weinte leise. Er verbarg sein Gesicht in den Händen und weinte.

»Ja, Tränen«, sagte Arens spöttisch. »Wenn es Ihnen an Argumenten fehlt, kommen Sie mir mit Tränen. Vor zehn Jahren hätten Sie weinen sollen. Da haben Sie auf unsere Leute geschossen.«

Hryniewicz hob sein Gesicht. Seine Augen waren feucht und leidvoll, er wirkte wie ein altes Pferd im Geschirr.

»Sie sagen, Arens, das beträfe Sie nicht mehr. Sie sagen, das sei nicht Ihre Revolution. Warum helfen Sie ihnen dann? Die waren Ihre erbitterten Feinde, haben Ihnen einen Teil Ihres Landes weggenommen, sitzen jetzt in Berlin, und eure Deutschen putzen ihnen die Stiefel. Eure Frauen haben die schändlichsten Dinge gemacht, als die dort hinkamen. Ein Wink mit der Hand genügte, schon zogen sie ihre Unterwäsche aus.«

Arens lehnte seinen Kopf zur Seite und schlug dann mit der Stirn gegen Hryniewicz' Schläfe. Der Alte stöhnte vor Schmerz und krümmte sich auf der Pritsche.

»Nur das kannst du, du Schuft«, sagte er nach einer

Weile, »schlagen, töten, vernichten. Nur das kannst du. Ich habe doch die Wahrheit gesagt, Arens. Es fällt dir schwer, sie anzuhören, weil du ja zu diesem blödsinnigen Herrenvolk gehören wolltest. Immer die Besten, was? Du bist ganz und gar zusammengesetzt aus Illusionen und nationalistischer Scheiße. Das Problem der polnischen Ehre irritiert dich sehr. Hast du nie an die deutsche gedacht? Meinst du, sie soll darin bestehen, in blanken Stiefeln zu paradieren, in einer elegant geschnittenen Uniform, mit der Reitpeitsche in der Hand, unter armen, ausgehungerten Juden, die vor der Gaskammer Schlange stehen? Das war deine Ehre, Mensch. Ich erinnere mich an solche wie du, Arens. Gerade im Montelupi-Gefängnis. Ich lag auf dem Betonboden der Zelle, und als ich aufschaute, erblickte ich seine Stiefel, seine Reitpeitsche und dann sein Gesicht. Ich habe es gut behalten! Es war nämlich genau wie deins.«

»Was für ein Gesicht?« knurrte Arens.

»Hochmut! Die schwerste Sünde. Die Leute vom Sicherheitsdienst da oben, egal, ob Polen, Juden oder Russen, kranken auch an dem Hochmut, der sie vergiftet. Ihr seid die Besseren, so glaubt ihr. Rassische Überlegenheit, Klassenkampf, Herrenvolk, nationale oder kommunistische Revolution – schau dir die da oben an, ihre Gesichter sind genau wie deins, sie sitzen genauso im Sessel hinter ihrem Schreibtisch, riechen nach Rasierwasser, Zigarren- oder Zigarettenrauch, und vor ihnen hocken die unseligen Opfer dieses Wahnsinns, der angeblich die Welt verändern soll. Ihr denkt, die Welt ist nur für euch geschaffen, ihr dürft tun, was euch gefällt, Gaskammern, Galgen, Exekutionskommandos, ihr seid genau wie sie, nichts unterscheidet euch, nichts unterscheidet euch. Sie, Arens, verschwören sich gegen jene Unseligen, die von denen da als Opfer bestimmt worden sind. Wenn Sie die Kommune so gar nicht mögen, warum legen Sie dann Hand an, uns alle zu unterjochen? Jetzt sagen Sie, daß sie Gestapoagenten waren, mit Ihnen zusammengearbeitet, Ihre Befehle ausgeführt haben, daß sie dieses Volk in Hitlers Gefangenschaft geben wollten, so werden Sie doch aussagen, Sie werden diese Menschen erniedrigen, um sie in polnischen Augen widerwärtig zu machen, und zugleich den Schuften, mit denen Sie sich heute verschwören, ein Zeugnis des Patriotismus ausstellen. Nur eines interessiert mich: Gibt es in Ihrer Sprache noch ein Wort für Ehre? Denn das Wort Gewissen existiert ja seit langem nicht mehr!«

»Du Christ!« zischte Arens.

»Du Sünder!« entgegnete Hryniewicz.

»Du Christ«, wiederholte Arens. »Überlaß mir die Sorge um meine Erlösung. Welt, Gott, Menschheit – wo ist das alles? Wir sind ganz unten, du Christ. Jeder Lümmel kann uns mit Füßen treten oder totschlagen!«

»Das hast du selbst getan, Arens. Dadurch unterscheiden wir uns! Ich habe nie einen wehrlosen, schwachen Menschen getötet.«

»Du Christ«, wiederholte Arens mit schmerzlicher Hartnäckigkeit, »du hast keine Wehrlosen getötet, weil es dir nicht gegeben war, sie zu töten. Du hast keinen Hochmut empfunden, weil es dir nicht gegeben war, ihn zu empfinden. Wer fragt nach meinem Schicksal, Hryniewicz? Ist der Engel der Furcht zu mir gekommen oder der Engel der Demut oder der Engel der Vernichtung und hat gefragt, was ich begehre? Wo war dein Gott während des Krieges, und wo ist er jetzt? Ich will dir etwas sagen, teurer Freund, du bester Freund, den ich je hatte in meinem lausigen Leben, denn ich habe noch nie mit jemandem ein solches Gespräch geführt und werde es nie mehr führen. Ich will dir etwas sagen, hör gut zu, und die Haare werden dir zu Berge stehen. Es gibt Gott nicht. Und es hat Gott nie gegeben. Denn wenn es ihn gibt, wo hat er dann gesteckt, als die Juden ins Gas gingen, als dein Bruder mit zugegipstem Mund zur Hinrichtung schritt, meine Mutter in den Ruinen ihres eigenen Hauses umkam, meine Schwester vergewaltigt wurde, als der Iwan eure Leute bis jenseits des Polarkreises und unsere Leute in die Steppe trieb, als ich diesen Iwan so hungern ließ, daß er den nächsten Iwan auffraß, jetzt aber sitzt du mit mir in derselben Zelle, und wir warten beide auf denselben Strick... Wo ist dein Jesus Christus, der so luxuriös am Kreuz starb, nur ein paar Stunden lang, nur ein bißchen Essig und Galle, nur eine Seite mit dem Speer durchbohrt... Ich habe Menschen gesehen, die mühseliger und schrecklicher starben, nicht nur vor den Augen ihrer Mutter, sondern zusammen mit ihr, zusammen mit ihren eigenen Kindern, mit dem ganzen Stamm, die in langer Schlange auf den Tod warteten, die Schritt für Schritt auf diesen Abgrund zugingen, mit Dornen gekrönt, hundertmal mit dem Speer durchbohrt, tausendmal mit Essig, Galle und Blut getränkt. Und du hast sie auch gesehen, Hryniewicz. Ich kann dein Leiden und deine Verzweiflung nur ahnen, denn es ist mir erspart geblieben, meine eigenen Toten und Hingerichteten zu sehen. Du hast sie gesehen, die umkamen. Halt darum die Schnauze von Gott, du Christ, denn das klingt wie das Jaulen eines krepierenden Hundes.«

Er verstummte und schnaufte schwer. Nach einer Weile sagte er: »Ich kotz' mich jetzt aus, sonst sterbe ich.«

Er stand auf und ging mit schwankenden Schritten zum Kübel, beugte sich vor, hustete, kehrte zu Hryniewicz zurück, setzte sich auf die Pritsche und stützte den Kopf auf die Schulter des anderen. Hryniewicz ergriff plötzlich seine Hand.

»Arens«, sagte er eifrig, »noch ist nicht alles verloren.«

Dann schwiegen sie bis zum Abend.

Aber bei Nacht fing der Alte an, heiser zu flüstern.

»Ich vertraue darauf, daß Sie das nicht tun werden, Arens. Ist es nicht besser, trotzdem etwas zu retten?«

»Ich will ja gerade etwas retten«, antwortete Arens.

»Das geht nicht mehr. Alles ist vorbei. Ihr Leben ist zertreten, Sie haben sich das Leben stehlen lassen.«

»Ich möchte schlafen«, sagte Arens.

»Bitte hören Sie mir zu«, flüsterte Hryniewicz.

»Ich bin schon eingeschlafen«, knurrte Arens.

»Gut so. Sie werden im Schlaf zuhören.«

Er begann mit einer seltsamen Geschichte über seine Kindheit. Ein Gutshof in Podlasie, ein weiter Park, eine Lindenallee führte von der Dorfstraße bis zur Vorlaube des Gutshauses, die Vorlaube ruhte auf kleinen Säulen, dort pflegte sein Vater im Sommer zu frühstücken, Bienen summten über dem Schälchen mit dunklem Honig, die Butter wurde auf Klettenblättern gereicht, denn das waren alte Zeiten, Ende des vorigen Jahrhunderts, deshalb Klettenblätter, aber auch nervöse, schöne Reitpferde, Fräulein mit geschnürten Taillen, wandernde Handwerker, die von einem Dorf zum anderen zogen, Schmiede, Wagner, Sattler, das Ende des vorigen Jahrhunderts, bevölkert von Juden im langen Kaftan, von braven Kindern und russischen Gendarmen in bodenlangen Mänteln, schnurrbärtigen und groben Gendarmen, im Grunde aber ganz ordentlichen Menschen, denn ihre Grobheit kam nicht aus einem schlechten Herzen, sondern aus ihrer Unwissenheit, Unsicherheit und Angst vor der Welt, die sie nicht verstanden. Das Gutshaus war zwar nicht groß, aber bequem, an heißen Tagen trank man gewöhnlich saure Milch, der Keller mit Wein und schärferen Getränken stand den Gästen offen, die Mutter überaus gastfreundlich, eine talentierte, belesene Frau, die auch musizierte, außerordentlich energisch, doch guten Herzens, nicht besonders schön, schlank, feingliedrig, leider hatte sie dünnes Haar, neben dem Vater sah sie aus wie ein Uhrkettenanhängsel, denn der Vater war von enormer Kraft, er zerbrach mit der Hand Hufeisen, nahm allein die ganze Britschka ein, Landwirt durch und durch, ein moderner Mensch, für jene Zeit ganz ungewöhnlich gebildet, er hatte die Höhere Landwirtschaftsschule in Dublany abgeschlossen, aber auch die Technische Hochschule in Riga, er sprach Deutsch und Französisch, vom Russischen ganz zu schweigen, das war ja normal, doch hatte der Vater einen heftigen Charakter, das verdarb ihm den guten Namen unter den Gutsbesitzern, manchmal schlug er einen Bauern im Zorn, hinterher tat es ihm leid, und er schickte ihm zehn Rubel, folglich gab es Bauern, die bereit waren, von dem Herrn Gutsbesitzer eins in die Schnauze zu kriegen, ein glattes Geschäft, heute geradezu lachhaft und zugleich betrüblich, jene Welt ist für immer verschwunden, nichts ist übriggeblieben, selbst die Asche hat der Wind verweht, während der deutschen Okkupation sind an der Stelle des Gutshauses hohe, rauschende Bäume gewachsen, Hryniewicz war dort zum letzten Mal wohl im Jahr 1940 oder etwas später, im Frühling 1941, denn im Sommer saß er bereits bei den Deutschen im Gefängnis, vom Gutshof stand damals nichts mehr, nur Bäume, Linden und Pappeln, keine Spur der Gebäude, die Bauern der Gegend erinnerten sich aber an den Sohn des früheren Besitzers, der war nach dem ersten Krieg am Bettelstab davongezogen und irgendwo in Warschau gestorben und beerdigt worden, als dann Hryniewicz dort auftauchte, liefen die Leute der Gegend zusammen und gedachten der früheren Zeiten, die alten Frauen weinten sogar und sagten zu Hryniewicz, wie sehr er gealtert sei, hätte er sich nicht zu erkennen gegeben, sie hätten, bei Gott, in diesem Greis den jungen Herren nicht erkannt, auch sie waren nun alt, zahnlos und eingeschüchtert wie nie in früherer Zeit. Er hielt sich ein paar Stunden auf in dem Dorf Podymie, ging allein zu den gestorbenen Stätten, gegen Abend kehrte er nach Warschau zurück, nach dem Krieg schaffte er es nicht mehr, sich in die Heimat aufzumachen, immer wieder verschob er die Fahrt, bis sie kamen und ihn abholten – ins Gefängnis.

Er sprach lange, sein Flüstern rann die Wand hinunter wie ein Wasserbächlein und tropfte in Arens' Ohr. Er sprach ganz hübsch, nahm den Gegenstand in die Hand, betrachtete ihn, stellte ihn auf das Bord im Salon, von wo aus eine Tür auf die Veranda führte, das Sonnenlicht legte sich in Streifen auf die Dielenbretter, die Zweige der Bäume bewegten sich träge, Wind, Regenwetter, strenge und schneereiche Winter, die Baumstämme krachten vor Frost, das alles erzählte er, und sagte am Ende: »Jetzt mußt du mir erzählen, Arens, jetzt du!«

»Du bist an einem schönen Ort geboren«, sagte Arens, »ich habe nie einen solchen gesehen. Dabei wünschte ich es mir.«

Dann schwieg er eine ganze Weile. Er hatte keine Lust zu reden, zu schweigen hatte er Lust, doch zugleich war ein Zwang in ihm, eine Last sammelte sich in ihm an, deren er sich entledigen wollte.

»Mein Haus?« sagte er schließlich. »Du willst wissen,

wie mein Haus war? Nicht groß, weiß, mit roten Dachziegeln. Als ich geboren wurde, stand das Haus an einer Schlucht, doch später, zu meiner Zeit, lief eine Straße durch die Schlucht. Eine wenig befahrene Straße. Die Stadt hieß Siegburg, wenn dir das etwas sagt. Von der Gartenpforte führte ein Weg zum Haus. Der kleine Garten war gut gepflegt, denn meine Mutter liebte Blumen. Mein Vater starb so früh, daß ich mich an ihn nicht erinnere. Auf einer Fotografie sah er nach nichts aus. Er war städtischer Beamter, ein armer Mann. Meine Mutter hatte etwas Geld mit in die Ehe gebracht, davon hatten sie das Haus gekauft. Nach dem Tod meines Vaters arbeitete sie sehr schwer, um uns durchzubringen. Ich hatte einen jüngeren Bruder und zwei Schwestern. Sie wuchsen heran zu sehr hübschen Frauen. Aber mein Bruder starb noch als Kind. Nun ja, die Stadt Siegburg. Hübsch gelegen. Hügel und zwischen den Hügeln Schluchten. Solange ich jung war, trieb ich mich in diesen Schluchten herum. Ich hatte einen Hund, einen Spürhund, er hieß Lord. Ich weinte bitterlich, als er krepierte. Dann wollte ich nie wieder einen Hund haben, nicht einmal einen Vogel. Man fuhr mit der Bahn nach Bonn, nach Köln. Ich sah gern zu, wenn die Bahn vorbeifuhr. Dann stand ich auf einem Hügelrücken und schaute hinab, dort fuhr der Zug, vorn die Lokomotive, dahinter die Waggons, manchmal acht, manchmal sogar zehn. Der Rauch der Lokomotive hing lange in den Schluchten. Das hatte ich gern. Der Geruch der feuchten Erde, der bereits abgefallenen Blätter und der Rauch der Lokomotive. Diesen Geruch mochte ich. Und ich mochte den Klang der Kirchenglocken, vor allem das Geläut der Abtei, denn man muß wissen, wir haben dort eine Abtei. Aber vielleicht gibt es die Abtei nicht mehr. Wenn alles zu Ende geht, warum sollte die Abtei überdauern? Jahrelang habe ich mich in unseren Schluchten herumgetrieben, erst mit meinem Hund, dann allein. Ohne Hund war es nicht mehr dieselbe Freude. Ich zog es aber immer vor, allein zu gehen, ich hatte sehr verschiedene Kameraden, einige waren sogar nette Jungen, doch ich war ziemlich verschlossen, ziemlich mit mir selbst beschäftigt, deshalb brauchte ich sie nicht. Damals glaubte ich noch an Gott, ich bekannte ihm meine Sünden, vielleicht gab es ihn damals noch, irgendwo ganz fern und hoch, denn es kamen Augenblicke, da er mir ein Zeichen gab, wie um mir zu sagen, tu das nicht, Mensch, das solltest du nicht tun, doch wenn du es getan hast und so einsam herumirrst, in dich selbst hineinhorchend, unsicher und verängstigt, dann erlasse ich sie dir, Mensch, nur tu das nicht wieder. Ich glaubte, er spräche so zu mir, und ich gewann meine Ruhe zurück. Aber was waren das schon für Sünden, damals, zu jener Zeit? Wäre es dabei geblieben, wäre ich heute wohl ein Heiliger.«

Er verstummte für eine Weile und flüsterte dann weiter: »Einmal zog ein schweres Gewitter über die Stadt hinweg. Ich war damals vierzehn, vielleicht auch fünfzehn Jahre alt. Ein großer, stämmiger Junge. Meine älteren Schwestern hockten in der Ecke des Wohnzimmers und kreischten vor Angst. In der ganzen Stadt fiel das Licht aus. Dunkelheit, Sturm, Sturzregen. Das Haus krachte. Plötzlich höre ich ein schreckliches Getöse, da war ein Teil der Dachziegel weggerissen. Der Regen fiel durch den Schornstein und überflutete die Feuerstelle im Herd. Das Feuer zischte und erlosch langsam. Meine jüngere Schwester wurde vor Angst ohnmächtig. Damals habe ich zum ersten Mal besorgt daran gedacht, was sie ohne mich tun würden.

Dumme, schwache, ängstliche Frauen. Ich war der Wichtigste im Haus, meine Mutter kränkelte bereits, wir litten Not, meine Mutter sah nur nach den Blumen im Garten, das war ihre letzte Freude, alles andere wurde mir überlassen. Ausgerechnet während dieses Gewitters dachte ich mir, es gibt eine Welt der Pflichten, der Verantwortlichkeiten für andere, für meine dummen Schwestern, für meine kranke Mutter. Meine Mutter hieß Inge. Inge Arens, geborene Richter. Viele Jahre lang konnte sie sich kaum bewegen, sie litt an Rheumatismus, ich habe das von ihr geerbt, in Rußland ist es schlimmer geworden, ich konnte fast nicht mehr gehen, dann wurde es besser, jetzt ist es wieder schlechter, in diesem Gefängnis zieht es jeden schief und krumm und mich erst recht mit meiner Erbkrankheit. Sie konnte jahrelang nicht mehr gehen und war völlig hilflos, angewiesen auf die Fürsorge anderer, die aber entpuppten sich als Schurken, sie ließen sie im ersten Stock des Hauses zurück und flüchteten alle in die Abtei, die dicken Mauern hatten schon tausend Jahre standgehalten, dort haben sie überlebt, meine Mutter aber, die Arme, blieb ganz allein im ersten Stock, in ihrem Sessel, direkt unter dem Dach, dort hat eine Bombe sie getötet, Trümmer haben sie zugeschüttet, erst nach einer Woche wurde die Leiche unter den Ruinen hervorgeholt, doch das habe ich nicht gesehen, ich weiß nichts, keine Einzelheiten, ich kenne die Sache nur aus einem Familienbrief. Meine Mutter hatte wohlhabende Verwandte, alles gebildete Leute, in unterschiedlichen Stellungen, sie waren einflußreich, doch von ihr hatten sie sich losgesagt, als sie den armen Mann aus Siegburg heiratete. Später hat sich das geändert, klar, später wurde ich ein einflußreicher Mann, ich habe sie in Köln besucht, sie fühlten sich sehr geehrt und katzbuckelten, o ja ... Aber ich konnte sie nie leiden, sie hatten meiner Mutter, meinen Schwestern und auch mir Unrecht getan, die wohlhabenden Leute, und bei uns daheim war nicht genug Geld gewesen für die Ausbildung, immerzu Sorgen, immerzu Mangel, erst nach Jahren, schon unter Adolf Hitler, änderten sich die Verhältnisse, man konnte freier atmen im Reich. Sie verstehen das natürlich nicht, Sie sind ja von der anderen Seite, aber ich muß es mit reinem Gewissen sagen, ein Wechsel war nötig, der große Durchbruch war nötig, hätten die Leute den Durchbruch nicht gewollt, hätte es keinen Führer gegeben und diese ganze Geschichte. Es ging mir wirklich besser, seit die national-sozialistische Bewegung gesiegt hatte. Ich fühlte mich damals einfach besser.«

Plötzlich brach er ab. Ein Gedanke schoß ihm durch den Kopf, er öffnete weit die Augen, das Licht der starken Glühbirne unter der Decke stach ihm in die Pupillen.

»Ich fühlte mich besser«, wiederholte er.

Ich fühlte mich nicht besser, dachte er. All die Jahre hindurch hatte ich das Gefühl, nicht ausgefüllt zu sein, hartnäckig auf etwas zu warten, das dieses lausige Leben in Ordnung brächte. Es geschah so viel, jeder Tag brachte Offenbarungen, jeden Tag erwachte ich zu einer neuen Wirklichkeit, doch sie trat nicht ein, immer hielt etwas sie auf, die neue Welt zögerte immer noch am Horizont. Jahre vergingen, das unablässige Warten, erst die Begeisterung, dann schon der Krieg, die Säuberung des Vorfeldes für diese neue Wirklichkeit, die nicht eintraf, nicht eintraf, bis sie schließlich doch eintraf, sie ist um mich ... Umzingelung, Einsamkeit und Niederlage.

»Es stimmt nicht, Mann! Ich fühlte mich gar nicht besser«, sagte er und schloß wieder die Augen. Doch das Licht der Glühbirne drang durch seine Lider.

Jahrelang, dachte er, habe ich im ideologischen Mief gelebt, auf dem Müllhaufen unserer deutschen Hirngespinste. Ich hätte zu Hause bleiben müssen, selbst in diesem armen Hause, an der Seite meiner kranken Mutter. Ich hätte dort bleiben müssen.

»Arens«, zischelte Hryniewicz, »die machen einem nur angst. Ich kenne sie gut. Ohne Rücksicht auf Ihre Entscheidung werden sie tun, was sie beschlossen haben. In diesem Fall ist Ihre Aussage völlig ohne Sinn.«

»Schweigen Sie!« sagte Arens.

»Ich weiß, was ich sage. Sie können gegen sie aussagen, aber Sie können die Zusammenarbeit auch verweigern, das ist ohne Bedeutung. Wenn die beschlossen haben, daß Sie hängen sollen, werden Sie hängen, Arens! Wenn die jedoch aus irgendeinem Grund zu der Ansicht gekommen sind, es lohne sich, Sie am Leben zu lassen oder sogar freizugeben und nach Deutschland zu schicken, können Sie ihnen den Arsch zeigen! Verstehen Sie doch endlich, daß hier buchstäblich nichts von uns abhängt außer der inneren Freiheit. Habe ich mich klar ausgedrückt, Arens?«

»Sie haben sich klar ausgedrückt«, antwortete Arens, »aber woher wissen Sie, daß es so sein wird?«

»Ich kenne diese Leute. Und Sie kenne ich auch. Sie würden doch an ihrer Stelle genauso vorgehen. Sie kennen doch alle diese Kunststücke. Überlegen Sie mal eine Weile. Zum Beispiel Witebsk.«

»Hören Sie auf mit diesem Zischeln!« unterbrach ihn Arens.

»Fällt mir nicht ein, mein Lieber. Sie haben ihn schon in der Hand, diesen Mann aus den sowjetischen Waldabteilungen. Sie haben ihre Sohlen schon an seinem Bauch blankgerieben. Aber wo ist deren Quartier, die Abwurfstelle für Waffen? Sie erlauben sich ein kurzes Gespräch mit diesem Iwan. Streng, aber väterlich. ›Hör zu, Iwan, sag, wo euer Quartier ist. Sagst du's nicht, hängst du am nächsten Chausseebaum. Sagst du's, schicke ich dich ins Hinterland, dort ist ein Gefangenenlager, warme Barakken, die Harmonika spielt.‹ Während du das sagst, weißt du schon ganz genau, was geschehen muß. Der Herr haben schon entschieden. Sagt der Iwan, wo sein Quartier ist, oder sagt er kein Wort, hängen wird er sowieso. Sagt er was oder sagt er nichts, Sie haben ihn schon für den Transport bestimmt! Alles hängt von Ihnen ab, Arens, weil Sie manchmal gern den lieben Gott spielen. Da naht ein gewöhnlicher Tag in Witebsk, und Sie können es nicht mehr aushalten, so drängt es Sie, für eine Viertelstunde den lieben Gott zu vertreten. Soll Er sich doch ausruhen, dem Gesang der Engel lauschen, ich schenke hier einem Menschen das Leben, oder ich nehme ihm das Leben, ganz nach meiner Lust und Laune. War es nicht genauso, Arens?«

Arens schwieg. Hryniewicz flüsterte weiter: »Die hier wollen auch sein wie der allmächtige Gott. Aber das wird ihnen nie gelingen. Denn Er gibt und nimmt nicht nur das Leben. Er gibt und nimmt noch etwas, das ihr den Menschen nie geben konntet, weil das keine menschliche Sache ist, sondern eine wahrhaft göttliche. Er gibt den freien Willen und das Gewissen. Können Sie einem anderen Menschen das Gewissen nehmen, Arens? Können Sie einem anderen Menschen eine Wahl aufzwingen, Arens? Sie konnten diesen russischen Partisan töten oder ins Hinterland schicken. Und das war alles, was Sie mit ihm machen konnten, Sie schwacher, sterblicher Mensch. Mehr können die auch nicht. Entweder hängen sie uns, oder sie hängen uns nicht. Doch können sie uns nicht das heilige Privileg nehmen, kraft dessen wir erkennen, was gut ist und was böse, und unsere Wahl treffen. Die können Ihnen das nicht nehmen, Arens. Das ist Ihr Eigentum für alle Ewigkeit!«

»Amen! Und lecken Sie mich am Arsch«, sagte Arens.

»Gut, gut«, brummte Hryniewicz. »Ich kenne Sie ja, mein Teurer. Am Arsch, Entschuldigung, sollte nicht ich Sie lecken, sondern die da sollten es tun, mit ihrer ganzen Verschwörung gegen unschuldige Menschen. Was können sie uns tun? Sind sie imstande, uns dieses Gespräch wegzunehmen? Denken Sie nur ruhig über all das nach. Wir haben viel Zeit, der Tod ist noch weit, ohne Prozeß werden sie uns nicht hängen, und ihre Bürokratie ist furchtbar, in dieser Hinsicht waren Sie moderner, um es recht höflich zu sagen...«

»Ich höre Ihnen nicht zu«, knurrte Arens. »Ich bin längst eingeschlafen.«

»Wissen möchte ich, was Sie träumen werden«, sagte Hryniewicz mit seltsamem, geradezu rätselhaftem Spott. »Eines bestimmt nicht. Das Eine werden Sie nie mehr träumen, wenn Sie eine Aussage im Fall dieser armen Schlucker machen...«

Arens schwieg eine Weile, aber dann fragte er doch: »Was denn werde ich nie wieder träumen?«

»Dieses Siegburg, Arens. Diese Dachziegel, die der Wind heruntergerissen hat. Und die Bahn unten in der Schlucht.«

»Der Schlag soll Sie treffen!« sagte Arens. »Sie haben kein Recht an meinen Träumen. Sie werden sich wundern, aber es ist ganz anders. Fast jede Nacht habe ich deutsche Träume. Und ich werde sie weiter haben!«

»Keineswegs, Arens«, entgegnete Hryniewicz, »keineswegs. Sie haben keinen ordentlichen deutschen Traum verdient. So wie die da ihre polnischen, jüdischen und russischen Träume nicht verdient haben. Euch wird für immer ein und derselbe Teufel träumen.«

21

Trojans Gesicht war verzerrt und bleich. Zigarettenqualm umgab seinen Kopf. Im Aschenbecher auf dem Tisch häuften sich die Kippen. Arens lehnte in einem Sessel, sein kleiner, kahl werdender Schädel saß starr auf dem vor Anstrengung angeschwollenen Nacken. Lomakin benutzte den Sessel am Fenster, dahinter dunkle Nacht, nur in der Ferne glomm das Licht einer Straßenlaterne. Hinter dem Schreibtisch saß ein Zivilist in dunklem Anzug, gegenüber in unbequemer Haltung, die Beine untergeschlagen wie ein kleiner Junge, der Offizier mit dem finsteren Falkengesicht, Hauptmann Glabusz. Er beugte sich über eine Mappe mit Papieren.

Und noch jemand befand sich im Zimmer.

Dieser Sechste saß im Sessel an der Wand, ganz im Dunkel. Er hatte ein bekanntes, aber wenig einprägsames Gesicht, seine Züge wirkten unscharf, verschwommen, als versteckte er sich hinter einem feinen Schleier oder umgäbe sich mit Nebel. Er saß bewegungslos, die Hände auf dem Bauch gefaltet, und jeder, der hinsehen wollte, konnte mühelos bemerken, daß an seiner rechten Hand der Ringfinger fehlte. Dieser Mann schwieg, hatte die Augen aber offen und sah alles.

Der Zigarettenrauch fügte sich zu schmalen Streifen unter der Zimmerdecke. Die Männer hatten blasse und aufgedunsene Gesichter, eingesunkene Augen, schlaffe Körper, müde Bewegungen. Es war fünf Uhr früh, sie saßen hier bereits seit fast zwölf Stunden, tauschten kurze Sätze in gedämpftem Ton, aber voller Spannung, sagten nur, was unbedingt gesagt werden mußte, kein Wort darüber hinaus.

Sie arbeiteten gemeinsam sehr schwer.

Irgendwo hinter den Fenstern dieses Raums erstreckte sich die Welt.

Irgendwann einmal wurde die Erde vom Wasser geschieden, das Feuer von der Luft, die Fische von den Vögeln, die Tiere von den Insekten, die Steine von den Gräsern, die Sterne von den Wolken, geschieden wurden die Bäume von den Winden, die Stille vom Lärm, aber auch das Kleinere vom Größeren.

Und alles war vernünftig.

Irgendwo vor den Fenstern dieses Zimmers war die Welt, so wie sie sein sollte. Gut überlegt, selbst in ihrer Grausamkeit, Unumkehrbarkeit und in ihrem Schmerz. Die Flüsse flossen von den Bergen zum Meer. Wehte der Wind von Süden, so wehte er nicht von Norden, und die Bäume konnten verstehen, in welche Richtung sie ihre blätterschweren Zweige strecken sollten. Die Raubtiere hatten Klauen und Zähne, andere Tiere aber lange, schnelle Beine, um dem Tod entfliehen zu können. Die Sonne trocknete die Erde, und der Regen befeuchtete sie. So taten alle, was ihnen geboten war.

Im Zimmer redeten die Männer, dann sank wieder Stille herab, aschgrau und stickig, sie zog sich in Streifen unter der Decke hin, wieder sagte einer der Männer einige wichtige Worte, überlegte ein anderer die Antwort, an den Fenstern ging die Nacht vorbei, sie schaute ins Zimmer und ging weiter und weiter, dennoch stand sie immer noch vor dem Fenster und betrachtete diese Menschen, deren Gesichter, hervorgeholt vom Licht der Lampe auf dem Schreibtisch, aus dem Dunkel des Vergessens und der Verachtung auftauchten.

Einer von diesen Menschen, der Russe, hatte früher Dostojewskij gelesen und erinnerte sich der Worte, wenn es Gott nicht gibt, ist alles erlaubt. Andere Männer hatten auch Dostojewskij gelesen, sie waren ja intelligent, sie hielten sich für vernünftig, für Repräsentanten der am besten aufgeklärten und modernsten Gattung der Menschen. Doch sowohl der Russe als auch die übrigen im Zimmer versammelten Männer hatten Dostojewskij falsch gelesen. Sie waren nämlich zu dem Schluß gelangt, wenn sie wünschten, daß ihnen alles erlaubt sei, dann müßten sie anerkennen, daß Gott nicht existiert.

Dadurch verfingen sie sich in Netze, die sie selbst aufgestellt hatten.

Denn es zeigte sich, daß ihnen zwar alles erlaubt war und daß ihnen aus diesem Grund viel Befriedigung zuteil wurde, doch verlor zugleich alles, was sie taten, seinen Sinn und hörte auf, vernünftig zu sein.

Sie befanden sich Auge in Auge mit dem Tod und waren ihm gegenüber wehrlos. Sie hatten keine Ahnung, wann und von wo der Tod kommen würde, um intim mit ihnen zu sprechen. Alle Pläne erwiesen sich in dieser Situation als illusorisch und äußerst töricht; es konnte ja passieren – und diese Leute wußten darum –, daß am Vorabend einer glänzenden Lösung, an der sie jahrelang gearbeitet hatten, mitten in ihnen etwas zerbrach, eine kleine Sprungfeder den Gehorsam verweigerte und sie ins Nichts abtreten mußten.

Das war keine besonders ermutigende Perspektive. Und deshalb verfolgte der Gedanke an den Tod sie spürbar. Jeden Tag erwachten sie voller Unruhe, und die Tatsache, daß die Bäume sich im Wind vernünftig bogen und die Sonne übermäßige Feuchte aus der Erde sog, stellte für sie keinen Trost dar. Schließlich konnte es passieren, daß sie das alles morgen nicht mehr sahen.

Ungeduld webte in ihnen, und Eile trieb sie an. Sie wollten die Welt gewaltsam verändern, um noch vor Sonnenuntergang neue Landschaften bewundern zu können. Manche beschäftigten sich sogar damit, den Lauf von Flüssen umzudrehen und Berge zu versetzen, ganz nach ihrer Lust und Laune, um zu beweisen, daß sie alles konnten und alles ihnen erlaubt war.

Doch die hier im Zimmer, im Licht der Schreibtischlampe versammelten, in Schwaden aus Stille und Rauch gehüllten Männer befaßten sich nicht mit so unwichtigen Dingen wie Länder, Meere, Berge und Flüsse. Sie hatten eine Aufgabe zu erfüllen, die mehr Verantwortung und größere Anstrengung erforderte.

Sie versuchten nämlich, andere Menschen zum Akzeptieren des Absurden zu veranlassen.

Das war ihre einzige Möglichkeit, sich von der Angst zu befreien. Gelang ihnen das, so gewannen sie ein wenig Ruhe zurück. Immerhin fühlten sie sich nicht mehr so sehr vereinsamt, sie hatten neue Helfer, sie konnten in dieser Gemeinschaft einen Halt finden.

Gewiß ließen sie sich manchmal von der heidnischen Illusion leiten, wenn sie andere opferten, könnten sie ihr eigenes Leben verlängern. Diese Täuschung dauerte jedoch nicht lange, da sie im Grunde nüchtern über die Welt dachten.

Man kann die Vermutung riskieren, daß mindestens einer von ihnen, eventuell sogar alle, die sich in dieser Nacht hier versammelt hatten, um über Tod und Verdammnis zu sprechen, einen heftigen Vorwurf gegen diesen nicht existierenden Gott hegten, weil er sie verlassen und ihnen erlaubt hatte, an seiner Existenz zu zweifeln. Immerhin, wenn er allmächtig und allwissend war, dann hatte er selbst sie zu Unglauben, Angst und Absurdität verurteilt. Wenn er aber versuchte, Ausflüchte zu finden und sich hinter der Problematik des freien Willens und des unveräußerlichen Gewissens zu verschanzen, dann konnten sie ihm mit bitterem Hohn antworten, am sechsten Schöpfungstag habe er seine Arbeit gründlich verpfuscht.

Diese Leute waren rebellisch genug, um sich zu einer Polemik in den Kategorien der reinen Vernunft aufzuraffen. Immerhin war nicht definitiv geklärt, wie sich der freie Wille zur göttlichen Allmacht verhielt und in welcher Beziehung zur göttlichen Allwissenheit die Gewissensentscheidungen des einzelnen standen. In dieser Hinsicht gab es viele Unklarheiten, lange bevor die Männer sich in dem verrauchten Zimmer befanden, ja sogar noch früher, als keiner davon geträumt hatte, mit der idiotischen Meinung hervorzutreten, dem Menschen sei alles erlaubt, weil die Möglichkeiten seiner Vernunft unbegrenzt und die moralischen Grundsätze von den Umständen abhängig seien.

Der Gedanke, daß sie schon vor Hunderten von Jahren Vorgänger im Zweifel, in der Angst und der Verachtung hatten, war tröstlich für die im verrauchten Zimmer versammelten fünf Männer.

Dennoch übertrieben sie mit ihrer dummen Überzeugung, die Vernunft sei allmächtig. Ihre Vorgänger waren, selbst wenn sie die Macht der Vernunft verkündeten, ziemlich skeptisch. Letzten Endes soll sich sogar Voltaire vor der Dunkelheit gefürchtet haben. Wie auch immer es um Voltaire stand, eines unterlag keinem Zweifel: Er war überzeugt, man müsse die Vernunft zu vernünftigen Zwecken benutzen. Es ging nicht in seinen armen, gepuderten Kopf hinein, nicht einmal in Augenblicken großer intellektueller Verwirrung, als er enthusiastische Briefe nach Petersburg schrieb und die Weisheit der russischen Zarin pries, man könne die Vernunft lügnerisch benutzen zur lügnerischen Bestätigung der Lüge, die man lügnerisch erdacht hatte.

Die Vorgänger dieser in dem verrauchten Zimmer versammelten Männer gaben sich dem naiven Glauben hin, die Vernunft müsse der Wahrheit dienen, sonst nämlich sei sie nicht vernünftig. Gerade in diesem Sinn waren sie nicht konsequent, weil sie trotzdem noch an etwas glaubten, weil ihnen noch etwas außer der reinen Vernunft geblieben war, die Überzeugung nämlich, die Vernunft müsse einem vernünftigen Leben dienen.

Der Geist der früheren Rationalisten war also, verglichen mit dem ihrer Nachfolger im 20. Jahrhundert, ziemlich beschränkt. Die früheren Rationalisten konnten sich einfach nicht vorstellen, daß man eine Welt der totalen Fiktion schaffen muß, bloß um nachzuweisen, daß die Fiktion vernünftiger ist als die Wirklichkeit.

Selbstverständlich hatten diese altmodischen Rationalisten recht. Vielleicht war Voltaire nicht so vernünftig wie Trojan oder Lomakin, bestimmt aber klüger. Er konnte voraussehen, daß die Fiktion stets dümmer als die Wirklichkeit sein und daß sich die Lüge angesichts der Wahrheit stets als bucklig, schieläugig und lahm erweisen würde. Ein Voltaire zum Beispiel hätte nicht sagen können, es sei ganz gut, dem Fall die nicht bis ins Letzte präzisierte und gewissermaßen im Vorübergehen ausgedrückte Suggestion beizugeben, der vor Jahren gegen Knoller ausgebrochene Volkszorn sei zur Ursache antijüdischer Unruhen geworden, deshalb seien Rudowski und Kamaszek mittelbar für diese Unruhen verantwortlich, obwohl beide zu der Zeit, als die Leute auf der Marien-Straße ein paar Juden totschlugen, längst im Gefängnis saßen. Selbst Voltaire hätte nicht sagen können, wäre er wahrheitsgemäß informiert worden, daß Knoller vor sieben Jahren eine Falschaussage gemacht hatte, getrieben von dem einen Wunsch, den Ausreisepaß nach Amerika zu erhalten, und der Preis für diesen Paß war die unklare Belastung Kamaszeks und Rudowskis, die man ihm auf ganz simple und seit Anfang der Welt bekannte Weise entlockt hatte.

Voltaire hätte das nicht sagen können, aber Trojan sagte es, und Lomakin fügte mit Nachdruck hinzu, die Sache zeichne sich gegenwärtig ganz rational ab, was wiederum Hauptmann Glabusz mit einem bestätigenden Kopfnicken aufnahm.

Vom Gesichtspunkt der Rationalität dieser Fiktion aus war indessen Knollers Aussage von vor Jahren erst das Prolegomenon zu einer Philosophie der Unwirklichkeit.

Ähnlich verhielt sich der Fall mit Antoni Rudowski und seiner Zugehörigkeit zu der nicht existierenden Polnischen Nationalarmee, doch wenn jemand während des Krieges zur Heimatarmee gehört und am Warschauer Aufstand teilgenommen hatte, konnte er doch auch zu jeder anderen Armee gehören und an jedem anderen Unternehmen mitwirken. Immerhin, die Heimatarmee mit ihrem unfreundlichen Verhältnis zur UdSSR, das sich aus der bourgeoisen Tradition des polnischen Vorkriegsstaates ergab, mußte zum Ungeheuer und zum eiternden Geschwür am alabasterweißen Leib des neuen Systems werden, wenn der historische Materialismus einen Sinn behalten sollte. Angesichts dessen zog die Heimatarmee Arm in Arm dahin mit dem Antisemitismus, dem Faschismus, dem nationalen Verrat, dem Lakaientum gegenüber dem imperialistischen Amerika und folglich auch – das dürfte keinem Zweifel mehr unterliegen – in enger Zusammenarbeit mit der Gestapo. Adolf Hitler war, wie allgemein bekannt, ein Knecht des völkermordenden Kapitalismus, und auf diese Weise wurde Rudowski, ob er es wollte oder nicht, während der Okkupation zu Arens' eifrigem und ergebenem Agenten. Wäre er das nicht geworden und hätte er nicht als Schranze des Dritten Reiches und des Weltkapitalismus die nationalen Interessen verraten, so müßte man die gesamte soziologische Version des menschlichen Schicksals auf den Müllhaufen werfen, worüber uns ganz einfach die Dialektik der Geschichte belehrt.

Wären die Menschen in diesem Zimmer keine von der Illusion ihrer eigenen rationalistischen Allmacht in den Bann geschlagenen Verbrecher, so wären sie nichts als Dummköpfe, denn ihre Gespräche klangen ohne Zweifel wie das Gestammel kompletter Idioten. Kein Mensch mit gesunden Sinnen wäre imstande, sich so sinnlose und in ihrer Absurdität so komische Dinge auszudenken, und dennoch lauschte die halbe Welt diesem Gestammel mit Entsetzen und Verzweiflung, die andere Hälfte aber mit Achtung und Bewunderung, wobei sich letztere für die bessere, klügere, maßgeblichere und mit Freiheit bedachte hielt und ihre Bewunderung und Achtung zum Teil aus unwürdiger Angst schöpfte und zum Teil aus der Überzeugung, selbst zu wenig rational und vernünftig zu sein.

Die leidenschaftliche Sehnsucht nach einer Welt, die man vernünftig erkennen und einrichten könnte, veranlaßte ganz vernünftige Menschen zur Demut gegenüber den verbrecherisch Wahnsinnigen, denen Gott einfach den Verstand genommen hatte. Niemand wollte glauben, daß es verbrecherisch Wahnsinnige waren, weil die Welt eine Schwäche für das Verbrechen hat und dafür stets rationale Begründungen sucht, statt ganz einfach Niedertracht Niedertracht zu nennen, Lüge Lüge, Verbrechen Verbrechen und sie im Namen der Wahrheit und der Vernunft zu verurteilen.

Denn es hätte doch so wenig genügt.

Es hätte genügt, an das zu glauben, woran zu glauben sich gehört, nämlich daß der menschliche Geist nur bis zu einem bestimmten Grade vernünftig ist, der Tod eine unvermeidliche Folge des Lebens, der Mensch schwächer als das Pferd, langsamer als der Windhund, häßlicher als die Hirschkuh und sehr oft dümmer als der Esel. Es genügte zu glauben, daß das Feuer verbrühen kann, die Nadel stechen, das Wasser ertränken und daß der Teufel wirklich existiert.

Voltaire hatte wahrscheinlich recht, als er die Anschauung bestritt, der Teufel besitze einen Schwanz, Hörner und Hufe. Es spricht nichts für diese Meinung, und beweisen kann man sie auch nicht, weil kaum jemand den Teufel gesehen und selbst wenn, kaum wahrgenommen hat.

22

Wissen Sie, es gibt so viele Einbildungen in dieser Frage, so viele falsche Vorstellungen. Vor einer Stunde haben Sie selbst gesagt, es sei unmöglich, Adolf Hitlers Drittes Reich mit dem zu vergleichen, was Stalin errichtet hat, wobei Ihre Bemerkung darauf hinzuweisen schien, daß Sie den Nationalsozialismus total verurteilen und keine Rechtfertigungen für diese Bewegung finden, während die Sache beim stalinistischen Kommunismus für Sie doch ein wenig anders aussieht. Sofern ich das richtig verstanden habe, gibt es in Ihrem weiblichen, sensiblen Herzen einen Winkel der Nachsicht und Anerkennung für die Leute im Kreml, die zwar ihre Hände in Menschenblut getaucht, aber immerhin doch unvergängliche Dinge errichtet haben, so etwas wie die Pyramiden unseres Jahrhunderts.

Das ist ein ziemlich weit verbreitetes Phänomen, Sie erliegen nicht allein dem Zauber dieser Täuschungen. Ich denke, wir berühren hier das Ethos Europas, falls man sich so hochtrabend ausdrücken darf. Das Ethos Europas stammt aus der französischen Revolution, die Faszination durch die Zerstörung der Bastille, Freiheit, Gleichheit, Brüderlichkeit und so weiter. Selbstverständlich allgemein menschliche Ideale. Entgegen dem, was Hitler verkündete, entgegen der deutschen nationalistischen Exklusivität gibt es bei den Kommunisten eine allgemein menschliche Perspektive, sie umarmen die ganze Welt, die Erlösung ist allen ohne jede Ausnahme zugänglich, denn wie Ihnen sicher bekannt ist, kann selbst der niederträchtigste Kapitalist, wenn er nur aufhört, Kapitalist zu sein, wenn er nur die Wohltaten der kollektiven Arbeit und des kollektiven Eigentums erfährt, der kommunistischen Erlösung teilhaftig werden und seinen bescheidenen Platz in der klassenlosen Gesellschaft finden.

Immer hat Europa die Kommunisten mit einem gewissen Verständnis umgeben, als vielleicht nicht ganz wohlgeratene, aber doch eigene Kinder, während die Nazis verflucht wurden; sie waren Ungeheuer, leibhaftige Teufel, etwas Bösartiges, das unserer geistigen Tradition zuwiderlief. So ist es bis heute geblieben. Ich möchte jedoch dieses unangenehme Thema nicht weiter vertiefen, wir sprechen ja von meinem Leben, und das bestand nicht nur aus der totalitären Erfahrung, es gab darin auch Frauen, Träume, die Torheiten der Jugend und die Bitternisse des reifen Alters.

Wenn ich mich für einen Gegner der kommunistischen Faseleien über die soziologische Version des menschlichen Schicksals halte, sollte ich mich nicht krampfhaft an den politischen Rahmen meines Berichts klammern. Ich weiß, Sie werden nur für Politik bezahlt, in Ihren Notizen ist kein Platz für meine Rührung, die aus der Bewunderung für die Natur oder für die Musik Bachs erwächst, Sie sind wie ich gefangen in der politischen Geschichte Europas.

Ich verstehe und akzeptiere das.

Und doch, trotz aller Festlegungen erlaube ich mir eine thematische Usurpation. Sie können das äußerstenfalls weglassen, in den Papierkorb der Redaktion werfen, letzten Endes ist das Ihre Sache, ich möchte aber im Einklang mit meiner Erinnerung bleiben, an der ich ein ausschließliches Recht habe.

Die Nächte waren hell, nie wurde die grelle Glühbirne

unter der Decke ausgemacht. Und trotzdem waren sie wie ein schwarzer Brunnen. Ich stieg langsam hinunter, sinnierend, nachdenklich, Schritt um Schritt, immer tiefer, obwohl ich wußte, daß mein Brunnen keinen Grund hatte. Ich stieg hinunter auf den Sprossen der Vorstellungskraft, aber es war weniger die Vorstellungskraft, eher die ständig in mir vorhandene Verzweiflung und der Schmerz, meine Versöhnung mit dem Tod und gleichzeitig meine Sehnsucht nach dem Leben, das unwiderruflich verging, das schreckliche Verlangen, noch eine Nacht zu überstehen, und das schreckliche Verlangen nach einem Schlaf, der alles überschwemmt, alles schmerzlos und unwichtig macht.

Mein Brunnen war sehr tief. Ich stieg über Jahre in seine Tiefe hinunter und kam doch nicht auf den Grund. Solche Brunnen haben keinen Grund, glauben Sie mir. Denn sie existieren überhaupt nicht. Ich selber war der Brunnen meines Schmerzes, meiner Angst und Verzweiflung. Und der Mensch ist unergründlich, ihn kann man nicht ausschöpfen, seine Angst und sein Schmerz kennen keine Grenzen. Wer behauptet, er habe die Grenzen des Leidens erreicht, der lästert einfach, und möge Gott ihm vergeben, möge Er ihn nicht stärker prüfen.

Ich bitte Sie, es gibt keine Grenze der Widerstandsfähigkeit dieses Materials. Der Körper kann den Gehorsam verweigern, doch die Seele ist unbeschreiblich aufnahmefähig, sie bewahrt so viel Leiden, Verzweiflung und Hoffnungslosigkeit, wie das ganze Weltall enthält. Alle wissen das, und vielleicht gibt es deshalb keine Grenzen im Zufügen von Leiden. Denn hier ist unsere Erfindungsgabe grenzenlos. Und ich denke, gerade das ist meine tiefste Qual, gerade das entsetzt mich am meisten, daß es im Menschen zwei Pole gibt, zwei Gipfel, die bis zum Himmel reichen oder wohl besser zu Himmel und Hölle, und auf dem einen dieser Gipfel wohnt die grenzenlose menschliche Geduld, Leiden zu ertragen, Schmerz anzunehmen, Verzweiflung zu akzeptieren, auf dem anderen Gipfel aber sammelt sich die unaufhörliche Fähigkeit, Leiden zuzufügen, Schmerz zu steigern, Verzweiflung zu vertiefen. Zwischen beiden Gipfeln aber verläuft die Spannung, ich möchte sagen, der Strom des Daseins, das ist unsere Angst, sie gebietet uns zu leiden und zu verzweifeln, sie gebietet uns, andere Menschen zu quälen.

Außerdem ist in solchen Brunnen ein Schatz versteckt. Vielleicht nicht in jedem, in meinem aber habe ich einen solchen Schatz entdeckt.

Das ist eine besondere Art der Sensibilität für die Natur. Obgleich es lächerlich klingt, denn der Mensch ist dort doch von der Natur isoliert, vielleicht bildet sich gerade aus diesem Grund in ihm eine große Empfindlichkeit heraus. Wenn Sie das notieren wollen, unterstreichen Sie bitte, daß ich eine Empfindlichkeit im fotografischen Sinn meine. Die Empfindlichkeit des Films, der Platte, des Fotopapiers.

Scheinbar habe ich einige Jahre lang keine Sonnenauf- und -untergänge gesehen. In Wirklichkeit jedoch, im Sinne eines tieferen Erlebens, hatte ich wohl nie, weder vor- noch nachher, einen so tiefen Bezug zur Natur, also auch zum Rhythmus des Tages, der Nacht ...

Ein Blatt, mein Gott!

Heute ist ein Blatt für mich eine Selbstverständlichkeit, werfen Sie bitte einen Blick durch das Fenster, man braucht sich gar nicht hinauszulehnen, wie viele Blätter gibt es rundum. Gestern bin ich mit meiner Frau auf der schönen Promenade über dem Ufer des Lago Maggiore spazieren gegangen, eine Wollust an Grün, meinen Sie nicht auch? Ein ungewöhnlich schönes Stückchen Welt.

Doch die Blätter sind mir heute gleichgültig. Damals, unter jenen Bedingungen, habe ich ein Blatt erlebt! Haben Sie je ein Blatt erlebt? So wie man die Verbindung mit einer Frau erlebt, mit einem Jugendfreund, vielleicht auch mit dem eigenen Kind. Kurz – eine Fülle inneren Erlebens. Man kann Blätter in der Vorstellungskraft sehr unterschiedlich betrachten. Zum Beispiel ganz einfach, am Baum. Aber man kann sie auch röntgenologisch betrachten, möchte ich sagen. Im ganzen Reichtum ihrer Struktur, jedes Äderchen, jede Runzel einzeln. Und man kann dann Schmerz empfinden wegen eines kranken Blattes, das Sie gar nicht bemerken, wenn Sie auf der Promenade, im Schatten dieser wunderschönen Platanen, vorübergehen.

Sonnenauf- und Sonnenuntergänge. Damals hätte ich sie sogar beschreiben können. Heute ist es bereits zu spät für derartige Experimente. Darum sage ich nur, das waren die schönen Augenblicke meines Lebens, damals empfand ich die Einheit mit einer Welt, die man mir weggenommen, derer man mich beraubt hatte, und doch gab mir Gott diese Welt zurück, trug ich sie unter den Lidern wie die Erinnerung an Justyna, wie die Erinnerung an meine Kindheit, wie fast jeden Gegenstand, der mir einst in die Hand gegeben worden war, damit ich seine Form, sein Gewicht, seine Glätte kennenlernte.

Zurück zu unseren Angelegenheiten, liebe Freundin. Ich verstehe Ihre Ungeduld, und wie schon gesagt, ich akzeptiere diesen Stil.

Schauen Sie, das reduziert sich auf die Fragen der Erziehung. Die Nationalsozialisten wollten gar nicht erziehen. Sie stellten sich einfachere Aufgaben, konkretere, klarere vom psychologischen Gesichtspunkt aus gesehen. Denn das Töten ist ja keine komplizierte Sache.

Die Welt sollte von Hitler nicht erlöst, sondern anders eingerichtet werden als bisher, auf eine Weise, die den deutschen nationalen Interessen entsprach. Eine sehr erdgebundene Philosophie. Ich möchte sagen – keine Eschatologie.

Die Juden sind Läuse, und Läuse muß man vernichten. Solche Meinungen passen zur deutschen Vorstellungskraft, weil die Deutschen sauber sind, weil sie Hygiene und Ordnung lieben. Die Juden haben wir damit erledigt, jetzt sind andere an der Reihe. Die Polen sind eine Bande, Menschen auf sehr viel niedrigerer Entwicklungsstufe, womöglich nicht ganz Menschen, eher Untermenschen, wenn man bedenkt, daß die Deutschen Übermenschen sind. Ist man Deutscher, ein gewöhnlicher, provinzieller Deutscher – und die große Mehrheit von ihnen sind Provinzler, die Deutschen haben die seltsamste geographische Lage der Welt, dieses Land liegt genau in der Mitte Europas, ist aber unbeschreiblich provinziell, ein riesengroßer, kolossaler, gigantischer vernagelter Winkel, schrecklich viel Vorurteile, Einbildungen, Illusionen, sie glauben noch heute an die Märchen der Brüder Grimm –, ist man also Deutscher, ein dicker, gut genährter Schlachter aus Nürnberg oder Saalfeld, und hört plötzlich von seiner Regierung, die Polen seien eine fürchterliche Bande, die Polen, das sei Unwissenheit, eine lahme und verkrüppelte Welt, ich aber, der Schlachter aus Saalfeld, sei der Schönste unter der Sonne, ich hätte kein Doppelkinn und keinen in eine Hose aus braunem Stoff gezwängten gigantischen Hintern, ich sei schlank wie Adonis, außerordentlich gebildet, fortschrittlich, modern, entdeckungsfreudig, weil ich schon fünf Jahre früher als die Polen ein Wasserklosett benutzt habe, und außerdem, was ebenfalls enorm wichtig ist, wer weiß, vielleicht gar entscheidend, ich wische, sooft ich abends den Misthaufen umgesetzt habe, meine Forke zweimal am Gras ab, während der polnische Bauer sie nur einmal abwischt, bin ich also ein so wundervoller Deutscher der dreißiger Jahre unseres Jahrhunderts, warum sollte ich dann nicht glauben, daß ich zum Herrenvolk gehöre, die Polen aber als meine Sklaven geschaffen sind?

Hitler baute auf die schreckliche deutsche Unwissenheit. Die Deutschen waren keineswegs aufgeklärt, sie waren finster wie die schwärzeste Nacht, ihre geistigen Eliten waren das achte Weltwunder, doch die übrige Gesellschaft, diese Schlachter, diese Kaufleute, diese dicken, schrecklichen Weiber in den Kleinstädten, diese Bauern, Holzfäller, Schmiede, Tischler, dieses ganze sogenannte einfache deutsche Volk, das war die Finsternis des Europa von damals, und zu allem Übel hatten sie von sich die verdrehte Vorstellung, die Deutschen seien schließlich Deutsche, sie hatten einfältige Komplexe und noch einfältigere Träume von der Macht, es gab kein einziges Fünkchen Licht in diesen stumpfen, vernagelten germanischen Schädeln, sie zogen mit Fackeln durch die Städte, und niemand erkannte darin das Zeichen der Horde, das Brandmal einer Steppenzivilisation, niemandem fiel ein, daß sie ganz einfach geistig und intellektuell rückständig waren, Wilde und Barbaren, ein Stamm, der zudem keine Ahnung hatte von seiner eigenen Vergangenheit, denn sie wußten nicht, daß es einen Mozart gegeben hatte, einen Goethe, finstere, vor Dummheit kranke Primitivlinge, das reife, kluge, schöne Europa hatte sie zertreten, sie konnten das nicht hinnehmen, sie wollten Rache, Rache und nochmals Rache dafür, weil sie so häßlich, so abstoßend waren, daß niemand in diesem schönen Europa sie liebte und für gleich erachtete.

Alles, was bei ihnen bewunderns-, anerkennens-, beneidenswert war von seiten Europas, durch das sie sich umzingelt fühlten, alles, was damals in Deutschland menschlich und klug war, warfen sie als krank, ekelhaft, rückständig und für die nationalen Interessen schädlich auf den Müllhaufen.

Sie warfen das Ethos Europas auf den Müllhaufen, glauben Sie mir.

Die Kommunisten haben nie etwas Ähnliches getan. Im Gegenteil, sie haben sich das Ethos Europas einfach angeeignet und behauptet, nur sie hätten ein Monopol auf die Liebe der Menschheit. Sogar auf noch mehr, nämlich auf die Erlösung der Menschheit.

Ich bin überzeugt, die Stärke des Kommunismus steckte in seiner erzieherischen Magie. Hitler verkündete, er werde bestimmte Menschen umbringen. Stalin verkündete, er werde bestimmte Menschen erziehen. Und als er seine Opfer vor die Erschießungspelotons stellte, war das die Fortsetzung seiner rationalen, vortrefflich geplanten Erziehungsmethoden. Die Erschossenen hatten sich nicht bewährt, doch ihr Tod ist nicht vergeblich. Sie waren trotzig, sie fielen als Opfer ihrer eigenen Unbelehrbarkeit und Widersetzlichkeit, doch andere Menschen werden daraus die entsprechenden Schlüsse ziehen, die Belehrung ist auf fruchtbaren Boden gefallen, der Mensch reift heran zu seinen historischen Aufgaben.

Sie wissen das natürlich nicht, ähnlich wie Millionen anderer Europäer von heute, aber es gab doch einen kolossalen Unterschied in den Aktivitäten der Nazis und der sowjetischen Sonderdienste. Es klingt verblüffend, unglaubwürdig, ich möchte sogar sagen gespenstisch, doch im Grunde lag den Leuten von der Gestapo und SS daran, die Wahrheit zu erkennen. Sie wollten erfahren, wo sich die Geheimdruckerei befand oder wie der Anführer einer Abteilung der Heimatarmee hieß oder wo die Juden untergebracht waren, die ein geschnappter Pole versteckt gehalten hatte. Sie folterten einen Menschen, um ein Wort der Wahrheit aus ihm herauszuholen. Schließlich sagte er, mitunter am Ende seines Lebens, dies oder das aus. Und die Deutschen waren zufrieden, befriedigt. Sie schlugen ihren Häftling tot oder schickten ihn ins KZ. Schluß, Punktum.

Den Sowjets lag gar nicht an der Wahrheit. Sie wollten Bestätigungen einer ihrer Theorien, Bestätigungen ihrer eigenen Lüge. Es gab kein Netz von Spionen, das war nur ein Phantasieprodukt ihrer Untersuchungsoffiziere, aber ich mußte meine Teilnahme darin bestätigen, und jede Methode, dieses Ziel zu erreichen, war gut.

Das hatte seine erzieherische Bedeutung, das war der große Prozeß der Erziehung des menschlichen Wesens. Es ging den Kommunisten nicht darum, mich umzubringen, sondern aus mir ein anderes Wesen zu machen, besser als das frühere. Sie stellten sich eine schwierigere, ehrgeizigere, echt schöpferische Aufgabe. Und das entsetzlichste ist, liebe Freundin, daß sie auch etwas erreichten! Denn diese Erziehung verging nicht spurlos... Jetzt gibt es Stalins Tyrannei nicht mehr, jetzt fallen die Mauern, die Freiheit und Unfreiheit, Dunkel und Licht trennen, aber die Millionen Verletzten in weiten Bereichen der Erde sind geblieben. Das sind diejenigen, die immer noch Gleichheit und Freiheit miteinander versöhnen möchten.

23

Auf dem cremefarbenen Tischtuch tanzten lichte Kringel. Ein leichter Wind bewegte die Blätter über dem Tisch. Von der breiten Terrasse führten Stufen hinab zum Rasen des Gartens. Es folgte eine hübsche Wiese und weiter entfernt eine Kiesallee, auf der man zum Tor gelangte. In der Allee stand ein Auto, ein aschgrauer BMW, Sportmodell. Am Steuer des Autos saß Anna Maria Treys in aschgrauem Kostüm und aschgrauen Schuhen mit flachen Absätzen. Eine aschgraue, sportliche Handtasche lag auf dem Sitz daneben.

Anna Maria Treys ließ den Motor an und legte den Rückwärtsgang ein, das Auto rollte langsam zum offenen Tor. Anna Maria Treys beugte sich ein bißchen vor und rief in Richtung Terrasse: »Also bis Sonntag! Am Sonntag kommt auch Horst.«

Was sie eigentlich unnötig fand. Sie dachte das ein bißchen traurig und zugleich erleichtert. Diese Besuche bedeuteten für sie seit längerem eine Art Opfer. Jeden Sonntag kam sie ohne Rücksicht auf das Wetter und ihre gesellschaftlichen Verpflichtungen hierher gefahren, um einen alten, kranken Mann zu besuchen, den sie nie gemocht hatte, einen mageren, bissigen, spöttischen Greis. Als Kind hatte sie Berichte über seine Leiden gehört, ihn aber gar nicht gekannt. Es gelang ihr nicht, sich seine Leiden und Dramen vorzustellen. Sie lernte ihn kennen, als sie bereits über zwanzig Jahre alt war und er auf die Siebzig zuging.

Sie nannte ihn ›Onkel Klaus‹, obwohl er der Onkel ihrer Mutter war. Solange ihre Mutter lebte, hatte diese ihm viel Herzlichkeit erwiesen und den nunmehr Hilflosen in ihre Obhut genommen.

Er war ein begüterter, aber sehr einsamer Mensch. Er wohnte in der Nähe von Much, unweit der Straße Köln–Overath, und vielleicht fiel deshalb die Sorgepflicht auf den Teil der Familie, der seit langem in Köln wohnte.

Als Anna Maria Horst Treys geheiratet hatte, schienen sich anfänglich die Beziehungen zu diesem Onkel zu lokkern. Horst Treys war ein vielversprechender Wirtschaftswissenschaftler, er gab die wissenschaftliche Karriere zugunsten einer Aufgabe bei den EG-Behörden auf, sie fuhren darum oft nach Brüssel, Rom, Paris. Doch Treys gewann den Onkel Klaus lieb. Er hatte eine romantische Natur, Anna Maria dachte manchmal, ihr Mann leide unter der Monotonie des Lebens; die Mühelosigkeit seiner Existenz, die Ruhe und das Sicherheitsgefühl befriedigten ihn nicht. Horst Treys, ihr hübscher, talentierter Mann, dem hervorragende Wissenschaftler und Politiker gern zuhörten, hegte in seinem Herzen wilde, nie ausgesprochene Sehnsüchte. Vielleicht schämte er sich dieser Sehnsüchte und fand erst in Anwesenheit des alten Onkels die Harmonie mit seiner zweiten, tief verborgenen Abenteuer- und Despotennatur.

Sie hörte ihren Gesprächen ungern zu. Eigentlich waren es keine Gespräche, sondern lange Monologe des Greises. Onkel Klaus saß in einem tiefen Sessel, und der Sessel stand meistens in der geöffneten Terrassentür. Die Füße des Alten ruhten auf einem Hocker, und die Sonne wärmte sie, während der Kopf an der Sessellehne im Schatten blieb. Anna Maria Treys, die gewöhnlich am gedeckten Tisch auf der Terrasse saß, sah Onkel Klaus' Gesicht nicht, sie hörte nur seine etwas heisere, aber deutliche und keinen Widerspruch duldende Stimme. Dagegen sah sie von ihrem Platz aus die mageren Beine auf dem Hocker, die Waden in den warmen Strümpfen und die Füße in den dicken Filzpantoffeln. Sie bewegten sich nicht und wirkten wie abgehackt, wie das makabre Souvenir an einen längst in der Ferne Verstorbenen.

Vielleicht ist es tatsächlich so geschehen, dachte Anna Maria manchmal und kam wohl der Wahrheit recht nahe.

Ihr Mann, der hübsche Horst Treys, lauschte gierig Onkel Klaus' Erzählungen. In letzter Zeit konnte er ihn allerdings nicht allzu oft besuchen. Anna Maria Treys fuhr darum allein zu ihm und tat das ziemlich ungern. Der alte Mann war in ihrer Gegenwart nicht eben gesprächig. Häufig schwiegen sie ganz einfach, sie zog die Decke auf den Oberschenkeln des Alten zurecht oder das Kissen unter seinem Kopf. Onkel Klaus atmete mühsam, nichts half mehr gegen sein Lungenemphysem, der eigene Organismus würgte ihn, erbarmungslos, grausam und konsequent.

Erst jetzt entdeckte Anna Maria Treys in sich ein Fünkchen Mitgefühl für diesen Menschen. Doch die einförmigen Besuche plagten sie immer mehr. Onkel Klaus verdiente zwar Barmherzigkeit, nicht aber ein Opfer ihrerseits. Deshalb verließ sie das Haus auf dem Lande mit einem Gefühl der Erleichterung.

Auch jetzt, da sie mit dem aschgrauen sportlichen BMW fortfuhr, empfand sie so. Zum ersten Mal hatte Onkel Klaus sie nicht festgehalten, er hatte sogar etwas ungeduldig gewirkt, weil sie zum Vesper geblieben war. Während sie in Richtung ihres Autos davonging, hatte sie geglaubt, der

Alte sei eingeschlafen. Jetzt aber, schon außerhalb des Gartentors, bemerkte sie, daß Onkel Klaus die Hand gehoben hatte und ihr einen Abschiedsgruß zuwinkte.

Vielleicht sehe ich ihn zum letzten Mal, dachte Anna Maria Treys, und es wurde ihr etwas traurig ums Herz.

Onkel Klaus rief: »Frau Stengl, holen Sie mich hier weg!«

Frau Stengl war seine Betreuerin. Sie erschien fast umgehend. Schmale Lippen, dunkle und böse Augen, ein Kinn scharf wie ein Stilett.

»Sie müssen nicht so schreien«, sagte sie. »Ich bin nicht taub und höre alles.«

»Sie hören nur, was Sie hören wollen. Man kann sich die Kehle zerreißen, um Sie herbeizurufen.«

»Sie haben eine Kehle wie ein löchriger Topf«, entgegnete sie und schob den Sessel in die Mitte des Zimmers. »Wohin wollen Sie jetzt?«

»Ich will etwas essen«, sagte er. »Frau Treys füttert mich mit Kuchen. Ich will etwas Ordentliches essen.«

»Sie müssen sich nicht mit diesem Kuchen vollstopfen«, sagte Frau Stengl. »Aber Sie essen ihn, weil Sie ein schreckliches Leckermaul sind.«

Frau Stengl mochte den alten Schurken. Denn in Gedanken nannte sie ihn einen alten Schurken. Und der alte Schurke mochte die schreckliche Hexe. Denn in Gedanken nannte er sie eine schreckliche Hexe.

Sie lebten in diesem Haus seit fünf Jahren und hatten voreinander keine Geheimnisse. Das heißt – sie hatten natürlich welche, bestimmte Geheimnisse, von denen nur Gott wußte, von denen nur der Teufel wußte, aber menschliche Geheimnisse hatten sie voreinander nicht. Frau Stengl wußte, daß Arens an Blasenschmerzen litt und daß ihn bei Nacht böse Träume plagten. Arens wußte, daß Frau Stengl vor Jahren ihren drogensüchtigen Sohn begraben, daß ihr Mann sie verlassen hatte, ein Trinker, Händelsucher und Nichtstuer. Aber Arens wußte nicht, daß es Frau Stengl war, die den alten Stengl in die Trunksucht getrieben und den Sohn der Stengls zu einem halbverrückten Drogensüchtigen gemacht hatte. Arens wußte nicht, daß Frau Stengl ein fürchterliches Weib war, eine echte Hexe mit bösen Gewohnheiten und despotischem Charakter, so wie Frau Stengl nicht wußte, daß Arens wirklich ein alter Schurke war.

Aber es ist durchaus möglich, daß Gott die Welt so geschaffen hat, damit auch ein sehr böser Mensch Trost finden kann in der Nähe eines anderen bösen Menschen. Vielleicht war es Gottes Absicht, daß Arens auf seine alten Tage in Frau Stengls Person eine sorgfältige Betreuerin fand und sie in Arens einen Halt in ihrer verhaßten Einsamkeit.

An diesem Tag wollte Arens allein sein. Ihn irritierte Anna Maria Treys' Anwesenheit, ihre glatte, konventionelle Dummheit, ihre flachen Berichte über Paris oder Brüssel. Arens konnte diese Städte nicht leiden, er erinnerte sich ihrer aus alten Zeiten, als Anna Maria noch gar nicht auf der Welt gewesen war. Er erinnerte sich aus jenen Zeiten fast an ganz Europa, doch weil er Erinnerungen nicht leiden konnte, mochte er auch Europa nicht leiden. Er kannte es von seiner dunklen, schmutzigen Seite, von der Anna Maria und ihr romantischer lieber Mann keinen blauen Schimmer hatten. Anna Maria Treys spazierte über die Champs Elysées und bildete sich ein, in Paris zu sein. Arens erinnerte sich an ein anderes Paris, das es jetzt bestimmt nicht mehr gab.

Das Motorengeräusch des BMW war längst auf dem Weg durch den Wald verhallt. Über dem Garten sank langsam die violette Dämmerung herab. Die Bäume standen im Dunkel, die Blumen dufteten einschläfernd, das geräumige Haus hüllte sich in Stille. Arens saß ohne Licht im Salon. Er atmete schwer und lauschte dem Pfeifen und Röcheln seiner absterbenden Lungen. Frau Stengl mit ihren bösen Gedanken hielt sich irgendwo in der Nähe auf, aber Arens dachte nicht mehr an ihre Existenz, er war mit sich beschäftigt, mit der riesengroßen Welt seiner eigenen Persönlichkeit, seit langem seine einzige Zuflucht.

Er kehrte ungern in die Vergangenheit zurück, nicht weil er Gewissensbisse empfunden hätte, auch wenn er sich manchmal allerlei quälende Fragen stellte, sondern eher aus dem Grunde, daß er früher jung und stark gewesen war und der Umwelt seinen Willen hatte aufzwingen können, jetzt aber fesselte ihn das Schicksal an den Sessel, er war angewiesen auf die Fürsorge anderer Menschen, er fühlte sich schwach und verhöhnt. Seit er nach fünfundzwanzig Jahren Gefängnis nach Deutschland zurückgekehrt war, ließ die Welt ihn in Ruhe. Er brauchte ziemlich viel Zeit, um sich an die neuen Verhältnisse zu gewöhnen. Ein anderer Raum, eine andere Zeit. Seine Umgebung verstand ihn nicht. Zu Anfang, in den ersten Monaten nach seiner Rückkehr, war er Gegenstand des Interesses gewesen, doch stieß er häufiger auf Neugier als auf Mitgefühl. Für all die Menschen rundum bedeuteten fünfundzwanzig Jahre Gefängnis etwas Unbegreifliches, sie konnten es nicht fassen, diese Unmenge Zeit im Rahmen eines so kleinen Raumes. Anna Maria Treys sagte einmal versonnen, sie sehe diese Jahre in Onkel Klaus' Biographie als ein unergründliches schwarzes Loch.

»Dort geschah nichts, dort konnte nichts geschehen«, sagte sie damals. Sie war entsetzt.

Zunächst wollte er diesen Irrtum richtigstellen, im Lauf der Jahre hätte sich eine Menge verschiedener Dinge ereignet, jeden Tag hätte er ganze Jahre erlebt, eine Riesenlast von Zeit, eine Pyramide an Zeit. Aber er sagte nichts, weil er nicht gern in den Wind sprach. Sie konnte ihn nicht verstehen.

Sie fühlten nicht mit ihm, obgleich manche mitfühlen wollten. Aber er war nach so langer Abwesenheit in einer völlig veränderten Welt aufgetaucht. Sogar die alten Männer, Arens' Waffenbrüder von einst, hatten jetzt andere Probleme, Sorgen und Kümmernisse. Sie verdienten Geld und gaben es aus, er schaute sich das an und war nicht in der Lage zu begreifen, was für einen Sinn sie darin fanden. Nach seiner Rückkehr nach Deutschland hatte er ziemlich lange den Wert des Geldes nicht begriffen, und später, als er unverhofft infolge familiärer Vermächtnisse selbst zum begüterten Mann geworden war, konnte er sich von alten Gewohnheiten nicht mehr freimachen. Er schätzte es, gut zu essen, weil ihm gutes Essen lange gefehlt hatte. Es las gern Romane, einen nach dem anderen, ohne Auswahl, die unterschiedlichsten Romane, am liebsten dicke, mehrbändige Liebes- und Abenteuerromane, weil er jahrelang immer nur Romane gelesen oder bunte Puppenkleider genäht hatte. Manchmal nähte er jetzt auch, doch fiel es ihm immer schwerer, seine Augen ließen nach, und die Finger wurden steif vom Rheumatismus.

Wenn er der Welt etwas vorwarf, dann unter anderem die Tatsache, daß er die Puppen nie in den fertigen Kleidern gesehen hatte, er bekam nur Flicken und Papierschablonen und Muster, er nähte allerlei Phantasiekleider, Blusen und Röcke, mußte dann die fertige Tracht abliefern und sah nie eine angezogene Puppe. Nach vielen Jahren war er ein Meister der polnischen Folklore, manchmal kämpfte er um eine andere Sorte Stoff und rief zornig dem Lagerverwalter zu: »Fassen Sie sich an den Kopf, was sollen diese Muster in Kujawien?«

»Was geht mich Kujawien an«, schrie der Lagerverwalter. »Ich habe diese Ware erhalten, aus dieser Ware wird genäht.«

»Es gibt solche Muster in Kujawien nicht«, versuchte Arens zu argumentieren. »Ich kann daraus Krakauer Tracht machen, notfalls eignet es sich auch noch für Lowicz, aber für Kujawien nie!«

»Es geht Euch nichts an, verdammt, daß es in Kujawien anders ist. Habt Ihr keine anderen Sorgen? Wollt Ihr nicht mehr nähen? Ich kann melden, daß Ihr nicht mehr nähen wollt.«

»Ich will nähen, aber es wird falsch. Das sind nicht die richtigen Muster.«

Schließlich nähte er, wie sie es wollten. Mit dem Gefühl der Enttäuschung und Verachtung.

Manchmal dachte er, sie sollten ihn besser in einem ethnographischen Museum beschäftigen. Natürlich hatten sie gute Spezialisten, aber seine Beteiligung an den Folklore-Forschungen in Polen wäre ein Zeugnis ihres politischen Triumphes gewesen. Der Gedanke, bis ans Ende seines Lebens in diesem Lande zu bleiben, kam ihm gar nicht schrecklich vor, an die Vergangenheit erinnerte er sich nicht mehr, Deutschland war für ihn weit weg, der Kontakt mit Deutschen flüchtig und wenig real, einige Briefe, Päckchen, Leckerbissen, kosmetische Kleinigkeiten, ein Pullover, Schuhe. Er betrachtete die bunten, sorgfältigen Verpakkungen ohne Rührung. Er wußte, in Deutschland wurde das Leben immer besser, doch das war nicht sein Leben, das waren nicht seine Sehnsüchte.

Die ersten Jahre hindurch war das Gefängnis für Arens schrecklich gewesen. Dann gewöhnte er sich, weil der Mensch sich an alles gewöhnen kann. Zudem empfand er seit Mitte der fünfziger Jahre keine besonderen Schikanen, er gehörte da schon zu den alten und erfahrenen Häftlingen und genoß ein gewisses Prestige, sogar der Direktor besuchte ihn, sie plauderten über dies und das, ohne Bosheit, ohne gegenseitige Vorwürfe.

Manche Wärter mochte er, andere konnte er nicht leiden, und das lag auf der Hand, das ergab sich aus der Natur der Sache. Seine Zellengenossen kamen und gingen, unterschiedliche Menschen, sympathische und widerwärtige, doch keiner ließ Arens seine Fremdheit spüren, keiner benahm sich feindselig wegen seiner früheren Übeltaten, denn die Zeit verging, zusammen mit Arens saßen Leute, die sich an den Krieg nicht mehr erinnerten, Diebe und Betrüger, Sexualverbrecher und Mörder, manchmal menschlicher Abfall, manchmal unglückliche Opfer ihrer eigenen Leidenschaften oder dieses sklerotischen Systems, das nach rechts und links Schläge austeilte, dumm, unfähig und stumpf, voller Verachtung für die menschlichen Schwächen.

Nach zehn Jahren begegneten Arens kaum noch Genossen im Unglück, die aus politischen Gründen ins Gefängnis gekommen waren. Diese Zeit war zu Ende, und damit änderte sich auch die Gefängnis-Landschaft. Es gab keine Menschen mehr mit weiten Horizonten, keine gebildeten und kultivierten, vor allem keine entschlossenen Menschen, die bereit waren, jedes Opfer zu tragen, um ihrem Gewissen treu zu bleiben. Arens wunderte sich zuerst über diese Menschen. Sogar über Hryniewicz wunderte er sich. Später aber, als der Alte aus seinem Leben verschwunden war, gedachte er seiner mit Anerkennung, Scham und Schmerz, vielleicht sogar mit ein wenig seltsamer und skurriler Liebe.

Arens wurde in Europa geboren, und dieses Europa lehrte ihn bestimmte ethische Grundsätze, er wußte, daß es weder redlich noch lobenswert ist, Menschen zu töten. Zu Anfang seines Gefängnislebens empfand er Angst und Demütigung, Verachtung für seine Verfolger, Hilflosigkeit und tiefen Groll gegen eine Welt, die ihn verlassen und den Siegern als Opfer ausgeliefert hatte. Doch je mehr Jahre vergingen, desto häufiger kam er zu dem Schluß, daß er sein schlimmes Los doch verdiente, weil er sich nicht an die Ordnung gehalten hatte. Er ging nie so weit, sich allein mit der Grausamkeit des Krieges und der Okkupation zu belasten, begriff aber immer besser, daß er nicht ohne Schuld war. Die größte Schuld trug selbstverständlich die Welt, trug das Dritte Reich, dem er gedient. Das unterlag für ihn keinem Zweifel, und möglicherweise hatte er sogar recht. Doch einige Jahre nach dem Urteil empfand er sich nicht mehr als zufälliges Opfer einer blinden Rache, sondern fühlte sich verantwortlich für alles, woran er mitgewirkt hatte. Das wollte er nicht verleugnen, um bis zum Schluß seine Würde zu bewahren, die verletzte, nur scheinbare Würde des Mörders, der er ja tatsächlich war.

Arens war einfach eine gute Illustration der Hypothese, daß die Menschen im allgemeinen sehr gut wissen, was sie tun.

Deshalb wußte er auch, daß seine Gefängnisgenossen, die in den ersten Nachkriegsjahren hinter Gittern saßen, überhaupt nicht schuldig waren. Sie saßen hinter Gittern, weil sie sich mit der neuen Ordnung nicht abfinden wollten oder weil man sie verdächtigte, sich nicht abfinden zu wollen. Auf diese Weise begegnete Arens dank seiner Mitgefangenen einer neuen Erfahrung, vertiefte er sein Wissen um sich selbst. Während ihrer Gespräche wurde es ihm verständlicher, warum sie während des Krieges seine erbitterten Gegner gewesen waren und ihn so tief verachtet hatten.

In späteren Jahren erlebte er keine Demütigungen mehr. Die Politischen verschwanden und zusammen mit ihnen gewisse innere Vorwürfe. Jetzt lebte Arens in nächster Nachbarschaft mit kriminellen Häftlingen, die ihm respektvoll begegneten, seine Gefängniserfahrung schätzten und seine privilegierte Position akzeptierten.

Während der letzten Jahre hatte er im Gefängnis recht angenehme Bedingungen. Seine Zelle verwandelte sich in ein kleines, aber gemütliches Zimmer. Man schickte ihm aus Deutschland einen Sessel, ein Bücherbord, zwei Kokoschka-Reproduktionen, was von einem gewissen geistigen Chaos bei den Spendern zeugte, doch die Spender waren Menschen einer anderen Epoche und begriffen Arens' frühere ästhetischen Vorbehalte nicht. Im übrigen hatte auch er sie abgelegt. Kokoschka oder nicht Kokoschka, wichtig war, daß die Zellenwände ein anderes Aussehen bekamen.

Er nähte immer weniger, seine Sehkraft ließ nach, und er litt an Rheumatismus. Trotzdem führte er ein recht tätiges Leben, er ging viel an der frischen Luft spazieren und pflegte Kontakte zu anderen Gefangenen. Die Einzelzelle bedeutete keine Strafverschärfung, im Gegenteil, sie sollte das Leben des alten Mannes erträglicher und bequemer machen.

Während der letzten zwei Jahre zählte er die Tage, die

vergingen. Er fürchtete die Freiheit und träumte zugleich immer heftiger von ihr. Er wußte bereits, daß er nach Deutschland zurückkehren würde. Dort sollte er ein neues Leben beginnen, unter ganz neuen Bedingungen, in einer fremden Welt, unter fremden Menschen. Er fürchtete sich und träumte. Eine Woche vor dem Termin packte er seine Sachen und schlief nachts überhaupt nicht mehr.

Man versuchte, die Stunde seiner Entlassung geheim zu halten, doch in einer geschlossenen Welt gibt es keine Geheimnisse.

Als er die Zelle verließ, über den langen Korridor ging und dann die Treppe hinunter zum Gemeinschaftsraum, wo ihn seine deutschen Verwandten erwarteten, die ihn umarmen und auf der Fahrt in seine Heimat begleiten wollten, erklangen aus allen Gefängniszellen Abschiedsrufe. »Mach's gut, Alter! Mach's gut, Alter!« skandierten die Betrüger und Sexualverbrecher, Devisenschieber, Mörder, Diebe und Schläger.

Unvermutet blieb Arens auf dem Treppenpodest stehen und schüttelte den Kopf. Ein bißchen unklar und fiebrig sagte er zu dem Stellvertreter des Direktors, der ihn begleitete: »Was schreien sie? Was wollen sie?«

Der Stellvertreter des Direktors antwortete: »Tut doch nicht so, Arens. Sie schreien ›Mach's gut, Alter!‹, und ihr versteht das genau.«

»Mach's gut, Alter«, wiederholte Arens und schüttelte wieder den Kopf.

Einen Augenblick lang stand er ohne Bewegung, dann richtete er seinen gebeugten Rücken auf, schob den Kopf vor, sog Luft in die Lungen und schrie aus voller Kehle, soweit seine Kraft reichte: »Macht's gut, Leute! Macht's gut, Leute!«

»Gebt Ruhe«, sagte der Stellvertreter des Direktors beunruhigt. »Gebt Ruhe, Arens!«

Wieder stand Arens ohne Bewegung. Tränen liefen ihm über das Gesicht.

Sie bedeuteten nicht die Trauer um ein verlorenes Paradies. Arens betrat ja nicht das Gefängnis, sondern ging hinaus, er verließ nicht sein Vaterland, sondern machte sich nach Jahrzehnten der Trennung auf den Weg dorthin.

Er weinte auf der Treppe, weil er ein Mensch war, und die Menschen hängen sogar an den schlimmen Umständen ihres Lebens. Er nahm Abschied von fünfundzwanzig Jahren Erfahrung, und das genügt, um Trauer zu empfinden. Nie war er sentimental, nicht einmal in diesem Moment. Er war ganz einfach innerlich erschüttert. Das ist verständlich. Er verzieh sich diese Tränen und hielt sie nicht für ein Zeichen von Schwäche. Vielleicht war er sogar ein bißchen stolz, daß er sich zu dieser Rührung aufgeschwungen hatte.

Nach Jahren dachte er manchmal an diesen Augenblick und sagte sich dann: »Mach's gut, Alter!« haben sie gerufen, weil sie mich dennoch gern hatten. Gern hatte mich diese Bande. Und ich hatte sie auch gern. Sie waren meine Kameraden. Tatsächlich waren es die einzigen Menschen auf der Welt, die er als Kameraden ansehen konnte. Die Waffenbrüder aus der Kriegszeit waren auf dem anderen Ufer geblieben. Er erinnerte sich ihrer nicht mehr. Vielleicht wollte er sich ihrer nicht erinnern.

Besser, sich ihrer nicht zu erinnern.

Wenn es für Arens das Fegefeuer geben sollte, wenn er eine geringe Chance hatte, dorthin zu gelangen, würde er wahrscheinlich jenen begegnen, die damals vor Jahren in ihren Zellen geschrien hatten: »Mach's gut, Alter!« Nur sie warteten im Fegefeuer auf sein Eintreffen.

Mit Arens geschah etwas ziemlich Paradoxes, aber gar nicht so Verwunderliches. Dieses Gefängnis bildete den einzigen Wert und Sinn, der ihm noch blieb. Was hatte er sonst im Leben? Hätte er aktiv teilnehmen können an der Wirklichkeit, in die er zurückgekehrt war, so hätte er gewiß anders empfunden und gedacht. Doch die Krankheit, dieser Gefängnisfluch, den er nach den Jahren der Einschließung in der Zelle mit heimgebracht hatte, machte ihn für immer unbeweglich. Er konnte nicht mehr normal leben, unter Menschen sein, reisen. Er saß im Sessel, mit einer Decke zugedeckt, ein Kissen unter dem Kopf, und betrachtete das Stückchen Welt, das sich vor den Fenstern erstreckte. Er war auf die Gesellschaft zufällig vorhandener Menschen angewiesen. Was sie ihm sagen würden, interessierte ihn nicht, denn sie redeten dummes Zeug und regten sich über Dinge auf, die ihm weit entlegen schienen. Im Grunde hielt er sie für Dummköpfe, er beneidete sie ein wenig und sah ein wenig auf sie herab wie beinahe jeder kranke Mensch auf Erden.

Ihm blieb nur die Erinnerung an die Vergangenheit. Kindheit, Jugend, dann der Krieg, schließlich fünfundzwanzig Jahre Gefängnis, eine Zeit dunkler, nebelverhangener Tage und grell erleuchteter Nächte, eine lärmerfüllte Zeit der Leiden und Demütigungen, der Unterdrückung, aber auch einer seltsamen Kameradschaft, der Überlegungen und Abrechnungen.

Doch Arens sträubte sich gegen die Erinnerungen, er wußte, wenn er sich in die Vergangenheit vertiefte, würde er auf den Grund sinken. Dort unten aber gab es Riffe, die ihn verletzten, die ihn sogar töten konnten. Die Erinnerung pflegte verräterisch zu sein, man kann nicht ungebunden herumreisen in der Welt der Erinnerung, der Mensch befindet sich dort plötzlich in einem Dickicht, er kann leicht die Orientierung verlieren, ein verlockender Pfad führt unversehens zu einem Spalt, auf jedem Weg lauert eine Falle, und vielleicht ist nur die Kindheit ganz ungefährlich, weil der Mensch da noch nicht das Wissen um sich selbst besitzt.

Er schätzte es nicht, sich an die Vorkriegszeit zu erinnern, weil sie mit dem Krieg endete. Er haßte die Erinnerung an den Krieg, weil sie mit der Niederlage und dem Gefängnis endete. Er wollte sich nicht an das Gefängnis erinnern, weil ihm dann zwar die kujawischen Puppen einfielen, aber zugleich Hryniewicz, Lomakin und Trojan.

Er erinnerte sich auch jener Menschen, die er mit eigenen Augen nie gesehen hatte, Rudowski und Kamaszek, ferner einiger anderer, Phantome und Gespenster des größten Verrats, dessen er sich im Leben schuldig gemacht hatte.

Er schätzte also die Erinnerungen nicht. So blieben ihm nur Frau Stengl, Anna Maria Treys, ihr Kuchen, aber auch der Sessel und vor dem Fenster der Garten in der Dämmerung.

Das war alles, was er besaß.

Manchmal bedauerte er, nicht im Krieg gefallen zu sein. Das hätte leicht geschehen können, in Rußland, in Polen und auch damals, fast im letzten Augenblick, als er zusammen mit Hoppe in der Kirchenruine lag. Hoppe fraß damals den Mond in sich hinein, so blieb er Arens im Gedächtnis.

Doch kam ihm später ein seltsamer Gedanke, aus dem er ein Fünkchen Stärkung schöpfte.

Das war der Gedanke an das Fegefeuer oder vielmehr sein fernes Echo, das sich tief im Grunde seines Herzens vernehmen ließ, wo er seine Liebe zum Elternhaus und das Gefühl der Verantwortung für die abgelegt hatte, die er einst geliebt.

24

An einem sonnigen, aber frostigen Wintertag begab sich Fjodor Iwanowitsch Lomakin, der betagte Oberst der Sonderdienste im Ruhestand, seiner langjährigen Gewohnheit entsprechend, auf einen Spaziergang. Fjodor Iwanowitsch Lomakin, ein alter, aber rüstiger und energischer Mann, zeichnete sich durch angenehme Umgangsformen und eine große Heiterkeit des Geistes aus. Durch sein Aussehen erinnerte der pensionierte Oberst der Sonderdienste mindestens an einen Marschall der aktiven Armee, er war nämlich stattlich und breitschultrig, trug seinen Kopf stolz erhoben, obgleich er ihn seit Jahren mit einem Hut bedeckte, hielt seinen Nacken stets gerade, und auf dem Nacken zeichneten sich die Falten einer in Kriegsstürmen und Friedenspflichten gebräunten Haut ab; er hatte diese Pflichten aufopferungsvoll und mit großem Verantwortungsgefühl erfüllt.

Fjodor Iwanowitsch Lomakin begab sich, wie er es seit Jahren zu tun pflegte, auf den Moskauer Puschkinplatz, dieser Ort kam seinen Gewohnheiten und Neigungen entgegen.

Der Oberst ging mit elastischen, aber maßvollen Schritten spazieren, das lag in seiner Natur. Er tat alles elastisch und maßvoll und war sicher deshalb mit sich selbst zufrieden. Oberst Lomakins Seele verband sich während des Spaziergangs mit seiner Heimatstadt, mit seinem weiten Vaterland und vielleicht sogar mit der ganzen Welt, die den

Wünschen des pensionierten Obersten der Sonderdienste zwar noch nicht völlig entsprach, aber doch in die richtige Richtung strebte.

Der Tag war hell, sonnig, wolkenlos, die Zweige der Bäume trugen silbrige Reifbüschel, Lomakins Schritte erzeugten auf dem Schnee ein für das Ohr erfreuliches Knirschen, weil der verdiente Offizier nie auf sein früheres militärisches Schuhwerk verzichtete, und dieses Schuhwerk war an den Sohlen mit Metallbeschlägen versehen.

Lomakin fühlte sich gewöhnlich zufrieden, vielleicht sogar glücklich – darüber darf man sich nicht wundern. Immerhin hatte er sein Leben lang nur die ihm gestellten Aufgaben erfüllt und nichts darüber hinaus. Diese Aufgaben änderten sich entsprechend den Umständen, die er, Lomakin selbst, nicht geformt hatte. Eher schon hatten sie ihn geformt. Sein weiträumiges Vaterland hatte sich auch geändert, in letzter Zeit geradezu erstaunlich, und zusammen mit ihm hatte Lomakin sich geändert.

Nach seiner Pensionierung widmete er sich dem Familienleben sowie alltäglichen Kleinigkeiten, was ihm viel Freude machte. Er wunderte sich selbst manchmal, daß er jetzt, in so fortgeschrittenem Alter und gewissermaßen auf ein Nebengleis abgestellt, die Leere seiner Existenz gar nicht empfand, daß ihm der Lärm von früher, die Eile, Spannung, Unruhe und die Last der Verantwortung nicht fehlten. Doch war daran nichts Besonderes. Lomakin gehörte im Grunde zu den völlig normalen Menschen, er schöpfte mehr Befriedigung aus dem Beschneiden der Obstbäume in seinem Gärtchen als aus der ganzen schmutzigen Arbeit, die er lange Jahre hindurch als Offizier der politischen Polizei hatte ausführen müssen.

Im Lauf mehrerer Jahrzehnte war er ein geschickter Beamter gewesen, hatte die Anweisungen seiner Vorgesetzten ausgeführt und dafür anständige Bezahlung, aber auch Orden, Belobigungen und manchen Händedruck erhalten. Doch immer hatte ihn die Angst vor einem schlechten Ausgang begleitet, er war nicht dumm und wußte, daß es sogar in Rußland, in diesem unendlich geduldigen Rußland, Grenzen der unendlichen Geduld gab. Als er in Pension ging und seine frühere, schreckliche Welt sich änderte und sanfter wurde, ihre Klauen und Zähne verlor – atmete Lomakin erleichtert auf. Er empfand keine Gewissensbisse, er wollte einfach keine empfinden und meinte außerdem, das, was er in der Vergangenheit getan, sei nicht seine Entscheidung gewesen. Ich war Beamter, dachte er zu Zeiten, als er bereits die Überzeugung verloren hatte, zu den Vollstreckern der unbeugsamen Gesetze der Geschichte zu gehören, und als Beamter hatte ich den Anweisungen meiner Vorgesetzten zu folgen.

Nicht er allein dachte so.

In letzter Zeit jedoch fühlte er sich nicht wohl. Die Last der Jahre machte sich bemerkbar. Das irritierte ihn ein wenig und nahm ihm die alte Heiterkeit des Geistes.

An diesem Wintertag, zu dieser sonnigen, frostigen Mittagsstunde, genoß er seinen Spaziergang. Trotzdem war er unruhig, unerfreuliche Erinnerungen suchten ihn heim, sein Herz klopfte in der Brust, er fühlte sich fremd auf diesem Platz, den er doch seit vielen Jahren so gut kannte. Der Zustand der Unruhe schien um so verwunderlicher, als in letzter Zeit nichts Neues oder Erstaunliches geschehen war, alles verlief in festgelegten Gleisen, und Lomakin hörte rundum den alten, vertrauten Rhythmus der Welt, dennoch fühlte er sich unwohl, vielleicht etwas enttäuscht.

Am Abend zuvor, als er vor dem Einschlafen Tee getrunken und seine geliebte Preiselbeerkonfitüre gegessen hatte, überfiel ihn der Gedanke, er werde in Kürze sterben, sein Leben sei vertan. Doch gleich danach empörte er sich darüber und zürnte sich beinahe selber. Was für ein dummes Gerede, sagte er sich, warum sollte mein Leben denn vertan sein, wie sollte es anders gewesen sein, wo gibt es überhaupt ein anderes Leben?

Hatte ich denn die Wahl? fragte er sich. Und hat mich jemand nach meiner Meinung gefragt? Und wenn schon, hatte das irgendeinen Einfluß auf den Ablauf der Ereignisse in meinem Leben?

Er war dermaßen unzufrieden, daß er nicht länger mit sich hadern wollte, er nahm es sich geradezu selbst übel. Sofort ging er schlafen. Aber er konnte nicht einschlafen. Zum ersten Mal im Leben plagte ihn Schlaflosigkeit. Mitternacht verging, und Lomakin lag immer noch mit offenen Augen im Bett und starrte in die Dunkelheit des Zimmers. Allerlei Fragen bedrängten ihn, doch er scheuchte sie fort, immer noch äußerst unzufrieden, von sich selbst enttäuscht. Plötzlich schoß ihm der Gedanke durch den Kopf, daß er so etwas schon einmal erlebt hatte, dieses Hin und Her, diese merkwürdige Furcht und Unruhe, diesen überstürzten Fluchtversuch.

Das war noch vor der Revolution gewesen, auf dem Lande bei Tula, wo er seine Kindheit verbracht hatte. Sein Großvater züchtete Bienen. Einmal half der kleine Lomakin seinem Großvater bei den Bienenkörben. Da wurde ein Schwarm wild. Die Bienen setzten sich auf den Jungen, er wollte fliehen und verging geradezu vor Entsetzen. Der Großvater, ein erfahrener Imker, rief dem Jungen zu: »Rühr dich nicht, Fjedka! Steh ganz ruhig. Bewege weder

Hand noch Fuß. Rühr dich nicht. Atme ganz langsam und vorsichtig ...«

Er gehorchte dem Alten. Kein Insekt stach ihn. Der Großvater lenkte den Schwarm zurück in den Korb.

Die Reglosigkeit hatte ihn damals gerettet. Keine Reaktionen, keine Argumente, ruhig liegen, mögen doch die Gedanken durch den Kopf schwirren, gleich werden sie fortfliegen ans Ende der Welt. Es gibt nichts Schlimmeres, als sich auf einen Hader mit dem eigenen Leben einzulassen. Das Leben erweist sich immer als stärker, man muß zulassen, daß es den Menschen trägt.

Mit dieser Einsicht schlief er endlich ein.

Doch am nächsten Morgen fühlte er sich nicht erholt, und der Bienenschwarm brauste ihm ständig im Kopf herum. Irgend etwas in ihm verlief anders als gewohnt. Doch beschloß er, die Schwäche zu überwinden.

Er war gerade dabei, eine Zigarette anzuzünden – er rauchte nämlich gern in der frostklaren Luft, eine Angewohnheit aus fernen Kriegsjahren –, als plötzlich ein hochgewachsener Mann auf ihn zutrat, in schwer zu bestimmendem Alter, mit ungewöhnlich hellem Gesicht, dessen Züge Lomakin bekannt vorkamen, aber zugleich merkwürdig und beunruhigend, denn sie waren undeutlich, verschwommen, als trüge der Mensch vor seinem Gesicht ein Netz oder vielleicht einen Schleier. Der Mann streckte Lomakin seine rechte Hand entgegen und lächelte irgendwie unheilverkündend. Etwas desorientiert und unsicher blieb der Oberst auf dem Fußweg stehen.

»Entschuldigung«, sagte er. »Worum geht es?«

Der Mann jedoch schwieg. Seine rechte Hand näherte sich Fjodor Iwanowitsch Lomakins Gesicht. Lomakin trat einen Schritt zurück und bemerkte, daß an der rechten

Hand des Mannes der Ringfinger fehlte. Ein entsetzlicher Schauder durchfuhr ihn. Es war nicht der Schauder der Angst, wie er sie damals in den Schützengräben des großen Krieges gegen den Faschismus um die Befreiung der Welt erlebt, nicht einmal der Schauder der Angst, der ihn heimgesucht hatte, wenn er sich zu wichtigen Gesprächen mit seinen Vorgesetzten in den Sonderdiensten begab, sondern ein ganz anderer Schauder, den Fjodor Iwanowitsch Lomakin geneigt gewesen wäre, metaphysische Angst zu nennen, wenn er überhaupt noch etwas hätte denken können.

Doch er schaffte es nicht mehr, denn der Mann packte seine Kehle, und der Druck seiner Finger war geradezu stählern. Er durchdrang Haut und Muskeln des verdienten Greises und erwürgte den pensionierten Oberst im Bruchteil einer Sekunde.

Von diesem Moment an verwirrte sich alles, und es war nicht mehr festzustellen, was sich eigentlich auf dem Puschkinplatz zugetragen hatte.

In dem Milizprotokoll wurde niedergeschrieben, daß eine in der Nähe vorübergehende Frau, eine gewisse Olga Michailowna Kurtschatowa, den rüstigen, kräftigen Alten auf den verschneiten Fußweg hatte sinken sehen, und als sie hinzulief, hatte der Alte kein Lebenszeichen mehr von sich gegeben.

Ein anderer Zeuge des Ereignisses, ein gewisser Parysow, Physikstudent der Lomonossow-Universität, gab zu Protokoll, der mittelgroße, breitschultrige, wie ein pensionierter Offizier aussehende Mann habe sehr laut und fieberhaft etwas Ungeordnetes vor sich hin geredet, sei dann getaumelt und zu Boden gefallen. Als der Student sich dem Liegenden näherte, habe dieser ganz deutlich ausgerufen: »Er hat keinen Ringfinger an der rechten Hand!«

Der Student Parysow konnte aber unter keinen Umständen mitteilen, wessen Finger der sterbende Mann meinte, weil niemand in der Nähe und Parysow selbst im glücklichen Besitz aller Finger an beiden Händen war.

Kurz darauf wurde Fjodor Iwanowitschs Körper in das Leichenhaus gebracht. Einige Tage später fand die feierliche Beerdigung des verdienten Pensionärs statt. Das Milizprotokoll wanderte ad acta. Die Sache blieb unaufgeklärt, obwohl später verschiedene Leute verschiedene Dinge sagten, wie das im Zusammenhang mit plötzlich in aller Öffentlichkeit eintretenden Todesfällen zu sein pflegt.

25

Erst gingen sie über einen langen, hellen Korridor, dann in ein geräumiges Zimmer. Vor den Fenstern Gitter, an die er seit Jahren gewohnt war, hier aber wunderten sie ihn.

»Na, na«, sagte der Diensthabende, »Ihr geht nun doch nach Hause. Wir freuen uns sehr darüber, das sage ich Euch. Wir sind nicht herzlos und freuen uns über das Glück unserer Nächsten.«

Eine Weile schaute er Antoni an und sagte dann: »Aber Ihr seht gar nicht glücklich aus.«

Antoni schwieg. Die Formalitäten wurden wortlos erledigt. Zum Schluß sagte der Diensthabende herb: »Na, dann gute Reise, und lebt wohl.«

Sie gingen auf dem Korridor weiter. Der Wärter schwieg. Er öffnete einen vergitterten Durchgang, sie befanden sich in einem kleinen Raum, dann wieder ein paar Schritte, wieder ein ziemlich dunkler Korridor, schließlich eine schmale Tür, das Schloß knirschte, als der Wärter den Schlüssel umdrehte, seine Worte: »Und nun weiter allein.«

Antoni stand auf dem Bürgersteig. Eine leere Straße. Hinter seinem Rücken die rote, hohe Gefängnismauer. Über ihm der helle Himmel, viel Sonne, wie es ihm vorkam, mehr Sonne als je in seinem Leben, doch das war eine Täuschung, denn an diesem Herbsttag segelten die Wolken über den Himmel, die Sonne schien zwar, aber auf die Straße senkte sich leichter Nebel, bis Mittag noch drei Stunden, neun Uhr sieben zeigte Antonis Uhr, wo bin ich, dachte er, warum haben sie mich durch einen Seitenausgang hinausgelassen, man muß um das ganze Gebäude herumgehen, ich gehe nach links, dort wird das Haupttor sein, dort wartet Justyna ungeduldig, selbst in diesem Augenblick, nach so vielen Jahren haben sie mich wieder betrogen, der Seitenausgang, solange ich sie nicht erblicke, sitze ich im Kittchen, ich werde noch einige Minuten in diesem Kittchen sitzen, diese Bande von Schurken, das verzeih' ich ihnen nie, Du, Gott, verzeih's ihnen auch nicht, sogar in diesem Augenblick mußten sie mir noch einen Streich spielen, das dachte er, während er an der Mauer entlang ging, er fühlte sich gar nicht frei, er war kein freier Mensch, sondern machte einfach nur einen größeren Hofgang, einfach einen längeren Hofgang vor der Rückkehr in die Zelle.

So hatte er sich das immer vorgestellt, nicht als Erleuchtung, als wunderbares Auftauchen an die Oberfläche, als Schwelgen in Licht, Luft und Lärm, sondern genau so, ganz gewöhnlich und dem Gefängnis entsprechend, der Hofgang zog sich in die Länge, an der hohen Mauer entlang, an den Türmchen mit den Scheinwerfern und den Maschinengewehren vorbei, jetzt schritt er auf diesem Bürgersteig, schwerfällig und leer, nicht einmal nach Justyna sehnte er sich, nicht einmal an sie dachte er, sondern an diese Mauer, diese öde und stille Straße, unruhig fragte er sich, ob er die richtige Richtung eingeschlagen hatte, er war nach links gegangen, vielleicht hätte er nach rechts gehen sollen, gleich wird es sich herausstellen, er bog um die Ecke, jetzt sah er die breite Straße, auf der Fahrbahn fuhr ein Auto, dahinter ein zweites, auf dem Bürgersteig gegenüber eine Frau mit einem Hund an der Leine, ein großer, brauner, zottiger Hund, die Frau in blauem Mantel und Schuhen mit flachen

Absätzen, die Handtasche abgenutzt, das Gesicht der Frau abgenutzt, der Bürgersteig abgenutzt, sehr wenig Menschen in Sichtweite, eine verfluchte Gegend, niemand wagt sich hierher, vielleicht aus Angst, vielleicht aus Abscheu. Dann bemerkte er das Haupttor, davor eine Gruppe Menschen, sie warteten auf die Besuchszeit, sicher brachten sie ihren Nächsten Päckchen, er dachte daran, daß er sein letztes Päckchen ehrlich unter die Mithälftlinge verteilt hatte, sie werden an ihn denken, er wird an sie denken, das ist mein Leben, dachte er plötzlich gerührt, ich sterbe jetzt ein bißchen, das vergangene Leben wird nicht mehr sein, etwas Neues naht, ich fürchte mich, aber ich müßte glücklich sein, in solchen Augenblicken sollte der Mensch Freude empfinden, ich bin frei, ich kann gehen, wohin es mir gefällt, ich kann stehen bleiben, nach links oder rechts einbiegen, ganz nach meiner Wahl, deshalb sollte ich glücklich sein, aber ich bin unsicher, unruhig, verschüchtert, die Leere in mir hallt dumpf wider, vielleicht ist es das Glück der Freiheit, dieser Schwebezustand, dieses Unvollendete, aber wenn ich Justyna erblicke, wird alles vergehen, werde ich meine Sicherheit zurückgewinnen, ich selbst sein ...

Er begann, auf das Tor zuzulaufen. Schwerfällig, schwach, nach wenigen Schritten erschöpft, sein Atem ging kurz, über zehn Jahre waren vergangen, zehn Jahre in der Zelle bedeuten doch etwas, das Herz schlägt anders in der Brust, die Beine bewegen sich anders, die Augen blicken anders, die Ohren hören anders, er wurde schrecklich müde, langsam, er ging jetzt fast schläfrig, ohne seinen Schritt zu beschleunigen, auch nicht, als er Justyna erblickte, sie aber lief herbei, sie hatte ein blasses Gesicht, riesengroße Augen, voller Verzweiflung, sie sah Antoni an, wie man die Reste eines niedergebrannten Hauses betrachtet, umarmte ihn und bedeckte sein Gesicht mit Küssen, sie standen an der Mauer und lehnten sich aneinander, eine Frau sagte sehr laut: »Mein Gott!« und brach in Tränen aus, vielleicht war es ein Weinen des Neides, des Mitleids, des Triumphes, sie hörten die Frau nicht, Justyna atmete heftig, Antoni spürte ihren unregelmäßigen Atem, er spürte ihren Körper, stumm und schwach stand er da, jetzt sterbe ich wirklich, dachte er, jetzt muß ich sterben, weiter geschieht nichts mehr, ich habe erlebt, was ich erleben sollte, das ist der mir gegebene Augenblick der Himmelfahrt.

26

Wissen Sie, ich habe seit langem ein ziemlich skeptisches, um nicht zu sagen unfreundliches Verhältnis zu Verallgemeinerungen. Sie fragen mich nach dem Ausmaß polnischen Leidens in der Zeit der stalinistischen Diktatur sowie in der Kriegszeit, also in den Jahren der Hitler-Tyrannei. Und ich bin nicht in der Lage, Ihnen eine solche Frage zu beantworten.

Zum Beispiel meine Tante.

Eine alte Dame, die während des Aufstands unter den Trümmern eines Warschauer Mietshauses umkam, schon Anfang August 1944, meine geliebte Tante, ich erinnere mich ihrer in hellen Umhängen, mit einem Schildpattkamm im dichten, schönen grauen Haar... Was sie für Leiden erlebt hat im Zusammenhang mit Adolf Hitler? Was konnten das schon für Leiden sein? Ihr ganzes Leben lang kochte sie mit Vergnügen Konfitüre, und zur Zeit der Okkupation tat sie es weiterhin. Es gab jedoch Schwierigkeiten mit dem Zucker, das ärgerte sie.

Dagegen einer meiner Schulkameraden, Domański mit Namen, ein sehr talentierter, höchst sensibler Junge, hellblond, groß und schön wie ein Schauspieler des amerikanischen Films, als auf der Leinwand männliche Schönheit noch etwas galt, dieser Domański war Augenzeuge der Erschießung seines Vaters und der Vergewaltigung seiner Schwester, wobei die Deutschen seinen Vater umbrachten und die Russen seine Schwester vergewaltigten, doch um das polnische Los vollständig zu komponieren – er selbst saß sechs Jahre im polnischen Gefängnis, angeklagt weiß der Teufel warum, vielleicht wegen der Erschießung seines eigenen Vaters oder der Vergewaltigung seiner eigenen Schwester.

Wie soll ich Ihnen nur auf vernünftige Weise eine so gestellte Frage beantworten? Ich denke, Millionen von Menschen wurde das Leben gestohlen, ganz einfach. Das Leben gestohlen, denn es gibt ja nur eines, man kann das Leben nicht wiederholen, man kann es nicht widerrufen und von Anfang an neu beginnen. Sie kamen auf die Welt, irgendwo und irgendwann, und konnten nicht entsprechend ihrer Wahl, ihrem Willen, ihren Wünschen leben, sondern mußten alle diese Erfahrungen machen, während Sie, bitte schön, gottlob nicht bestohlen wurden, Sie erhielten von Gott Ihr Leben und haben es in der Hand. Sie wurden nicht beraubt.

Das schrecklichste Verbrechen der Geschichte bestand nicht darin, daß mein Schulkamerad Entsetzliches erlebte und meine geliebte Tante in Probleme mit der Konfitüre verwickelt war, sondern darin, daß beide keine Wahl hatten.

In diesem Sinn könnte ich ohne Furcht, einen Fehler zu begehen, sagen, daß das ganze Volk keine Wahl hatte. Und deshalb ist es bis heute nur Volk geblieben. Volk – und mehr nicht! Darum fällt es Ihnen so schwer, dieses Land zu verstehen. Denn hier existiert ein Volk, es gibt aber keine Spur einer Gesellschaft, während Sie von der Gesellschaft erzogen worden sind, Sie folgern und empfinden in den Kategorien der Gesellschaft, das heißt einer Menge von Einzelwesen, denn die Einzelwesen verleihen dieser Menge Form, Gestalt, Farbe, Ton, Sinn, hier aber existiert das Einzelwesen noch überhaupt nicht, hier verpflichtet die kollektive Erfahrung der Ohnmacht, des Leidens, der Verachtung, der Demütigung, des Triumphes, und was Sie schließlich wollen, was Sie sich dazu denken, ist bedeutungslos, wesentlich ist nur, daß man hier kollektiv denkt und empfindet, als Volk, als ein in der Welt von heute schon etwas anachronistischer, jedenfalls ein seltsamer, vielleicht gar tragischer und achtunggebietender, aber auch irgendwie lächerlicher und bemitleidenswerter Organismus, bemitleidenswert wegen seiner naiven Reaktionen und seiner Nichtanpassung an die Zeiten, deren Rhythmus Sie so fehlerlos empfinden, während ich ständig auf Vermutungen angewiesen bin.

Das ist traurig, und ich bin mir dessen bewußt. Ich gehöre zu den Millionen von Menschen, die in einen schrecklichen Anachronismus verwickelt wurden, denn die Erfahrung mit dem Totalitarismus, die wir in den Knochen haben, ist anachronistisch in einer Welt integrierter Schaltkreise und der Weltraumfahrt. Im Grunde habe ich Ihnen nichts zu übermitteln außer dem eigenen, zerbrochenen Leben, das in bestimmten Kreisen vielleicht sogar als faszinierend und beschreibenswert gilt, aber doch kein Vorbild sein kann, weil sich aus ihm keine Lehre für unsere Nächsten ergibt. Das bedrückt mich am meisten. Die Sinnlosigkeit dieser Leiden, dieser Enttäuschungen, aber auch dieser Selbstaufopferung im Namen einer übergeordneten Räson. Die Menschheit zum Beispiel! Oder nur ein bißchen weniger, das Vaterland. Oder in noch kleinerem Maßstab, wenn auch gleichfalls pathetisch – die Menschenwürde, die Nächstenliebe, die Ideale der Freiheit.

Wen in Ihrer Welt geht das im Grund etwas an? Und ich kann mich nicht einmal mit der Illusion trösten, außer Ihrer

Welt gebe es ja noch meine Welt, denn das ist nicht wahr. Es gibt nur eine Welt! Das ist Ihre Welt.

Wenn ich meine, ich könnte im Abseits bleiben, im muffigen Winkel meiner schrecklichen Erfahrungen mit der Revolution – dann bin ich wohl mondsüchtig oder schlicht ein Esel! Denn die Welt meiner Erfahrungen gibt es nicht mehr, ich sage mich doch selbst von ihr los, ich will mich ihrer nicht erinnern, ich möchte den Anschluß an Ihre Welt finden, in sie eintauchen, mag sie mich zusammen mit meiner verfluchten Erinnerung überfluten. Das ist menschlich, vernünftig, empfehlenswert.

So ist mir selbst die Vergangenheit genommen. Selbst sie erweist sich als Einbildung. Irgendwann einmal wird es heißen, diese Jahre hätte es nicht gegeben, man müsse sie ausstreichen, vernichten, aus der Chronik der Geschehnisse löschen. Dadurch wird man aus der Geschichte Europas die nutzlose Erfahrung des Kommunismus streichen und zusammen mit ihr das Los vieler Millionen auslöschen. Man wird einfach sagen, diese Menschen hätten nicht existiert. Und das Entsetzlichste ist, es wird keinen Beweis für ihre Existenz geben, weil sie nichts Dauerhaftes geschaffen, weil sie sich mit nichts Dauerhaftem in die Chronik der Ereignisse eingetragen haben, die Spur ihrer Anwesenheit war nur flüchtig, ein paar in die Wände von Gefängniszellen gekratzte Namen, ein paar Knochenreste in Massengräbern, ein paar unförmige Häuser, die sie gebaut, ein paar verrostete Maschinen, die sie in der Überzeugung konstruiert haben, den Fortschritt der Zivilisation zu schaffen, schließlich ein paar traurige Gedanken, die sie ihren Nachfolgern in der Hoffnung übermittelt haben, eine Warnung, eine Mahnung, eine Lehre oder wenigstens eine Moral weiterzugeben. Die Sache ist schon absurd, ich bitte Sie, weil man nichts vorhersehen kann, und wenn, dann kann man es ohnehin nicht vermeiden. Denn sollte wieder einmal die Stunde des Teufels nahen, wird sie kommen, und alle Warnungen bleiben ohne Bedeutung.

Alles wird sich als verfehlt und nutzlos, für manche Menschen als geradezu dumm und gemein erweisen, denn die folgenden Generationen werden kein Fünkchen Verständnis haben für die Welt meiner Erfahrungen, sie wird nur noch als Zeugnis der Verblödung erscheinen.

Außerdem, wissen Sie, schießt mir ein beleidigender Gedanke durch den Kopf, der mich selbst disqualifiziert, aber des Sinnes wohl nicht entbehrt. Es geht nämlich darum, daß nur der Rechte hat, der sie erfolgreich zu verteidigen vermag, wenn wir die Freiheit und ein Leben in Würde nicht verteidigen konnten, haben wir sie sozusagen aus eigener Schuld verloren und verdienen kein Mitgefühl und erst recht keine Bewunderung.

Während ich so denke, heute, nach vielen Jahren, schon sehr nahe dem anderen Ufer, auf das wir ja alle zusegeln, komme ich zu der Überzeugung, daß Justyna mich aus dem Wunsch nach Authentizität verlassen hat, aber auch aus der schlichten und so menschlichen Sehnsucht nach Freiheit. Sie hat verbissen um mich gekämpft zu Zeiten, da ich im Gefängnis saß. Damals wäre ihr nicht eingefallen, mich zu verlassen, mich der Vereinsamung, Hilflosigkeit und Verzweiflung auszuliefern. Sie hielt bei mir aus trotz aller Widrigkeiten und Demütigungen, trotz des Elends und des ganzen Unglücks, das damals ihr Los war. Doch als die Welt in zivilisiertere Gleise zurückkehrte und zwar weiter kommunistisch, also irrsinnig blieb, aber den Menschen nur noch demütigte, statt ihn zu töten, als sie nur noch Gefühl und Vernunft des Menschen beleidigte, statt sie zu unterjochen – da erkannte Justyna, daß die Zeit der Befreiung gekommen war. Denn so pflegt es doch zu sein im Leben, daß der Mensch sich, wenn das nötig ist, mit dem Märtyrertum abfindet. Aber niemand muß sich mit dem Erinnern an das Märtyrertum abfinden. Wunden davonzutragen ist schmerzhaft, aber manchmal unvermeidlich. Von Wunden zu erzählen, die man einst davongetragen hat, ist nur noch kleinlich, ein Zeugnis geistiger Armut.

Sie hätte wohl nicht frei und ganz Mensch sein können, wenn sie in den Jahren nach meiner Entlassung aus dem Gefängnis bei mir geblieben wäre. Sie gehörte zu einem anderen Teil meiner Biographie, sie war mein Martyrium, und ich war ihr Martyrium. Sie brauchte mehr, denn sie war eine schöne junge Frau und – du lieber Gott! – sie hatte wahre Liebe verdient.

Wahre Liebe war meine nicht. Liebe braucht Freiheit, ich bitte Sie. Liebe durch das Gitter ist stets eine Art Betrug. In ihr ist mehr Überspanntheit, Träumerei, Sehnsucht als Zunge, Bauch, Schenkel. Ich behaupte gar nicht, die Erotik sei das wichtigste Element der Liebe. Ich behaupte einfach, daß Liebe ohne Erotik krank ist.

Vielleicht hegte ich schon im Gefängnis den Verdacht, eines Tages würde es aus sein. Unsere erste Nacht nach den in der Zelle verbrachten Jahren war eine große Enttäuschung. Aber natürlich wollten wir das nicht zugeben. Und das war der erste Schritt zur Freiheit: Wir wußten nun beide, wir waren aneinander gefesselt gewesen, voneinander in Bann geschlagen. Die Last dieser ersten Nacht, als wir auf der Couch in Justynas kleinem, dunklem Zimmer lagen, ist schwer zu beschreiben. Ich wünschte damals, daß diese Nacht möglichst schnell endete, ich blickte ständig zum Fenster hinüber, voller Sehnsucht nach der Sonne, die mich befreien, die mir erlauben würde, fortzugehen zu den wunderbaren, geheimnisvollen und schrecklichen Beschäftigungen eines freien Menschen, der nach Jahren endlich der Welt den Fehdehandschuh hinwirft.

Viele Monate später gab Justyna zu, daß sie in jener Nacht ebenfalls eine Enttäuschung erlebt hatte. Für sie bedeutete das sogar noch mehr. Sie fühlte sich vom Schicksal gedemütigt, vielleicht auch verspottet.

Es geht hier natürlich nicht um eine Enttäuschung erotischer Natur, obwohl auch diese Fragen damals eine Rolle gespielt haben können. Ich denke vielmehr, wir empfanden beide den moralischen Zwang dieser Situation, wir schuldeten uns diese Nacht, die zur Krönung einer romantischen Liebe und der mit ihr verbundenen Leiden gehörte.

Wir wurden bestraft, denn die Liebe ist kein moralisches Problem, man kann an die Liebe keine moralischen Maßstäbe legen, sie ist da oder ist nicht da, und wenn sie da ist, dann – vergib mir diese Worte, Gott! – ist sogar der Teufel imstande, an die Armen Almosen zu verteilen und die Tränen der Waisen zu trocknen.

27

Er saß auf der Bank im Ujazdowski-Park und schaute den Kindern zu. Durch die Bäume drang gedämpft das Rauschen der Stadt. Die Kinder liefen im Kreis herum, unter ihnen ein kleines, fünfjähriges hellblondes Mädchen mit großen blauen Augen. Unvermittelt hielt sie an, blieb voller Verwunderung stehen und lutschte an einem Bonbon.

Er lächelte dem Mädchen zu. Da gab es doch ein ähnliches Kind in meinem Leben, dachte er. Vielleicht meine kleine Schwester, die am Scharlach gestorben ist? Oder hatte ich vielleicht selbst so ein Mäulchen als Kind? Er betrachtete das Mädchen, und sie betrachtete ihn. Eine Weile schauten sie einander in die Augen. Sie hatte blaue Augen, er braune. Ihr Gesicht war rosig, hell, mit noch nicht ganz durchgeformten Zügen, wie das bei kleinen Kindern stets der Fall ist. Er hatte ein hageres Gesicht, fast wie eine bäuerliche Schnitzerei oder ein Holzschnitt aus alten Zeiten, tiefe Furchen um den Mund, ein Netz von Fältchen um die Augen, der Unterkiefer zeichnete sich scharf ab, die Nase sprang mehr als je in der Vergangenheit vor, so eine Nase, meinen die Bauersfrauen, bedeutet den nahen Tod, der Mensch spürt in seiner Nähe einen neuen Geruch, sagen die Bauersfrauen, deshalb wird die Nase länger, sie streckt sich dem Tod entgegen.

Sie blickten sich an, das Kind verwundert und neugierig, er plötzlich voller Freude. So war meine kleine Schwester, dachte er. Sie ist vor sechzig Jahren gestorben, an einem anderen Ort, in einer anderen Welt, und nun taucht sie wieder auf. Hat sich denn die Welt geändert? Ist es nicht dieselbe Welt der Menschen, Tiere, Pflanzen und Dinge, gekreuzigt und dennoch auferstanden, immer wieder von neuem durch Gott zur Erlösung gerufen?

Das Mädchen trat näher. Sie hob die Hand an die Lippen, nahm den Bonbon aus dem Mäulchen und hielt ihn nun in der Hand. Sie streckte den Arm aus.

»Willst du mir den Bonbon geben?« fragte er.

Sie nickte.

»Danke sehr«, sagte er, »aber ich esse solche Bonbons nicht. Iß ihn selbst. Hat deine Mutter dir den Bonbon gegeben?«

Wieder bejahte sie.

»Dann solltest du ihn auch selbst essen. Steck ihn in den Mund.«

Sie gehorchte und lachte laut auf. Auch er lachte. Sie lief fort zu den anderen Kindern. Er hatte für sie schon aufgehört zu existieren. Aber er empfand kein Bedauern. Es ist dieselbe Welt, dachte er freudig.

Er wußte, daß es noch Jahre dauern würde, ehe sich alles ausglich und ordnete. Es muß Zeit vergehen. Ich werde es nicht erleben, sagte er sich, ich bin schon sehr alt. Doch ist es nicht wesentlich, ob ich es erleben werde. Ich weiß, so wird es kommen. Es gibt eine Zeit der Saat und eine Zeit der Ernte, eine Zeit des Leidens und der Freude, eine Zeit der Sünde und der Reinigung. Anders kann es nicht sein, auch hier nicht.

Die Kinder liefen lärmend umher, eine Frau mit einem Hund an der Leine kam vorbei, der Kies knirschte unter ihren Füßen.

Ich bin töricht, dachte er, so war ich immer. Mir gefällt, was gewöhnlich ist, alltäglich, wenig originell. So war ich immer. Außerdem bin ich müde. Eine Frage des Alters. Eine Frage der Erlebnisse. Ein Schriftsteller würde meinem Lebenslauf das Material für zehn Romane entnehmen. Aber man kann aus jedem Lebenslauf einen Roman machen. Allerdings wird nicht jeder ein Abenteuerroman sein und nicht jeder erbaulich.

Er schloß daraus, daß die Welt seiner eigenen großen Dramen und Prüfungen für andere keineswegs lehrreich war. Arens hatte ihm vor vielen Jahren einmal gesagt, die Geschichte habe sie beide verschlungen. Arens war ein Schuft und Feigling, das unterlag keinem Zweifel, darum konnte er nicht anders denken. Die gesamte Schuld lag außerhalb seiner Person. Die Situationen, nichts als die Situationen. ›Ich habe mir die Situation, in der ich leben mußte, nicht ausgesucht!‹ Das hatte er gesagt.

Er selbst hatte sie auch nie ausgesucht. Sie fielen ihm auf den Kopf und warfen ihn ohne Erbarmen zu Boden. Aber was soll denn das? Die Situationen bestanden doch nur außen, innen blieb er er selbst. Irgendwie mußte er sich arrangieren.

Man muß streng sein dem Bösen gegenüber, dachte er mit einem Fünkchen Eitelkeit, weil auch er nicht frei war von der süßen Sünde des Hochmuts. Kleine Freuden, kleine Befriedigungen. Im Grunde war alles klein im Vergleich mit dem riesigen Ausmaß des Bösen, das ihn umgab. Darum nutzte er jede Chance, die sich bot, um dem Teufel einen Nasenstüber zu versetzen. Sein Teufel mußte eine geschwollene und seit Jahren schmerzende Nase haben.

Heute war es kein Nasenstüber, dachte er. Heute hat der Teufel einen Tritt in den Arsch bekommen. Das hat mich viel gekostet, aber in meinem Alter darf man sich solche Annehmlichkeiten nicht versagen.

An diesem Tag hatte er um zehn Uhr an einem Empfang zu Ehren der Frontkämpfer der Heimatarmee teilgenommen. Die Machthaber in Staat und Partei hatten, unversehens belebt vom patriotischen Geist, die Treue zu den nationalen Werten der jüngsten Vergangenheit in sich entdeckt. Über zwanzig Jahre waren seit dem Krieg vergangen, und ganz unverhofft hatte sich der Staat des arbeitenden Volks aus Städten und Dörfern der Soldaten des Widerstands erinnert. Eine außerordentliche Überraschung. Die Soldaten des Widerstands, schon betagte Männer, waren an Verfolgungen und Demütigungen gewöhnt, an eine Existenz am Rand der Gesellschaft, fern von den Machtzentren, und nun befanden sie sich unversehens im Mittelpunkt des Interesses. Unter ihnen gab es welche, die ziemlich naiv meinten, nun würde ihnen Gerechtigkeit zuteil, das schreckliche, kommunistische Polen wünsche endlich, seine moralische, seine nationale Schuld zu begleichen. Doch die Mehrheit begriff sehr genau, worum es sich im Grunde handelte. Es fand ein Kampf statt um die Einflüsse auf die Spitzen der Macht, und die Veteranen der Heimatarmee sollten ein Argument sein in der Hand der neuen Streithähne aus der Partei.

Kronleuchter brannten, weil sich diese Herren sogar an einem Junitag um zehn Uhr morgens einen vornehmen Empfang nicht ohne das helle Licht der Kronleuchter vorstellen konnten. In Hufeisenform gestellte Tische. Platten mit Aufschnitt, Salat, Fisch und Fleisch, Schalen mit Obst, Süßigkeiten, Getränke, also Wodka, Wein, Kognak, Likör, zum Schluß Kaffee.

Im Durchgang vom Foyer zum großen Bankettsaal standen in Grundstellung Offiziere mit weißen Handschuhen und Ordensschnallen. Sehr viele Uniformen. Armee, Miliz, eine grün-blaue Landschaft, ergraute Köpfe, etwas gebeugte Schultern, sie trugen die Last der Verantwortung für dieses Land, für dieses trotzige und unreife Volk.

Erst waren die Gespräche gedämpft, dann immer lauter, denn diese Herren kamen in die große Welt aus weit abgelegenen Dörfern, aus Kleinstädten, Souterrains und Dachkammern, und ihnen gebührte Verständnis, ja sogar Lob, daß sie sich hochgearbeitet, soviel Mühe aufgewandt hatten, um ihr Ziel, um die Beförderung zu erreichen, vom Kuhhirten zum General, von der Dorfschule zum Lehrstuhl an der Universität, vom Bauernfuhrwerk zum Ministerialkabinett, aus Armut und Krähwinkelei in die Salons und die große Welt, vielleicht gehörte es sich, ihnen etwas Bewunderung zu zollen, ein Wort der Anerkennung für das Erreichte, wären sie nicht in Wirklichkeit Kuhhirten geblieben. Doch sie waren Kuhhirten geblieben, weil jeder, der sich vom besseren Teil seiner Natur verführen läßt, der versucht, an sich zu arbeiten, seinen Geist und Charakter zu entwickeln, einen eigenen, selbständigen Weg zu gehen, die innere Freiheit erreicht, und für diese gab es keinen Platz in der unterjochten Welt.

Der Lärm im Bankettsaal wurde immer stärker, die Herren brachten Trinksprüche aus, ihre Augen blickten wachsam wie in der vordersten Linie der Front, sie überlegten, wie sie sich hinstellen sollten, um die Wand im Rücken zu haben, diese Position ist sicherer, niemand kann dir ein Messer zwischen die Schultern rammen, sie brachten Trinksprüche aus, knallten die Hacken zusammen wie bei der Parade, Gelächter, breit und herzlich, der General hat einen Witz erzählt, das Gelächter ist gemäßigt, wenn ein

Oberst den Witz erzählt hat, ein Gelächter, nachsichtig und gönnerhaft, derb und untertänig, kränkend und väterlich, sie klopften sich auf die Schultern und drückten sich die Hände, hier und da ein Kasernenfluch, eine Verbeugung, ein Lächeln, ein Flüstern ins Ohr, Gläser klirren, eine Falte auf der Stirn, den dort treten, jenen seines Postens entheben, diesem drohen, mit einem anderen noch eine Intrige schmieden, kleine, seichte, flüchtige Dinge, ganz wie sie selbst, und draußen vor den Fenstern des Bankettsaals das zugrunde gerichtete Land, das sie nicht mehr zu beglücken, zu erlösen, zum Paradies zu machen trachteten, diese Illusion hatten sie verworfen, schon lachten sie darüber in den Ecken, denn die Zeiten der Beschwörungen und Ideale waren längst vergangen, gottlob vergangen, damals war niemand des Tages oder der Stunde sicher, jetzt aber konnten sie ruhig, stolz und zufrieden sein über die Veränderung, die sich eingestellt hatte, sie brachen keine Knochen mehr und mußten nicht fürchten, daß jemand ihnen die Knochen brach, das Blut war getrocknet, die Gräber grasüberwachsen, neue Horizonte öffneten sich, die harte Soldatensprache forderte endlich die ihr gebührende Achtung, die Zeit war gekommen, da Polen die aufgenommene Schuld zurückerstattete, die Krieger hatten ein Recht darauf, es war nun genug der Ideologen, Intellektuellen und sensiblen Dummköpfe, genug der jüdischen Sümpfe, der jüdischen Chuzpe, der jüdischen Erpressung im Namen des Internationalismus, vergangen die Zeit Athens, wo die Sklaverei geschmückt war mit der heiligen Pflicht der Dialektik, jetzt folgte die Zeit des Sklaven haltenden Sparta, eine schlichte und heroische Zeit ohne Philosophie, geheime Gottheiten, Beschwörungen und Scheiterhaufen für die Opfer, es folgte das soldatische Ideal, Vaterland, Volk, auf Posten stehen, die Wachsamkeit gegenüber den Gelüsten bewahren, sich nicht aufsplittern lassen, wer uns aufsplittert, liebt das Land nicht, an die Spaten mit den verfaulten Intelligenzlern, zum Latrinenreinigen mit den Professoren, gotische Kathedralen und van Goghs machen das Leben nicht würdiger, Chaplin war einfach ein Jude, das läßt sich nicht verbergen, was ist denn ein Kafka, bloß ein Vogel im Polnischen, der Krähe verwandt und angeblich beschnitten, in der Jugend haben wir auf solche Vögel geschossen, rum-bum, krach-bach, diesen Bach brauchen wir auch nicht, das Soldatenlied hallt durch den grünen Wald, wir laden die Herren Professoren zum Biwak unter freiem Himmel, Suppe aus dem Kessel, Schießübungen, Mumm haben muß das Volk, sie laufen herum in ausgerichteten Kolonnen, wir aber begeben uns in die Zelte zur Siesta, die Fahne hissen am Mast, Polen für die Polen, unser Vaterland wird endlich sein, wie es sein soll, wir verkörpern die Träume unserer Vorfahren, ein uriges Polen, ein echtes Volkspolen, Hochschulen nur für die Kinder von Arbeitern und Bauern, vorzüglich diese Wurst, meine Mutter jedoch machte noch bessere, hier ein Fisch auf jüdisch, dies eine, ich bekenne es demütig, ist den Jidden gelungen, es kommt jetzt ein neues Polen, Orden, Achselschnüre, Tressen, Sterne, Schulterstücke, Silberlitzen, Schulterriemen, Koppel, Pistolentaschen, Schärpen, Knöpfe, Adler, Fähnchen, alles glänzt, alles blitzt im Schein der Kronleuchter.

Der Bankettsaal rauschte immer lauter, doch an den Wänden entlang glitten alte Männer in verstaubten Anzügen, mit verlebten Gesichtern und erloschenen Blicken. Das waren die Gäste der Staatsmacht, die Kriegshelden, Verschwörer und Partisanen, denen diese Staatsmacht viele Nachkriegsjahre hindurch die Knochen gebrochen, die sie

Verräter, Volksfeinde und Adolf Hitlers Agenten genannt hatte. Jetzt begannen andere Zeiten, die Partisanen-Kameraden luden ihre Partisanen-Kameraden ein in die Salons. Die Gastgeber trugen natürlich Uniform, die Gäste natürlich Zivil. Immerhin mußte hervorgehoben werden, wem die Geschichte dieses Land als Geschenk überreicht hatte, wer hier den ersten Schritt tat und wer nur hinterdrein tappte.

Eigentlich bin ich ein Idiot, dachte Hryniewicz, der mit einem Glas Wein in der Hand an der Wand stand. Warum bin ich denn hergekommen ... Aber wohl nicht alle geladenen Gäste dachten so. Mancher empfand ein wenig Befriedigung, das Gläschen war ein winziger Akt der Genugtuung, endlich fielen Worte über die echten Kriegsverdienste, und wer sehnt sich denn nicht nach Wahrheit und Würde auf dieser schrecklichen Welt der Erniedrigung?

Doch gab es auch solche, die diese Geste der Staatsmacht für eine weitere Beleidigung hielten, die sich wieder verletzt und verspottet vorkamen. Sie blieben am Rande und hüllten sich angesichts der Versuchung in ihren Panzer. Hryniewicz befand sich irgendwo dazwischen, nicht so sehr aus dem Wunsch nach Befriedigung, sondern aus nie gesättigter katzenhafter Neugier, die ihn wehrlos machte gegen die Herausforderung jedes neuen Abenteuers. Er stand an der Wand, trank Wein und betrachtete den großen Bankettsaal, wie ein Insektenforscher das Innere eines Bienenstocks betrachtet.

Zuckerbrot und Peitsche, dachte er. Dumm sind sie und haben nichts dazugelernt. Früher hatten sie den Galgen und die Illusion der Revolution, die sie nach Lust und Laune dosierten, jetzt haben sie Zuckerbrot und Peitsche. Darin besteht ihr ganzer Fortschritt, von dem sie soviel reden.

Und gerade in diesem Moment tauchte vor Hryniewicz der Oberst Trojan auf. Er verhielt sich ganz natürlich, als hätten sie noch tags zuvor miteinander über erfreuliche Kleinigkeiten gesprochen.

Trojan trug Uniform, auf seiner Brust nahmen die Ordensbändchen gut einen halben Hektar ein. Er blieb vor Hryniewicz stehen und sagte: »Erinnern Sie sich an mich, Herr Professor?«

»Nein«, entgegnete Hryniewicz. Er sagte die Wahrheit. Er erinnerte sich nicht an diesen gutaussehenden, vornehmen, grauhaarigen Mann mit den trockenen, etwas aristokratischen Zügen. Dieser Oberst, dachte er, paßt überhaupt nicht zu der rundum versammelten Gesellschaft.

»Herr Professor«, sagte Trojan, »ich möchte mich nicht aufdrängen. Es sind viele Leute hier. Ich hätte nicht an Sie heranzutreten brauchen, nicht wahr? Und dennoch... Bitte überlegen Sie einen Augenblick, ehe Sie sich entscheiden. Es wäre nicht gut, wenn es zu einem unerfreulichen Zwischenfall käme.«

»Wirklich, ich weiß nicht, wovon Sie reden«, antwortete Hryniewicz. Er spürte, irgend etwas war hier nicht in Ordnung. Er musterte das Gesicht des Obersten sehr aufmerksam und suchte in seiner Erinnerung diese Augen, den Schnitt des Mundes, das Oval des Gesichts. Es überkam ihn die Unruhe eines alten Menschen, der sich hilflos und unsicher durch das Dickicht der Vergangenheit zwängt.

»Ich helfe Ihnen«, sagte Trojan. »Aber überlegen Sie es sich bitte. Wenn Sie wollen, gehe ich sofort weg. Ich würde es bedauern, weil ich mit Ihnen sprechen wollte. Aber natürlich erfülle ich Ihre Wünsche. Ich heiße Trojan.«

»Trojan«, wiederholte Hryniewicz sehr ruhig. »Ja, jetzt erinnere ich mich. Sie sind also nun Oberst.«

»Das ist Vergangenheit«, antwortete Trojan. »Schon seit vielen Jahren bin ich nicht mehr im Dienst. Nur aus gegebenem Anlaß habe ich heute den Staub aus meiner Uniform geklopft. Die Motten hausen darin. Riechen Sie nicht das Naphthalin?«

»Nein«, sagte Hryniewicz. »Ich rieche ganz etwas anderes.«

»Wie gesagt, ich kann sofort gehen. Nur, was nützt Ihnen das, Herr Professor?«

»Sie müssen keineswegs gehen. Alle hier waren vermutlich nicht besser als Sie.«

»Und trotzdem sind Sie zu dem Empfang gekommen?«

»Man muß einen sehr starken Willen haben, um auf solche Augenblicke zu verzichten. Immerhin ist es doch ein kleiner Triumph, meinen Sie nicht?«

»Nein, Herr Professor. Viele Dinge sind gleich geblieben. Und viele andere Dinge sehen heute ganz anders aus. In diesem Saal stinkt es nach Fußlappen, riechen Sie das nicht?«

»Ich rieche nur noch sehr wenig«, antwortete Hryniewicz. Einer der Unteroffiziere in Galauniform und weißen Handschuhen näherte sich und bot ihnen auf einem Tablett Gläser an. Hryniewicz lehnte mit einer Kopfbewegung ab. Der Unteroffizier entfernte sich.

»Und was nun?« sagte der alte Mann. »Wie Sie sehen, habe ich kein Geschrei angestimmt, weil neben mir der berüchtigte Trojan steht, der Knochenbrecher. Warum sollte ich schreien? Alle wissen, wer Sie sind. Sie befinden sich unter Ihren Waffenbrüdern, nur ich bin infolge eines Irrtums hier und ein bißchen auch aus eigener Dummheit. Gut, daß Sie mich an Sie erinnert haben. Viele Illusionen hatte ich nicht, als ich herkam, aber dennoch ... Jetzt ist alles an Ort und Stelle zurückgekehrt.«

»Nichts kehrt an Ort und Stelle zurück, Herr Professor«, entgegnete Trojan. »Das wollte ich Ihnen sagen. Darüber hätte ich Lust, mit Ihnen zu sprechen.«

»Sehr freundlich von Ihnen, Herr Oberst. Das brauchten Sie nicht zu tun. Aber ich bin ein alter Mann, auch ich hatte meine Teufel und Engel. Ich will Ihnen sagen, wie es jetzt um uns steht! Sie haben Hryniewicz gesehen und sich gesagt, jetzt ist der Augenblick gekommen, um das Opfer zu bringen. Man muß sich dem Hryniewicz ins Gedächtnis rufen, damit er sagen kann: ›Fort mit dir, Kanaille‹, damit er endlich eine Sekunde süßer Rache vor den Augen all dieser Leute erleben kann. Für Sie wäre das ein schöner Augenblick der Reinigung, Wahrheit, Demut und Buße gewesen. Denn Sie brauchen einen solchen Augenblick, bisher ist es Ihnen nicht gelungen, ihn zu erleben, deshalb leitete Sie die gewöhnliche, schlichte, sehr menschliche Hoffnung, ich würde Ihnen diese Gnade erweisen. Aber das werde ich nicht tun! Auf keinen Fall! Wie Sie sehen, lächle ich sogar höflich, das kommt mich hart an, härter als Sie vermuten, denn einige Schritte von uns entfernt steht der alte Michałowski, jetzt schaut er herüber, er sieht, daß ich Ihnen zulächle, und er hat ein gutes Gedächtnis, er weiß sehr genau, was ich vor einem Augenblick noch nicht wußte, daß Sie Trojan sind, derselbe Trojan, über den vor fünfzehn Jahren Legenden umliefen, sehr zutreffende Legenden, kein Wort der Übertreibung – der fürchterliche Trojan, der Hund Trojan, der Gewalttäter Trojan, Trojan der Tiger, Trojan der Teufel, Sie haben diese Geschichten gehört, ich sage Ihnen ja nichts Neues, Michałowski beobachtet uns jetzt, welche Vertrautheit, was für eine herzliche Begegnung nach Jahren, so denkt er jetzt, mein alter Freund Michałowski, und morgen wird die ganze Stadt davon reden, Hryniewicz ist verrückt geworden, die Sklerose hat ihn gepackt, denn er hat Trojan nicht erkannt, oder – schlimmer noch – man wird sagen, Hryniewicz hat sich am Rand des Grabes von sich selbst, seinen Freunden, seinem Land und seinem ganzen Leben losgesagt, denn statt Trojan ins Gesicht zu spucken und einen Skandal hervorzurufen, hat er sehr ruhig, ein Lächeln auf den Lippen, ein Gespräch mit Trojan geführt... Wie Sie sehen, kommt mich das sehr hart an. Ehrlich gesagt, in diesem Augenblick tut sich die Hölle vor mir auf, dabei würde es genügen, Ihnen ins Gesicht zu schlagen, um in den Himmel zu kommen, doch das werde ich nicht tun, denn dann könnten Sie ins Fegefeuer wandern, lieber gehe ich in die Hölle, um Ihnen ein für allemal den Weg zur Erlösung zu versperren.«

»Und das sagt ein Christ«, sprach Trojan spöttisch. »Schöne Dinge höre ich da von Ihnen.«

Ein bißchen hat er sich also doch geändert in all den Jahren, denn er hat rote Flecken im Gesicht, feine Schweißtröpfchen stehen auf seiner Stirn. In früheren Zeiten – nicht daran zu denken! In früheren Zeiten war Trojan immer steinern, ein Mensch aus erkalteter Lava, seine Starrheit erregte Entsetzen, am stärksten wirkte sie auf Trojans Opfer, die Leute fühlten sich wehrlos in seiner Gegenwart, er hatte einen unpersönlichen, reglosen Blick, zielsichere und ruhige Bewegungen. Er ist der vom System am besten inszenierte Mensch unter der Sonne gewesen, und jetzt wurde sein Gesicht plötzlich rot, seine Augen wichen zur Seite, seine Lider flatterten nervös.

»Wie ich hörte, haben Sie im Gefängnis gesessen«, sagte Hryniewicz ruhig. »Als Gomułka an die Macht kam, hatte er genug von solchen Leuten wie Ihnen. Haben Sie lange gesessen?«

»Ein Jahr und sieben Monate«, antwortete Trojan. »Dann habe ich eine andere Arbeit übernommen.«

»Ein Jahr und sieben Monate«, wiederholte Hryniewicz und nickte. »Die Volksmacht erwies sich sehr gnädig Ihnen gegenüber. Ich habe, falls ich mich richtig erinnere, elf Jahre gesessen.«

»Und Sie waren völlig unschuldig«, sprach Trojan.

»Wußten Sie das damals? Sagen Sie endlich die Wahrheit.«

»Natürlich wußte ich es. Aber der Fall hängt vom Standpunkt ab. Faßt man das Problem in die Kategorien des Rechts, so waren Sie unschuldig.«

»Gibt es denn andere Kategorien?«

»Es gibt welche«, antwortete Trojan. »Die Staatsmacht vertraute Ihnen nicht, Sie waren ein politischer Gegner. Man mußte Sie isolieren. Ein rechtlicher Grund läßt sich immer finden. Sie wissen das doch auswendig, es lohnt nicht, davon zu reden, Herr Professor.«

»Haben Sie auch aus politischen Gründen gesessen?«

»Das ist gut! Wie denn sonst! Ich habe Sie mir als Staatsfeind doch nicht ausgedacht. Es gab die klare politische Direktive, Leute wie Sie entsprechend zu behandeln. Und Sie wurden entsprechend der Direktive behandelt. Dann änderte sich die Direktive, plötzlich stellte sich heraus, daß man so nicht hätte vorgehen sollen, das Vorgehen schadete der Staatsmacht. Jemand mußte die Verantwortung tragen, um die Autorität des Staates zu wahren. Nicht der Staat war schuld, sondern einzelne Personen. Diese Personen wurden sorgfältig ausgesucht, vor Gericht gestellt und abgeurteilt. Ich kam ins Gefängnis als einer von denen, die

Rechtsvorschriften gebrochen und sich Fehler und Entstellungen erlaubt hatten. Alles klar und einfach.«

»Ja«, sagte Hryniewicz, »alles klar. Nichts hat sich geändert. Aber einmal wird es sich ändern.«

»Es wird sich nicht ändern«, entgegnete Trojan. »Das alles ist sehr menschlich und wird sich deshalb nie ändern.«

»Sie lieben die Menschen nicht, stimmt's?«

»Warum sollte ich sie lieben? Haben sie ein besseres Los verdient? Glauben Sie etwa, das Verfahren gefällt den Menschen nicht? Waren sie je anders? Sind sie woanders anders? Ich habe keine Illusionen, Herr Professor, keine Illusionen.«

Unerwartet begann er, in anderem Ton zu sprechen, ziemlich heftig, schnell, nicht ganz verständlich, als spräche nicht er, sondern ein anderer für ihn, seltsame Dinge, seltsame Wörter, das dauerte sehr lange, eine andere Szenerie, nicht mehr der Bankettsaal, sondern die Treppe, auf der Marmortreppe hinunter, dann das Foyer, der rote Läufer, am Ausgang Offiziere, die Straße in der Sonne, ein schöner Tag, sonnig und warm, ein leichter Wind raschelt in den Baumkronen, der Lärm vieler Menschen ringsum, sie gehen nebeneinander, der alte Mann im verstaubten Anzug und der Offizier in Uniform, beide grauhaarig, beide hochgewachsen, aber der Zivilist gebeugt und der Offizier kerzengerade, nur er redet, ohne Unterlaß, hartnäckig, die Menschen sind unbeschreiblich schwach, der Tod fasziniert sie, die Übermacht, die Gewalt, die Grausamkeit, sehen Sie das nicht, seit Beginn der Welt sind sie so, nie waren sie anders, der Tod, der Tod, der Tod zieht sie an, die schreckliche Angst vor dem Tod und die Gewißheit, daß sie ihm gegenüber wehrlos sind, sie möchten ihn bändigen, an der Leine halten, auf andere hetzen, die

Furcht der Menschen ist nichtswürdig, aber auch unerhört schöpferisch, in allem, was sie tun, lassen sie sich nur von der Furcht leiten, haben Sie die Menschen gesehen, wie sie den Tod betrachten, haben Sie diese entsetzliche, verführerische Neugier gesehen, sie möchten so gern wissen, was in einem sterbenden Menschen vorgeht, doch in dem geht nichts mehr vor, in ihnen gehen furchtbare Dinge vor, alle Gespenster sind dann in ihnen präsent, jeder von ihnen trägt sie seit Beginn der Welt in sich, was erwarten Sie denn von den Menschen, die doch so wehrlos sind, vom Anfang an verurteilt, vom ersten Augenblick an verführt durch den Tod, an nichts anderes denken sie, in jeder Sekunde ihres Lebens denken sie nur an ihn, deshalb bauen sie doch diese ganze Welt, um die Aufmerksamkeit abzulenken, der große Betrug dient nur dem einen, nämlich zu entkommen, aber man kann nicht entkommen, das hat noch niemand geschafft, niemandem ist es gelungen zu entkommen, deshalb tobt der Haß in ihnen, die Grausamkeit, die Verachtung, die Zerstörungswut, und nur die Umstände, diese hauchdünne Schicht der Sitten, der Kultur und Erziehung trennt uns von unserer Natur, von diesem nicht endenden Sterben ...

Plötzlich ließ Hryniewicz ihn stehen. Mitten auf der Straße, in der bunten Menge des Krakowskie Przedmieście ließ er Trojan stehen.

Er sagte laut, fast schreiend: »Genug! Es reicht!«

Er überquerte unvorschriftsmäßig die Fahrbahn, hörte Reifen auf dem Asphalt quietschen, blickte aber nicht einmal hin.

Er ging in die Heilig-Kreuz-Kirche, setzte sich auf eine Bank und begann zu beten.

»Ich bin zu Dir geflohen«, sagte er und schaute zu dem

Gekreuzigten auf, »weil ich fürchte, daß dieser Mensch recht hat. Ich flehe Dich an, mach, daß dieser Mensch nicht recht hat. Nur darum flehe ich Dich an, Herr...«

28

Irgendwo in der Nähe schnaubte ein Pferd. Czarnocki trat ans Fenster. Die Nacht war ziemlich hell, hinter den Wolken tauchte ein Stück Mond auf, hier und da blinkten Sterne. Der warme Wind bewegte die Lindenwipfel unter dem Fenster. Wieder schnaubte das Pferd vernehmlich. Wo gibt es denn hier Pferde? dachte Czarnocki. Die existieren doch nur in meiner Einbildung.

Doch dieses Pferd gab es in der Nähe wirklich. Czarnocki hörte auf der anderen Straßenseite sein Schnauben, und dann fiel ihm ein, daß man kürzlich zur Unterhaltung für die sich in Warschau langweilenden Diplomaten im Park einen Stall eingerichtet hatte.

Auch Pferde haben also überdauert, sagte sich Czarnocki. So wie ich. Ein Jude, der die Jahre überdauert hat, ein alter, einsamer Jude steht jetzt am Fenster und hört das Schnauben der Pferde. Das kann nicht sein. Daran wird niemand in der Welt glauben. Vor sechzig Jahren, noch vor dem großen Krieg, gab es auf der Gęsia-Straße einen Stall mit vielen Pferden. Da bin ich gern hingegangen, ich, der kleine, rotznäsige, jüdische Junge in Drillichhosen, Chaim Szwarcblat hieß ich damals, ich ging zu dem Stall und schaute mir die Pferde an. Sie waren mächtig und stark, der Fuhrmann Birencwajg nannte sie Percherons, sie zogen die großen Rollwagen mit den Waren der Firma Cyngiel, Südfrüchte-Import. Birencwajg starb, noch lange bevor Hitler kam. Gottlob trat ein Pferd ihn vor den Kopf, Birencwajg wurde ins Krankenhaus gebracht, aber das half ihm nicht, er starb einige Tage nach dem Unfall. Ein anderer Fuhrmann kam, Birencwajgs Schwager, aber ich verlor ihn aus den Augen. Ich ging nicht mehr zu dem Stall, damals war ich bereits Kommunist, und welchen Kommunisten interessieren schon Zugpferde? Jetzt, da ich kein Kommunist mehr bin, sind die Pferde wiedergekehrt, als wäre nie etwas gewesen. Es gab keinen Krieg, keinen Genossen Czarnocki, geblieben ist nur der frühere Szwarcblat und das Pferd, das mitten in der Nacht schnaubt.

Das ist mein Leben, sagte sich Czarnocki. Zum Schluß ist nur geblieben, was ganz am Anfang war. Ich bin zu Gott zurückgekehrt, ich bin ein gläubiger Jude, der aus der Asche auferstanden ist. Wie sollte ich nicht an Gott glauben, da sich alles als Illusion, Fälschung und Unwahrheit erwiesen hat, da alles vergangen ist, ich aber bin geblieben, trotz der Bemühungen dieser schrecklichen, zerstörerischen Kräfte befinde ich mich wieder am gleichen Ort der Erde, wo ich einst aufgetaucht bin, auf diesen Trümmern, Brandresten und Gräbern, trotz der ganzen Welt bin ich übrig geblieben und bin wieder hier, ich atme, denke, höre das Pferd schnauben, ich bin hier, und die Pferde sind hier wie früher, alles kehrt in das alte Gleis zurück, die Zeit ist vergangen und hat sich erfüllt, so steht es geschrieben und hat sich erfüllt, und auf der anderen Seite der Zeit, auf der anderen Seite der Apokalypse, die das Wasser, die Erde und das Feuer verbrannt hat, bin ich wieder, ganz ohne Zweifel, so wie dieses Pferd dort, dessen Schnauben ich höre.

Und Lidka ist wieder bei mir.

Entgegen allen Verdächtigungen und zweifelhaften Beweisen existiert also Gott ganz real, ich bin der beste Beweis für Seine Existenz, denn es sollte ja kein Jude mehr im Bund mit Gott auf der Erde herumlaufen, ich jedoch bin ein solcher Jude und höre die Stimme meiner Welt. Wer hat sich nun am Ende als mächtiger erwiesen? Wo sind Hitler und sein Tausendjähriges Reich? Wo sind Stalin und seine weltweite Tyrannei? Wo ist der Redakteur Czesław Czarnocki, erfüllt vom schwarzen Klassenhaß gegen unschuldige Menschen, die auch dafür gelitten haben, daß ich heimkehren durfte? Wer hat schließlich gesiegt, wenn nicht Gott, der meinen Vorfahren die inspirierten Bücher diktierte?

Das Pferd schnaubte wieder. Szwarcblat lächelte.

Ein dummer Gedanke schoß ihm durch den Kopf: Das Pferd ist kein jüdisches Tier, ganz anders das Maultier oder zum Beispiel der Esel. Er lächelte wieder, weil er feststellte, wie jüdisch dieser Gedanke war, und alles Jüdische bereitete ihm Freude und Befriedigung.

Er dachte auch, jetzt, mehr als zwanzig Jahre nach Lidkas Tod, könne er erneut von sich sagen, er sei ein glücklicher Mensch. Glücklich nicht von morgens bis abends, das wäre Verschwendung, man muß Augenblicke des Zweifels, der herzzerreißenden Traurigkeit, manchmal sogar der Verzweiflung haben, um Augenblicke des Glücks zu erleben. Selbstverständlich war er nicht oft glücklich, doch ereigneten sich solche Augenblicke, ein heller und reiner Sturzregen rund um ihn, der ihn erfüllte, und dann umarmte Szwarcblats Herz, ausgetrocknet seit dem Tage, da Lidka so plötzlich entschlief, wieder die Welt rundum, gewiß nicht die ganze Welt, wohl aber die greifbare und nahe, die sich in seiner Reichweite befand.

Es kam vor, daß er am Fenster stand und die fernen Wipfel der alten Parkbäume betrachtete, die langsam über den Himmel wandernden Wolkenflöckchen, einen Vogel, einen vorbeigehenden Menschen – und der freudige Sturzregen überfiel ihn. Was kann das sein, dachte er dann, verwundert und noch nicht ganz sicher, daß er Glück empfand. Woher kommt das in mir?

Eigentlich waren das seine Gespräche mit dem wiedergefundenen Gott. So nannte er jene Augenblicke. Und es waren Gespräche, wie er sie zuvor jahrelang nicht geführt hatte, weil ihm erst jetzt die Welt antwortete. Er hörte die Wolken, Bäume, Vögel, Passanten. Sie sagten ihm: Szwarcblat, du bist kein böser Mensch, du warst zwar niederträchtig, doch es kam ein einzigartiger Tag, und du kehrtest zurück von dem bösen Weg. Jetzt bist du wieder daheim. Das sind die vier Wände deines Hauses. Die Nacht, der Tag und wieder die Nacht, und dann wieder der Tag.

Szwarcblat war ein skeptischer Jude, deshalb wußte er sehr genau, daß kein Vogel mit ihm sprach. Er selbst sprach im Namen der Vögel, Wolken und fremden Passanten. Doch hin und wieder hatte er den zwingenden Eindruck, daß nicht er selbst antwortete, er hörte die Stimme seiner Frau, ihre zarte, ruhige, freundliche Stimme, die für so viele Jahre in seiner Nähe verstummt, jetzt aber wiedergekehrt war.

Das war seine große, freudige Veränderung. Sie ereignete sich nicht im Lauf eines Tages, er kreuzte dieses Datum nicht zum ewigen Angedenken im Kalender an. Er veränderte sich langsam, zusammen mit der Welt. Segeln, so nannte er es. Segeln über das fruchtbare Meer der Einbildungen und des bösen Willens.

Diese Einbildungen ließen sich nicht leugnen. Nicht er allein war ihnen erlegen! Immerhin hatte sich die halbe Welt davon prellen lassen. Vor allem die weit entfernt Lebenden, im allgemeinen sehr sensible, intelligente Menschen, neben denen Szwarcblat nur ein armer Jude im jüdischen Warschau war, ein Kind der Armut, des Lärms und der ewigen Erniedrigungen. Mit zwanzig Jahren hatte er inbrünstig geglaubt, man müsse die Welt nach neuen Regeln verändern, sie nach neuen Maßen zuschneiden, denn das, was war, durfte nicht länger existieren, wenn die Menschen Menschen bleiben sollten.

Er dachte gar nicht so töricht, denn in der Tat, die Welt bedurfte einer großen Reparatur. Im übrigen bedarf sie ihrer immer. Szwarcblat war mit dem inneren Feuer der Empörung und des Widerspruchs begabt, und das war sogar schön an ihm.

Doch er geriet in schlechte Gesellschaft. Die Kommunisten waren keine gute Gesellschaft für einen Menschen, der etwas wirklich Menschliches tun wollte. Und interessanterweise wußte Szwarcblat das vom ersten Moment, von der ersten politischen Prüfung an, der er ausgesetzt wurde. Damals hatte er die Liebe noch nicht erlebt, wußte noch nichts von Lidkas Existenz, begriff aber schon, daß nicht alles, woran er glauben wollte, Glauben verdiente.

An die Einzelheiten dieser Angelegenheit erinnerte er sich nach Jahren nicht mehr, aber es stand für ihn außer Zweifel, daß er damals unangenehme Gedanken gehabt hatte. Vor Jahren hatte jemand gerade angesichts der ersten Prüfung trocken zu ihm gesagt: »Das muß gar nicht moralisch sein. Es genügt, wenn es richtig ist, wenn es solchen Erniedrigten und Ausgebeuteten wie dir etwas nützt!«

Da fragte er sich mit einer gewissen Furcht, ob Richtigkeit unmoralisch sein könne. Und falls ja, ob sie dann an sich richtig sei. Und sogar wenn sie richtig ist, wenn es möglich ist, daß eine richtige Sache keine moralische Sache ist, ob dann er, Chaim Szwarcblat, die Wahl gegen die Moral und für diese erstaunliche Richtigkeit treffen dürfe.

Damals erfuhr er von jenem Menschen, dessen Gesicht und Namen er seit langem vergessen hatte, die Moral sei eine Frage des Standpunktes, sie ist – ich bitte dich – relativ, sie ist – ich bitte dich – veränderlich, abhängig von deiner sozialen Voraussetzung.

Dieser Mensch hatte die Angewohnheit, ständig ›ich bitte dich‹ zu sagen, das reizte Szwarcblat und minderte sein Vertrauen. Doch der Verdacht in seinem Herzen erwachte nicht infolge dieser banalen Ursache, sondern aus tieferen Gründen. Er zweifelte einfach an einer derartigen Relativität der Grundsätze.

Damals war er der Dialektik noch nicht begegnet. Zu diesen Zeiten zappelte er erst in den Netzen des Hasses. Die Dialektik sollte sich ihm erst sehr viel später offenbaren.

Was die Einbildungen anging, so waren sie weit verbreitet und ziemlich verständlich. Will jemand eine bessere Welt, so schöpft er Kraft aus seinen Träumen. Ohne Träume kann man die Welt nicht bessern. Szwarcblat wußte das und gab sich deshalb restlos den kommunistischen Träumen hin. Besonders schwer fiel ihm das nicht, da er in einer Welt aufgewachsen war, in der man leidenschaftlich Gott suchte. Die gesamte Umgebung in seiner Kindheit und frühen Jugend, dunkel, laut, der Armut und dem verzweifelten Kampf mit der Armut ausgeliefert, die doch unüberwindlich schien, war durchdrungen von der schrecklichen Sehnsucht nach dem unbegreiflichen Gott.

Szwarcblats Vater stritt sich ständig mit Gott, ermahnte Ihn ständig, dem jungen Szwarcblat kam es gelegentlich vor, als zankten sich sein Vater und Gott von früh bis spät, als knurrten sie sich an und sprängen einander an die Kehle, wie zwei Hunde sich um einen Knochen streiten. Andere Juden verhielten sich ähnlich. Natürlich gab es unter ihnen auch Menschen mit sanftem Gemüt und demütigem Geist, die nicht den Mut besaßen, sich mit dem Allgegenwärtigen zu zanken, und sich seinen Urteilssprüchen fügten, aber wahrscheinlich im Dunkel der Nacht, in ihren dumpfen Träumen sahen sie den Himmel in Flammen.

Gott war stets anwesend, anwesend war auch ein großes Geheimnis, das die einen ergründen und erklären wollten, während die anderen es für unantastbar hielten und in schweigender Demut verehrten.

Der Uhrmacher der Welt hatte den großen Mechanismus gebaut und in Gang gesetzt. Die Welt tickte geheimnisvoll. Sie maß die Zeit der Menschen und der menschlichen Dinge und Angelegenheiten ab. Und diese armen Juden wühlten mit den Fingern im geheimen Mechanismus der Uhr. Nicht alle, aber es gab welche, die sogar den Zeiger nach ihren Wünschen verschieben wollten. Eine gefährliche und schreckliche Beschäftigung. Doch für Menschen wie der junge Szwarcblat wurde die Welt zur Herausforderung. Es war eine Frage der Würde, die Herausforderung anzunehmen.

Deshalb warf er sich später nicht vor, er habe sich von der großen Täuschung verführen lassen. Seine Sünde war der böse Wille, das bewußte Handeln in bösem Glauben. Er tat einfach viel Böses und wußte darum. Und unablässig plagten ihn die Ängste, ob es möglich sei, auf das Gute zuzusteuern, indem man Böses tat.

Er war nicht der erste Mensch auf der Welt, der einer solchen Prüfung ausgesetzt wurde.

Das dialektische Denken wurde jedoch seine Waffe und sein Schild. Dialektisches Denken ist sehr bequem für das menschliche Gewissen. Es gestattet nämlich, sich solcher Dinge zu bedienen wie der objektiven Wahrheit und des moralischen Relativismus. Das dialektische Denken erfordert, wovon Szwarcblat sich erst nach vielen Jahren überzeugen sollte, keine geistige Erfindungsgabe, im Gegenteil, es begünstigt die geistige Trägheit, weil es uns erlaubt zu meinen, alles sei relativ und veränderlich, unterliege dem Wandel und entwickle sich im Rhythmus unaufhörlicher Umgestaltungen, es erlaubt uns auch zu glauben, das Absolute sei in Reichweite unserer Hand oder vielmehr in Reichweite unserer Vernunft, was dem Menschen mehr Selbstgewißheit verleiht und ihn in gewissem Sinne zum Herrn aller Geschöpfe macht.

Das dialektische Denken ist sehr bequem und schmeichelt der menschlichen Eitelkeit. Vielleicht haben sich deswegen so viele großartige Geister auf der Welt von der idyllischen Illusion verführen lassen, es genüge, Konsequenz, Willensstärke und Mangel an Skrupeln vorzuweisen, um die Welt zu verbessern und sie nach einiger Zeit sogar zu etwas Vollkommenem zu machen.

Es gab eine Zeit, da Szwarcblat sich fast ausschließlich vom Hochmut motivieren ließ. Er hielt sich damals für einen sehr bescheidenen Menschen und war tatsächlich bescheiden als Staatsbürger, politischer Aktivist und hervorragender Publizist der Partei. Er gab sich leicht zufrieden, er legte keinen Wert auf Geld, Lebensstil oder die eigenen Existenzbedingungen. Er wohnte außerordentlich bescheiden und ernährte sich spartanisch. Seine Eitelkeit und sein Hochmut betrafen nicht die gewöhnlichen Fragen des täglichen Lebens, sondern entstanden aus dem Gefühl seiner geheiligten Mission.

Er war einfach ein Vollstrecker der objektiven Gesetze der Geschichte, seine Taten beschleunigten den Lauf der Geschichte und dienten den Zielen, welche die Geschichte sich selbst gesetzt hatte. Auf diese Weise konnte er endlich mit dem Absoluten umgehen.

Jeden Morgen, wenn er in die Redaktion kam und seinen Sessel am Schreibtisch einnahm, begrüßte er recht vertraulich den Zeitgeist. Manchmal saß der Zeitgeist ihm auf der Schulter, manchmal stand er reglos in einer Ecke des Arbeitszimmers und nickte nur hin und wieder bestätigend mit dem riesengroßen Kopf, er bekundete so seine Zustimmung zu den Gedanken, die Czarnocki zu Papier brachte.

Er stand mit dem Zeitgeist auf Du, das unterlag keinem Zweifel. Einmal hatte er mit ihm ein besonderes Abenteuer erlebt. Das geschah an einem nebligen, regnerischen und windigen Herbsttag, wohl zu Anfang der fünfziger Jahre. Unverhofft erschien in Czarnockis Arbeitszimmer der joviale und immer gesprächsfreudige Lomakin. Solche Besuche machte er äußerst selten, er mied nämlich die öffentlichen Kontakte mit seiner polnischen Umgebung, deshalb empfand Czarnocki bei seinem Anblick einen Zustrom von Angst und Staunen. Doch handelte es sich um kein unangenehmes Gespräch, andere waren übler. Sie unterhielten sich höflich über die Situation, die infolge von Verhaftungen unter dem katholischen Klerus und wegen des angekündigten Prozesses gegen Bischof Kaczmarek entstanden war. Und während dieses Gesprächs starrte Czarnocki – das kam manchmal vor – plötzlich in die Zimmerecke, schwieg eine Weile und begann dann, wie von einem neuen Impuls belebt, wieder zu sprechen.

Lomakin räusperte sich bedeutsam und lachte laut auf.

»Ist das lächerlich, was ich sage?« fragte Czarnocki ein bißchen gekränkt, aber auch ein bißchen eingeschüchtert.

»Lächerlich ist es nicht, nur merkwürdig, möchte ich sagen«, antwortete Lomakin.

»Nämlich – was denn?«

»Ihr starrt in diese dunkle Ecke, als säße dort der Teufel.«

»Glaubt Ihr an Teufel?« fragte Czarnocki spöttisch.

»Ich nicht, aber Euch möchte ich das fragen«, entgegnete Lomakin in eisigem Ton und blickte fast feindselig herüber.

Czarnocki spürte, wie ihm das Herz in der Brust versteinerte.

»Dummheit«, murmelte Lomakin, Czarnocki aber dachte, der dort drüben verachtet jeden Juden, weil er bei den Juden die unheilbare Krankheit der Metaphysik vermutet.

Er lachte mit künstlicher Ungezwungenheit, bemühte sich aber von jenem Tag an, in Gegenwart Fremder Blicke in Richtung der dunklen Zimmerecke zu unterlassen. Von jenem Tag an schaute er seinen Parteigenossen direkt in die Augen und entdeckte in ihnen das unlösbare Rätsel seines eigenen Schicksals.

Versöhnung, dachte Szwarcblat und hörte, wie das aufgewachte Pferd im nahen Stall schnaubte. Ist das die wahre Versöhnung? Ich habe Gott wiedergefunden, aber auch mich selbst in dieser schrecklichen Nacht. Das stimmt. Doch haben andere mich wiedergefunden? Wer bin ich heute in ihren Augen?

Worauf soll sich schließlich meine Versöhnung mit Polen und den Polen gründen? Wem in Polen genügt es, daß ich nicht mehr in der Partei bin, weil sie mich nicht länger wollten und ich nicht länger die Worte, Parolen und Taten gegenzeichnen wollte, die zu meiner früheren Ideologie passen wie die Faust aufs Auge? Es geht doch nicht darum, was ich in den letzten Jahren nicht tun wollte, sondern darum, was ich jahrzehntelang vorher tun wollte und verbissen, hartnäckig, aus tiefster Überzeugung getan habe.

Hat mir jemand die Vergangenheit verziehen? Und wird sie mir je verziehen werden?

Es war ein großes Dilemma für Szwarcblat, weil er sich von dem Gedanken nicht befreien konnte, daß er sich nicht dank eigenem Willen außerhalb der Partei befand, sondern infolge der neuen Lage, die er keineswegs geschaffen oder sich gewählt hatte. So erwies sich selbst Gott nur als eine gewisse, vom Lauf der Ereignisse aufgezwungene Notwendigkeit, das heißt als weiteres Resultat der Dialektik der Geschichte.

»Wenn nicht geschehen wäre, was geschehen ist«, sagte Szwarcblat in Augenblicken des Zweifels, »steckte ich immer noch darin.«

Schon seit vielen Jahren war er kein führender Publizist der Partei mehr und arbeitete auch nicht wie früher als prominenter Berichterstatter in politischen Prozessen mit den Organen der Rechtsprechung zusammen. Die Prozesse waren in der Geschichte versunken, niemand schmiedete mehr Komplotte gegen die Macht des arbeitenden Volkes, niemand sprengte Brücken in die Luft oder vergiftete Flüsse, wovon der Redakteur Czarnocki einst in seinen Artikeln so überzeugend geschrieben hatte. Neue Zeiten waren angebrochen, langweilige und graue, geschwätzige und geschäftige, da die blühende jüdische Phantasie von diesem Staat nicht mehr gebraucht wurde. Die feinen Probleme der Politik und Ideologie befanden sich in anderen Händen. Das waren bäuerliche Hände, denn das ganze Land war bäuerlicher geworden als je in seiner Geschichte. Auch das ergab sich aus der Dialektik in der Entwicklung der Ereignisse.

Szwarcblat hatte sich mit diesem Stand der Dinge abgefunden. Er hatte interessante Arbeit in einem wissenschaftlichen Institut, seine Lebensbedingungen waren wie bei den meisten Menschen im Lande besser geworden, doch legte er darauf keinen Wert, insofern blieb er der alte Redakteur Czarnocki, der Anachoret und bescheidene Mann der Idee. Die Arbeit verschaffte ihm viel Befriedigung, vielleicht noch mehr als früher, weil er endlich seine Sprachkenntnisse nutzen konnte und mit der Welt der Gedanken umging, was ihm in der Vergangenheit gefehlt hatte, als er seine gesamte Zeit den Problemen des aktuellen politischen Kampfes widmete.

Szwarcblat war ein intelligenter Mensch, und für intelligente Menschen pflegen bestimmte Mechanismen ihrer eigenen geistigen Wandlungen zwar manchmal schmerzhaft und quälend zu sein, bilden aber keine erstaunlichen Rätsel. So war es auch für ihn kein Rätsel, warum er langsam ideologisch auskühlte. Die ideologischen Dinge hängen immer mit der politischen Tätigkeit zusammen, jedenfalls mit der Präsenz im politischen Leben. Szwarcblat dagegen befand sich im Abseits. Früher hatte er als bekannter Publizist und in allen wichtigen Staatsangelegenheiten engagierter Redakteur eines Parteiorgans die Schicksale zahlreicher Menschen indirekt in seinen Händen gehalten und über diese Schicksale entschieden. Später konnte er nur noch darüber entscheiden, was er lesen wollte und was nicht. Wer menschliches Leben in der Hand gehalten hat, später aber höchstens noch ein Buch über menschliches Leben, der weiß sehr wohl, wie launisch die Welt ist, die angeblich unserem Willen unterliegt.

Szwarcblat gab sich darüber Rechenschaft, daß er selbst zum Opfer der historischen Mechanismen geworden war, doch weil er sich einerseits als Produkt der konkreten sozialen Verhältnisse empfand, sich aber andererseits – eben als dieses Produkt – nichts vorzuwerfen hatte, fühlte er sich in seiner neuen Lage ausgestoßen und mit krasser Ungerechtigkeit behandelt. Falls sich die Dialektik der Geschichte nicht als Schwindel erweisen sollte, war entweder er selbst nicht in Ordnung, oder seine politischen und ideologischen Anschauungen bedurften einer ernstlichen Revision.

Wie jeder Mensch auf der Welt zog er es selbstverständlich vor zu meinen, er persönlich sei in Ordnung.

So befand er sich in einer Falle. Nicht er als erster und nicht er allein. Wäre er dümmer gewesen, hätte diese Eigenschaft einen Schild gegen die große Unruhe bilden können. Doch er war nicht dumm, Gott gewährte ihm diese Gnade nicht.

Mit der Ungeduld und dem furchtbaren jüdischen Pessimismus, der seit viertausend Jahren auf ihm lastete, analysierte er sein eigenes Schicksal. Er stellte eine fatale, wenn auch richtige Hypothese auf, und das richtete ihn zugrunde. Er fand nämlich, sein kommunistisches Denken enthalte Fehler und Gemeinheiten. Auf diese Weise näherte er sich der Erlösung seiner Seele, entfernte sich aber von seiner inneren Ruhe.

Wenn im Kommunismus ein Fehler steckt, dann heißt das, der Kommunismus ist Schamanentum und Fälschung. So dachte er in den ersten Jahren seiner Rückkehr zum Bewußtsein. Damals war er noch nicht bereit anzuerkennen, daß er sein ganzes Leben vertan hatte. Ich wollte das Gute, sagte er sich, wurde aber geprellt.

Damit befand er sich in der nächsten Falle. Szwarcblat war im Grunde ein eitler Mensch, weil nur die Eitelkeit dem Verstand die Illusion einflüstert, seine Möglichkeiten seien unbegrenzt und die Welt füge sich demütig seinen Geboten. Szwarcblat war eitel, sonst wäre er nie Kommunist geworden. Und darum stürzte er so tief hinab!

Er konnte sich nicht mit der Erkenntnis abfinden, daß man ihn übers Ohr gehauen hatte. Andere – ja, aber ihn? Das hätte seinen Vorstellungen vom eigenen Wert widersprochen.

Vielleicht ist es gar nicht wesentlich, daß er Eitelkeit und Hochmut mit dem Gefühl für Würde verwechselte. Denn das, was ihm nicht gestattete, sich als betrogen anzusehen, nannte er Würde.

So kam der Tag, da er sich deutlich sagte, er habe einer bösen Sache gedient.

Bewußt und voller Überzeugung habe ich einer bösen Sache gedient, ich wußte, es ist eine böse Sache, ich habe mich vom bösen Willen leiten lassen, ich war sündig und niederträchtig, weil ich klug, vorausschauend und intelligent genug war, um von Anfang an, auf jeden Fall aber nach kurzer Zeit zu wissen, daß ich alles, was ich tat, im Namen einer bösen Sache tat, trotzdem tat ich es weiter, obwohl mir meine eigenen Fehler und Gemeinheiten immer stärker bewußt wurden.

Er warf sich nicht vor, Kommunist geworden zu sein, konnte sich aber mit Haß, Bosheit und Verbrechen nicht abfinden. Erleuchtungen widerfuhren ihm nicht. Auch diese Gnade versagte ihm Gott. Er sollte den ganzen langen Weg der Vorwürfe, Demütigungen, Zweifel und Qualen eines Menschen der Idee durchschreiten. Zunächst sagte er sich, er habe nicht alles gewußt, doch wieder bäumten sich seine Intelligenz und Sensibilität auf und empörten sich gegen derartige Ausflüchte. Vielleicht wußte er nicht alles, doch wußte er zweifellos, was er selbst und was andere in seiner Anwesenheit getan hatten.

In diesem Sinne barg der Kommunismus für Szwarcblat keine Geheimnisse und konnte ihn nicht überraschen.

Und trotzdem raffte er sich nicht zum Bruch auf. Er nahm nicht mehr teil an der Ausübung der Macht und glaubte nicht an ihre Wirkung, er gab sich auch keinen Täuschungen über die Zukunft hin, und trotzdem raffte er sich nicht zum offenen Bruch auf. Das zeugte keineswegs von Angst, denn die Zeiten hatten sich geändert, und er konnte ruhig erklären, er sei enttäuscht und sehe keinen Grund mehr, in dieser idiotischen Situation zu verharren. Eine solche Geste hätte keine Bedrohung herbeigeführt. Szwarcblat versagte sich diese Geste aus Hochmut, nicht aus Angst. Das Fortgehen hätte nämlich bedeutet zuzugeben, daß er geprellt worden war. Er wußte sogar noch mehr, nämlich daß er geprellt worden war, weil er geprellt werden wollte. Doch warum sollten andere das erfahren?

So stellte ihm der eigene Verstand die dritte Falle. Denn als er schließlich von der wahnsinnig gewordenen Partei ausgestoßen und auf den Müllhaufen geworfen wurde, wollte niemand mehr seinen Versicherungen glauben, und alle wandten sich von ihm ab. Erst dann hatte er ein Recht zum Haß, aber damals wollte er keinen Haß mehr, sondern Liebe, die man ihm versagte.

Er stand am Fenster, hörte das Pferd schnauben und wünschte sehr, sich mit Gott zu versöhnen. Der arme, sündige Jude, verlassen von der Welt, die ihn verhöhnte.

Mein Gott, sagte er sich, während er dem Rauschen der Bäume und der lauten, durchdringenden, schmerzlichen Stimme des Pferdes lauschte, warum ist sie nicht bei mir? Wäre sie alle diese Jahre bei mir gewesen, so wäre meine gesamte Welt anders, und ich wäre anders, besser, vielleicht gar völlig frei von Haß. Bei all meiner schrecklichen Schuld, die ich zugebe und in Demut des Herzens zugeben will, bist Du, Herr, im Grunde doch nicht ohne Schuld! Denn Du hast mich der Einsamkeit und dem Leiden ausgeliefert.

Jetzt möchte ich zurückkehren.

Ich möchte zurückkehren zu ihr, ich möchte dort hingehen, wo sie seit so vielen Jahren auf mich wartet. Du hast mir befohlen, Herr, eine traurige Liebe zu erleben, Du hast mir befohlen, mich böser Taten schuldig zu machen. Ich war gehorsam. Du hast mich geprüft.

Und ich bin müde.

29

Nein, ich bitte Sie, zu einem Prozeß ist es nie gekommen. Das war in jenen Jahren überhaupt nicht notwendig.

Die einzelnen Akteure dieses Ereignisses verschwanden spurlos. Nun ja, ich übertreibe natürlich. Spuren sind geblieben. Darüber weiß sogar ich etwas.

Was Glabusz angeht, er wohnt in Deutschland, vor Jahren hörte ich, er betreibe eine kleine Wäscherei. Irgendwo im Rheinland, wenn ich nicht irre. Damals, das heißt vor etwa fünfzehn Jahren, galt er als sehr aktiver Demokrat, er hielt sogar Vorträge über den Antisemitismus in Polen, über die Ereignisse des Jahres 1968, über seine erzwungene Emigration, denn er war angeblich einer nationalistischen Welle zum Opfer gefallen. Es wäre schwierig für mich, dem zu widersprechen, vielleicht haben ihn wirklich irgendwelche Antisemiten angegriffen, an denen fehlt es ja in Polen nie.

Andererseits muß es recht komisch sein, wenn ein Mensch wie mein Untersuchungsoffizier Glabusz, die finsterste Figur unter der Sonne, in Deutschland seine demokratischen Ansichten verkündet und schmutzige Wäsche wäscht, deutsche Wäsche. Und es kann passieren, denn der Teufel ist manchmal voller Spott, daß er Arens' Wäsche wäscht. Oder daß die beiden abends von der europäischen Demokratie, ihren Aussichten, Chancen und Schwächen plaudern.

Es ist eigenartig, aber ich habe Arens erst gesehen, als ich schon ein freier Mann und er längst heimgekehrt war. Ein seltsames Abenteuer und ein bißchen beschämend, finde ich.

Um die Wahrheit zu sagen, alles war ein Werk des Zufalls. Zufällig der Anfang, noch zufälliger der Schluß.

Ein heißer Tag Anfang Juni, ein Sonnabendnachmittag. Wir wohnten – ich meine unsere Delegation – im Hotel Mondial unweit des Kölner Doms. Gegen drei Uhr erscheint bei mir Herr Staken, der sehr nette, sehr kultivierte Betreuer unserer polnischen Gruppe, und sagt, er habe gerade eine Autofahrt in die Umgebung vor, seine Frau würde sich sehr freuen, mich kennenzulernen, wenn ich also Lust hätte, und so weiter, und so weiter...

Das waren Zeiten, in denen die Deutschen noch angesichts jedes Juden und Polen den moralischen Schluckauf bekamen, sie fühlten sich aus – wenn ich so sagen darf – historischen Gründen ein wenig geniert und unsicher, Auschwitz war für viele von ihnen ein häßlicher Pickel auf der Nase, jeder wollte sich jetzt rechtfertigen, und jeder hatte irgendwelche mehr oder weniger überzeugende Erklärungen, immer aber, meiner Ansicht nach, überflüssige, denn schließlich war geschehen, was geschehen war, wozu davon reden, im allgemeinen ziemlich unaufrichtig, auf eine von den gesellschaftlichen Umständen erzwungene Weise, was ich immer für dumm und ein bißchen beleidigend gehalten habe, besonders wenn ich hinzufüge, daß die große Mehrheit dieser Leute, die damals das Thema der deutschen Verantwortung aufnahmen, diese Verantwortung in der Regel auf die Nation und den Staat ablud, im persönlichen Sinn sich aber vor ihr drückte, zum Beispiel habe ich nie einen Menschen getroffen, der während des

Krieges in Polen gewesen wäre, jeder Gesprächspartner hatte in Libyen gekämpft, in Norwegen, in Frankreich, keiner war in Polen, nicht einmal auf der Durchreise, was etwas absurd wirkte, frei erfunden, und dadurch womöglich etwas kränkend, weil sie mich für einfältig genug hielten, solchen Versicherungen zu glauben, weil sie mich in eine unangenehme Situation brachten. Ich nickte und lächelte nachsichtig, ein- oder zweimal passierte es mir sogar, daß ich ein Gespräch über das Klima in Libyen begann. Erst später, ungefähr vierzig Jahre nach dem Krieg, begegnete ich Deutschen, die irgendwann einmal mit Polen zu tun gehabt hatten.

Der Vorgang, von dem ich Ihnen erzählen will, betraf jedoch nicht Herrn Staken, der stammte aus einer anderen Generation und war damals kaum vierzig Jahre alt, Jahrgang dreißig oder gar dreiunddreißig, Sie lächeln, aber die Sache ist nicht unwichtig, ich konnte mich zu jener Zeit ähnlicher Gedanken nicht erwehren, jede Begegnung mit einem Deutschen wurde zu einer Einschätzung seines Alters. Wie alt ist er damals gewesen, was kann er damals getan haben, wo mag er damals gewesen sein, es war eine Art Krankheit, heute vergeht das glücklicherweise zusammen mit meiner Generation, wenn wir gestorben sind, wird das Geburtsjahr unter dieser geographischen Breite nichts mehr bedeuten, doch zurück zu Staken, er war ein netter Mensch, aufgrund seines Alters außerhalb jeden Verdachts, aber trotzdem ein bißchen gefährlich, weil belastet mit der deutschen historiosophischen Pedanterie und dem Hunger nach einem reinen Gewissen. Er war unschuldig wie ein Kind und konnte ohne irgendwelche Befürchtungen die Schlupfwinkel meiner Hölle durchstöbern.

Und stellen Sie sich vor, er hat mich damals entsetzlich

reingeritten. Er hatte keinen blassen Schimmer, was er aus dem Gefühl der Solidarität mit den Leiden Polens und Europas in meiner Seele in Gang setzte.

Ein schöner, heißer Nachmittag. Frau Staken, eine junge, hübsche Person, erzählte von ihren beruflichen Problemen, Sie müssen wissen, das sind Dinge, die uns verbinden, die Menschen unseres Berufs bilden keine so zahlreiche Gruppe wie zum Beispiel die Juristen oder die Lehrer, die Journalisten oder die Schauspieler, unsere Arbeit ist wenig bekannt, wir gelten manchmal als Sonderlinge, wir halten gern zusammen und bilden so etwas wie einen geschlossenen Kreis von Eingeweihten.

Wir fuhren ziemlich lange, die Gegend dort ist wunderschön, immer wieder bewundere ich die rheinische Mariage der modernen Zivilisation mit einer gewissen Verschwendungssucht der Natur, die ungewöhnlich gelungene Komposition dessen, was Gott geschaffen, mit dem, was der Mensch, um seine Bequemlichkeit besorgt, hinzugefügt hat.

Bitte sehr, ich versichere Ihnen, daß der Teufel nicht schläft. Wie viele Zufälle sind nötig, damit das geschah, was dann geschah. In einem bestimmten Augenblick sagt der bisher schweigsame Staken mit finsterer Miene, jetzt nähern wir uns dem Besitz eines alten Schufts und Kriegsverbrechers, der viele Jahre in einem polnischen Gefängnis gesessen hat, dieser Mensch heißt Arens, Herr Staken fragt höflich, ob ich den Namen zufällig in Polen gehört habe, ich erstarre, vergehe, sterbe, ich bin in Todesschweiß gebadet, etwas Unerhörtes geschieht mit mir in diesem Auto, Staken aber redet weiter, es sei nach seiner Meinung völlig unzulässig, daß ein Mensch mit solcher Vergangenheit hochherrschaftlich auf einem ländlichen Besitz lebt, umgeben von der Anerkennung, Sympathie und Achtung seiner Nachbarn, das sei ein schmerzender Dorn in Herrn Stakens Herz, ob ich nicht meine, daß er, Staken, recht habe, und ob ich nicht glaube, daß ähnliche Dinge in Polen nicht passieren könnten, weil so ein Arens in Polen doch am Rande der Gesellschaft bleiben müsse, wir hätten zum Glück keine eigenen Arens' gehabt, sagt der naive Herr Staken, wir seien zum Glück frei von solchem Dilemma...

Sie können sich nicht vorstellen, was ich damals empfand. Ich war völlig verstört und hatte plötzlich zwei Welten in meinem Kopf, die Sonne scheint vom klaren Himmel, rundum rauschen die Bäume, die schönen Wälder der Umgebung von Much, der Duft frischen Grüns, Frau Stakens Gesicht voller Entzücken und unverhohlener Freude, der Sonnabendnachmittag, und ich nur einen Schritt entfernt von Arens, der hier seine Tage beendet, der alte Schuft, mir nur dem Namen nach bekannt, sein Gesicht habe ich nie gesehen, seine Stimme nie gehört, mein Teufel in Reinkultur, unsichtbar und doch mächtig, mein eigener Teufel in Reichweite, wer hat so einen Augenblick je erlebt, wem in der Weltgeschichte wurde es gegeben, seinem eigenen Teufel Auge in Auge gegenüberzustehen, und dennoch hatte ich das Gefühl eines Betruges, in mein Herz schlich sich der Verdacht, ist das eine Falle? ein abgekartetes Spiel? Ich blickte Staken an, als wäre er plötzlich zum Adjutanten des Teufels geworden, auch die junge Frau kam mir höllisch vor – schließlich fahren wir weiter, ich merke mir den Ortsnamen, die Stelle an der Chaussee, das Mauerfragment im Grün der Bäume.

In der folgenden Nacht tat ich kein Auge zu. Das bleierne Licht der Straßenlaternen, die Stimmen der Menschen in den benachbarten Gaststätten und mein schreckliches Verlangen nach der Morgendämmerung.

Schon um sechs Uhr früh war ich auf dem Bahnhof.

Die Domtürme stoßen ins Blau wie die Harpunenspitzen in den Walfischbauch. Das Silberband des Rheins, das Stuckern der Waggons, die Gebäude in Deutz, dann das Gewirr der Chausseen, die Tücher der Felder, die Wälder, die cremefarbenen Häuser auf den Hügeln, die roten Dächer, die Vögel am Himmel.

Später ging ich auf der Chaussee. Leere. Feuchtigkeit mit bitterem Duft. Dichter Wald, hier und da Schneisen, Wege, die zu Gebäuden führten.

Schließlich fand ich die Mauer im Akaziendickicht. Nicht weit entfernt davon ein Weg, an ihm entlang eine Hecke. Ich ging diesen Weg. Ein weißes Brettertor, daneben ein Briefkasten, in dem ein Exemplar der Sonntagszeitung steckte. Auf dem Briefkasten ein Name. Es stimmte, dieser geschwätzige Staken war gut informiert.

Erst da erfuhr ich, daß Arens mit Vornamen Klaus hieß. Vorher hatte er lange Jahre für mich ohne Vornamen existiert. Und damit wäre alles zu Ende gewesen, hätte sich nicht der nächste Zufall ereignet. Nein, ich wollte ihn nicht sehen. Was hätte das für einen Sinn gehabt? Und doch habe ich ihn gesehen, habe ich ihn gesehen.

Dieser Mann litt gewiß an Schlaflosigkeit, es war ja noch sehr früh, ein Sonntag, und da sehe ich plötzlich einen Greis, der auf dem Kiesweg zum Tor geht. Groß, mager, kahlköpfig, ein längliches, unsympathisches Gesicht. Er trug Kordhosen und ein Sommerhemd mit kurzen Ärmeln, so daß ich seine mageren Arme, die herausstechenden Ellbogen und die Hände wie dunkle Schaufeln sehen konnte.

Ich zog mich längs der Hecke zurück und blieb stehen,

von einem Akazienstrauch verdeckt, Angst erfüllte mich, Traurigkeit, Unruhe, als hätte ich mir einen Verrat zuschulden kommen lassen und mein eigenes Gedächtnis demütigen oder überlisten wollen. Der Greis holte die Zeitung aus dem Briefkasten und kehrte zum Haus zurück. Ich vernahm seine Schritte auf dem Kies. Er ging fort und verschwand mir aus den Augen.

Das ist alles.

Dieser Mensch muß gar nicht Arens gewesen sein. Der Gärtner zum Beispiel. Oder einer der Hausbewohner. Ein Verwandter. Ein Freund. Ich weiß nichts über ihn. Ich vermute nicht einmal etwas. Es ist besser so.

Als ich mit der Bahn nach Köln zurückfuhr, warf ich mir Feigheit vor. Doch dann änderte sich das. Später dachte ich erleichtert, womöglich sogar erfreut, daß Arens schließlich in meiner Sache nicht der Hauptschuldige gewesen sei.

Nicht er, bei Gott, war mein Teufel.

Ach, wirklich, eine so gestellte Frage kann ich nicht beantworten. Wer weiß, vielleicht ist er einfach in mir? Ich möchte, daß es so ist. Immer noch besser ein Teufel aus Dostojewskij, ein persönlicher, intimer Schutzteufel. Mit Gottes Hilfe kann man ihn irgendwie verjagen. Ich gehöre zu den Menschen, die meinen, daß von zwei Übeln die Hölle in uns immer noch besser ist als wir in der Hölle. Doch das ist das Ergebnis persönlicher Erfahrung mit der Geschichte, mehr nicht. Und weil die Geschichte uns sehr wenig hilft, weil wir nicht imstande sind, aus der Vergangenheit zu lernen, deshalb ist vielleicht auch meine Meinung nicht viel wert.

Und nun erzähle ich Ihnen von meinen beruflichen Angelegenheiten, denn das sind Probleme, die über dreißig Jahre lang mein Leben ausgefüllt haben – neben den zahlreichen Freuden in Verbindung mit meiner Familie, vor allem mit meiner geliebten Frau. Im Grunde ist alles, wovon wir bisher gesprochen haben, nur noch ein Phantom der Erinnerung.

Widmen Sie diesen Gedanken nicht allzuviel Aufmerksamkeit in Ihrem Bericht. Um die Wahrheit zu sagen, sie sind es nicht wert...

Anmerkungen des Übersetzers zu den Seiten

6 *Warschauer Aufstand* – Polnischer Aufstand, hauptsächlich der Heimatarmee, gegen die deutsche Okkupation, 1. 8.–2. 10. 1944

18 *geheime Schulkurse* – da die deutschen Okkupanten alle höheren Schulen geschlossen hatten, wurden insgeheim Kurse abgehalten, die bis zum Abitur führten

38 *Czarnocki* enthält czarny = schwarz

40 *Szwarcblat* – sprich: Schwarzblatt

41 *Ortwin, Tuwin* ... – polnische Autoren jüdischer Herkunft in der Zeit zwischen den Kriegen

Kautsky – Karl K., 1854–1938, deutscher Sozialist

Bernstein – Eduard B., 1850–1932, deutscher Sozialdemokrat

43 *Piłsudski* – Józef P., 1867–1935, Untergrundkämpfer gegen das zaristische Rußland, 1914 Kommandant der polnischen Legionen, später Marschall und Staatschef

52 *UNRRA* – United Nations Relief and Rehabilitation Administration, alliierte Hilfsorganisation 1943–1947

63 *»Das seid Ihr«* – Parteimitglieder redeten sich mit »Ihr« an

73 *unser großer Dichter* – Anspielung auf eine Stelle bei Adam Mickiewicz, 1898–1955, dem romantischen polnischen Nationaldichter

80 *Saltykow-Schtschedrin* –Michail Jewgrafowitsch S., 1826–1889, russischer Schriftsteller, oft satirisch

89 *Zarskoje Sselo* – Sommerresidenz des Zaren bei Petersburg

97 *Schwaben* – in Polen Schimpfwort für Deutsche

115 *Heimatarmee* – Armia Krajowa, die Widerstandsbewegung der Mitte-Rechts-Parteien während der Okkupation, Hauptträgerin des Warschauer Aufstands

118 *nationaldemokratisch* – National-Demokratie, Rechtspartei vor dem Krieg und im Krieg, oft mit antisemitischen Parolen

Exilregierung – in London gab es während des Krieges und noch lange danach eine polnische Exilregierung der demokratischen Parteien

Mikołajczyk – Stanisław M., 1909–1966, Politiker der Bauernpartei, während des Krieges im englischen Exil, 1945–47 in Polen

Vizepremier, nach seiner Niederlage bei den (manipulierten) Wahlen 1947 in die USA geflohen

135 *Cynamon, Szafran* – diese Namen bedeuten Zimt, Safran

162 *Miglanc* – aus dem Jiddischen: Schlaukopf, Schönling

175 *Aleje Jerozolimskie* – Jerusalemer Alleen, eine der Hauptstraßen Warschaus

198 *Podlasie* – Landschaft beidseits des mittleren Bug

209 *Ringfinger* – auf polnisch serdeczny palec = Herzfinger

234 *Kujawien* – Landschaft südlich von Bromberg/Bydgoszcz

266 *Kafka* – polnisch kawka, tschechisch kavka = Dohle

271 *Gomułka* – Władysław (Wiesław) G., 1905–1982, kommunistischer Politiker, 1943–1948 Generalsekretär, 1956–1970 Erster Sekretär des Zentralkomitees der Vereinigten Polnischen Arbeiterpartei

274 *Krakowskie Przedmieście* – Krakauer Vorstadt, eine der Hauptstraßen Warschaus

284 *Bischof Kaczmarek* – Czesław K., 1895–1963, Bischof von Kielce, 1953 zu zwölf Jahren Gefängnis verurteilt, 1956 rehabilitiert

292 *Ereignisse des Jahres 1968* – nach dem israelischen Sieg im Sechs-Tage-Krieg und nach Studentenunruhen in Warschau und anderen Hochschulorten Anfang 1968 ergoß sich über Polen (wie über andere Ostblockländer) eine »antizionistische« Kampagne, die zur Auswanderung der meisten nach Krieg und Holocaust noch in Polen lebenden Juden führte

Zur Aussprache der polnischen Namen

Im Polnischen spricht man alle Vokale kurz und offen aus, Doppelvokale (au und eu) getrennt, ie als je. Die Betonung liegt, von seltenen Ausnahmen abgesehen, immer auf der vorletzten Silbe.

Anders als im Deutschen werden folgende Buchstaben ausgesprochen:

ą	– on, wie in französisch: ballon
c	– tz, auch vor k
ć oder ci	– tj, zu einem Laut verbunden
ch	– hart, wie in deutsch: Dach
cz	– tsch, wie in deutsch: Peitsche
ę	– in, wie in französisch: bassin
h	– ch, wie in deutsch: Dach
ł	– etwa w, wie in englisch: water
ń	– nj, wie in spanisch: señor
ó	– u
rz	– j, wie in französisch: journal
s	– ß
ś oder si	– ßj, zu einem Laut verbunden, also weicher als ch in deutsch: Licht
sz	– sch, wie in deutsch: Schule
z	– s, wie in deutsch: Rose
ź oder zi	– sj (s dabei stimmhaft), zu einem Laut verbunden
ż	– j, wie in französisch: journal

Andrzej Szczypiorski im Diogenes Verlag

Notizen zum Stand der Dinge

Aus dem Polnischen von
Klaus Staemmler. Leinen

»Diese Aufzeichnungen sind das Dokument der Auseinandersetzung eines aus seinem Lebenszusammenhang gerissenen Individuums mit einer aus ihrem organischen Zusammenhang herausgerissenen Zeit – und des Versuchs, sich aus dieser Zeit heraus in einen Bereich der Zeitlosigkeit zu retten. Authentisch, subjektiv und schonungslos.« *Neue Zürcher Zeitung*

Amerikanischer Whiskey

Erzählungen. Aus dem Polnischen
von Klaus Staemmler. Mit einem Vorwort des
Autors zur deutschen Ausgabe. detebe 22415

»Gesättigt mit Welt und Erfahrung sind die Geschichten; ein souveräner Kopf und blendender Erzähl-Techniker schildert das ewige Menschheits-Monopoly, Macht und Ohnmacht, erlebt am eigenen Leibe. Turmhoch stehen diese Erzählungen über dem grassierenden esoterischen Gefinkel und knieweichen Selbstbeweinen heimischer Floristen.«
Der Spiegel, Hamburg

Die schöne Frau Seidenman

Roman. Aus dem Polnischen von
Klaus Staemmler. detebe 21945

»Gelassen, aller pessimistischen Geschichtsbetrachtung zum Trotz, blickt Andrzej Szczypiorski über die Jahrzehnte zurück auf die finsteren Zeiten, die er selbst einst durchlebt hat, in den Flammen des Warschauer Aufstands und danach im KZ Sachsenhausen. Mit herber Ironie erzählt er von Gerechten wie Schurken, von guten Patrioten und Henkersknechten, Todgeweihten und noch einmal Davongekommenen, deren Geschicke sich verknüpfen zu dramatisch gerafftem Romangeschehen.« *Der Spiegel, Hamburg*

»Das macht Szczypiorskis Roman so überzeugend: daß er zwar Systeme verurteilt und Ideologien an den Pranger stellt, aber nie über Menschen den Stab bricht, auch über den erbärmlichsten nicht.«
Die Weltwoche, Zürich

»Szczypiorski gelingt der meisterliche Wurf, das unentwirrbare Knäuel osteuropäischer Schicksale und Befindlichkeiten des vergangenen halben Jahrhunderts – losgelöst von jenem Geist der Schwere, der über der europäischen Literatur zu schweben scheint, und so spannend, daß man das Buch nicht aus der Hand legen kann – wenn auch nicht zu entwirren, so doch souverän zu entrollen.« *Neue Zürcher Zeitung*

»Ein leises und poetisches Buch, das ausspricht, was beim Namen genannt zu werden verdient – damit wir nicht vergessen, was niemand mehr hören und sehen und wissen mag.« *Frankfurter Allgemeine Zeitung*

Eine Messe für die Stadt Arras

Roman. Aus dem Polnischen
von Karin Wolff. detebe 22414

»Wir sollten vorsichtiger sein, wenn wir uns über ›die besten Bücher‹ und ›die wichtigsten Autoren‹ äußern, denn es ist allzeit wahrscheinlich, daß wir die gar nicht kennen. Zum Beispiel den Roman *Eine Messe für die Stadt Arras* von Andrzej Szczypiorski.«
Ulrich Greiner/Die Zeit, Hamburg

»*Eine Messe für die Stadt Arras* ist Andrzej Szczypiorskis Hauptwerk.« *Marcel Reich-Ranicki/FAZ*